U0463542

政协委员
读书笔记

连玉明 主编

致远书香学宋词

团结出版社
UNITY PRESS

编辑委员会

主编序

　　2022 年 4 月 22 日，全国政协举办"传达贯彻习近平总书记重要指示深入开展政协委员读书活动"座谈会，进一步推动委员读书活动走向深入。2023 年 2 月 10 日，全国政协再次举办委员读书活动工作经验交流会，对三年委员读书及其成效充分肯定、高度评价。

　　2020 年 4 月，全国政协委员读书活动正式启动，2022 年 1 月 10 日，全国政协书院委员读书智能平台全新改版上线，12 个常设读书群风生水起。作为委员读书群的一分子，我积极参与"战略思维"读书群导读工作，牵头撰写导读文章 16 篇。在全国政协书院国学读书群主持开设"文化建设这十年、习近平总书记论文化"专题导读 200 期。特别是担任全国政协书院第八期委员读书活动的"国学群"群主，连续 4 个月牵头导读宋词，组织撰写导读系列文章 150 多篇、120 余万字，撰写导读笔记 100 篇、18 余万字，互动参与达 35878 人次，并积极推动读书学习成果转化，形成《宋词里的中国》《宋词五十讲》《致远书香学宋词》三部著作，积极参与"委员读书漫谈群"和"委员自约书群"专题研讨，在《人民政协报》发表《形成独具特色的政协读书文化》署名文章，连续两次被评为委员读书积极分子。在践行"学习就是履职"的过程中，进一步深化了对政协委员为什么要读书、政协组织如何开展读书、读书要达到什么样的效果等重大问题的认识。

一、委员读书活动是习近平总书记对新时代人民政协工作作出的又一项重要部署

开展委员读书活动，是十三届全国政协贯彻落实习近平总书记关于加强和改进人民政协工作的重要思想、加强委员队伍建设的一项创新举措，也是十三届全国政协工作的一个重要品牌。在 2020 年 4 月全国政协委员读书活动启动之际，习近平总书记对全国政协委员读书活动作出重要指示强调，"全国政协开展委员读书活动很有意义。通过读书学习增长知识、增加智慧、增强本领，做到懂政协、会协商、善议政，既是新时代政协委员履职尽责的内在要求，

也是把人民政协制度坚持好、把人民政协事业发展好的重要举措"。这也是中央政协工作会议后，习近平总书记对新时代人民政协工作作出的又一项重要部署，同中央政协工作会议精神一脉相承。

习近平总书记的两次重要指示，是站在党和国家事业全局的战略高度作出的，是立足新时代加强和改进人民政协工作作出的。2022年4月22日，全国政协举办"传达贯彻习近平总书记重要指示深入开展政协委员读书活动"座谈会，是全国政协对习近平总书记重要指示精神的再学习、再领会、再贯彻，也是对委员读书活动发出的又一次"动员令"。

二、委员读书活动是在政协这个具有鲜明政治属性的组织开展的一种政治活动

人民政协是中国共产党领导的政治组织和民主形式，必须旗帜鲜明讲政治。委员读书活动作为一种有组织、制度化的读书活动，本身具有很强的政治性。这就决定了委员读书活动不同于一般读书活动，不是漫无目的、自娱自乐的消遣时间，也不是纯学术意义的研究探讨，而是在政协这个具有鲜明政治属性的组织开展的一种政治活动，是在准确把握人民政协性质定位基础上加强和改进人民政协工作的一项重要举措，是提高履职能力、做好建言资政工作的重要基础，是

自内而外、推己及人的增进共识途径。这就要求我们在把握政协工作的一般规律中深化对委员读书工作规律的认识，紧扣"国之大者"，把加强思想政治引领、广泛凝聚共识融入读书活动全过程，深刻把握习近平新时代中国特色社会主义思想的世界观和方法论，运用贯穿其中的立场观点方法观察和分析问题，使读书过程成为自我教育、自我提高的过程，成为形成共识、深化共识、传播共识的过程，在夯实团结奋斗的共同思想政治基础中不断提高政治敏锐性和政治鉴别力。

三、委员读书活动是提高协商质量、践行全过程人民民主理念的重要抓手，是协商议政的"必修课"、当好专门协商机构成员的"基本功"

人民政协是政治协商机构，不是靠"说了算"而是靠"说得对"是人民政协的履职理念。"说得对"，靠的是揭示事物本质、把握事物规律的能力，而读书学习正是提升这一能力的重要路径之一。委员读书活动，能够充分彰显政协人才荟萃、智力密集、联系广泛的优势，充分发挥读书、交流、资政"三个平台"作用，在学学共进中增加知识储备、增强文化素养，不断把读书收获转化为履职尽责的过硬本领和实实在在的工作成果。

在全国政协书院第八期"国学"读书群委员读书活动的四个多月时间里，广大政协委员一起品读经典宋词，通过宋词深入学习中华优秀传统文化，以及蕴含其中的丰富的哲学思想、道德情操、价值观念、审美品格、艺术情趣、辩证思维和科学智慧，从中汲取丰厚文化滋养、增长智慧才干、增进智慧共识、增强建言实效。与此同时，我们还外请社会专家进行宋词相关主题导读，邀请政协委员立足专业优势开展相关专题交流。委员们积极参与、热烈讨论、平等交流、学用结合，努力把国学与现实相联系，理论与实际相结合，在论理中有议政，在务虚中有实招，在推动国学体现出当代价值中明共识、聚共识，不断提高建言资政、民主协商、民主监督质量，不断拓展协商的深度、建言的厚度。

四、委员读书活动是政协工作的"主打产品""拳头产品"，是事关政协事业长远发展的基础性工程，是事关专门协商机构建设的战略性工程，是事关委员队伍建设的文化工程

读书学习是人民政协的优良传统，委员读书活动是弘扬这一优良传统、赋予新的时代内涵的具体体现，不仅是本届全国政协的一项重点工作，也是新时代政协事业发展的强大助推器。委员读书不是政协履职工作的"副产品""衍生品"，而是政协工作的"主打产品""拳头产品"。人民政协在读书学习中走到今天，也必将依靠读书活动走向未来。我们要紧跟时代的步伐，大兴读书学习之风，把读书学习活动作为一种政治责任、精神追求、生活方式，作为新时代人民政协的一种履职途径、工作内容、基本技能，持续推进"书香政协"建设。

作为政协委员，我们要遵循习近平总书记的重要指示，继续深度参与政协委员读书活动，让读书交流成为政协委员观察世界的新窗口、相互启迪的思想库、能力提高的加油站、履职尽责的倍增器。一是把读书贯穿调查研究、协商议政、凝聚共识、自身建设等委员履职全过程、各环节，把读书作为自身履职的"新常态"、日常生活的"新内容"、跨界交流的"新渠道"，在读书中提升履职能力、创新履职方式，特别是发挥全国政协书院和全国委员读书智能平台作用，形成线上线下相结合、读书履职相促进的局面。二是把读"有字之书"同读"无字之书"有机结合，既读"有字之书"，也读"无字之书"，在知行合一中全面把握和深刻洞察中国国情，在发展大潮中砥砺道德品质，掌握真才实学，练就过硬本领。三是把委员读书活动作为厚植协商文化的坚实基础，循序渐进推动读书文化与协商文化相互碰撞、有机结合、融合发展，绵绵用力培育政协读书文化，形成畅所欲言、敞开思想、各抒己见、学学互进的文化氛围，彰显新时代政协委员乐读善学、昂扬向上的精神风貌。

五、以委员读书活动努力带动和影响各界别群众开展读书活动，挖潜增效努力扩大外溢效应，是人民政协组织开展读书活动的一个着力重点

读书是全民共同的精神追求。努力带动和影响各界别群众开展读书活动，是习近平总书记对委员读书提出的殷切希望。立足委员读书"内循环"，打通社会"外循环"，通过一批有代表性、有影响力的委员，发挥自带"流量"的影响辐射广大界别群众共读"同心书"，挖潜增效扩大外溢效应，这也是人民政协组织开展读书活动的一个着力重点。

"书香社会"建设，关乎民族未来，在强化文化认同、广泛凝聚民心、涵养核心价值、振奋民族精神、提高公民素养、淳化社会风气、促进公平正义、推进共同富裕等诸多方面，都具有重要意义、发挥重要作用。建设"书香社会"，需要全社会的共同努力，需要全社会的共同参与。其中，人民政协是一支不可或缺的重要力量。我们既要突出发挥委员主体作用，影响、带动、辐射广大界别群众共同读书，还要强化读书活动成果整理和转化，强化媒体宣传推广，创新探索与中央高校、科研院所、文化单位等组织的读书合作模式，实现充分挖潜、多点支撑，增强外溢效应，使读书活动成为深

度联系界别群众的有效载体，使"书香政协"成为引领"书香社会"建设的重要力量。

全国政协委员

北京市朝阳区政协副主席

北京国际城市发展研究院创始院长

2023 年 12 月

目　录

水龙吟·登建康赏心亭

辛弃疾

　　楚天千里清秋，水随天去秋无际。遥岑远目，献愁供恨，玉簪螺髻。落日楼头，断鸿声里，江南游子。把吴钩看了，栏杆拍遍，无人会，登临意。

　　休说鲈鱼堪脍，尽西风，季鹰归未？求田问舍，怕应羞见，刘郎才气。可惜流年，忧愁风雨，树犹如此。倩何人唤取，红巾翠袖，揾英雄泪？

年年腊八今又是

——宋词共学札记之一

（2022 年 1 月 10 日）

"腊月八日梁宋俗，家家相传侑僧粥。栗桃枣柿杂甘香，菱棋芝栭俱不录。"昨天是中国传统节日腊八节，一碗香鲜四溢的腊八粥，悄然拉开了过年的序幕，也拉开了全国政协书院新的篇章。在这欢乐祥和的腊八节日氛围中，我们共同度过了政协委员读书智能平台正式启用的第一天，也是全国政协书院"国学"读书群宋词导读读书计划实施的第一天。在这一天里，刘奇葆副主席特向各读书群群主和群友发来致辞，提出进一步巩固、改进、提高，努力保持读书热度，更加注重读书质量，读出新精彩、读出新水平、迈上新台阶的要求，为新的读书活动指明了方向。

在这样一个特别的日子里，我们一同了解了本次读书计划的总体栏目、学习形式及学习计划。随后，我们通过文字、海报、长图、音频、PDF 文档和 H5 网页等多种形式，一起学习了辛弃疾的《水龙吟·登建康赏心亭》与秦观的《满庭芳》，并在"宋词里的中国"里共同开展了一场"文化寻踪"，对这两首宋词中蕴含的文化现象进行了解读。

在《水龙吟·登建康赏心亭》中，已南归数年却沦落下僚不得重用的辛弃疾，借登临之际，一吐胸中垒块。将眼底江山与心头抱负两相融会，阔景、壮志、豪气、悲怀一时并集，于纵横跌宕中慷慨淋漓，一句"无人会，登临意"，如闻裂竹之声，其独具"辛"味的沉郁悲慨和诚挚的爱国情怀不禁令人动容。我们受词人登临所见启发，纵观中国古代历史，发现登高望远、登高作赋，是中国古代文人挥之不去的潜在情结和行走古代社会的必备技能。于是，我们寻迹登高这项由来已久的传统活动的缘起、形成和发展，并跟随那些伟大文人的脚步，以诗词为媒，重温经典，在灿若繁星的登高名作中与古人神交。

在秦观的《满庭芳》中，我们置身于由苍山、微云、远天、衰草、斜阳、寒鸦、孤村营造出来的秋日黄昏的萧索景象中，倾听画角声声，顿感那苍凉的声音回响于空旷的天地之间，似乎正是词人无所逃遁的凄凉心绪，一句"空回首，烟霭纷纷"，更令我们仿佛听到了词人对人生际遇的叹息与失落。"当此际，香囊暗解，罗带轻分。"我们以此为线索，回望历史长河，发现小小的一枚香囊里，藏着的是中国古人的日常生活与精神世界。于是，我们一同走进流传千年的中国香囊文化，近距离看香囊这种极具中国传统艺术文化表现特色的物品，蕴含着的丰富文化内涵和历史风情。在领悟中国香囊美学中，体会中国古人对生活品质和生活风雅的追求，深入探访中国古人日常生活与精神世界。

年年腊八今又是，书院又闻诗书香。在第一天的学习中，读书群内始终气氛热烈，委员们积极响应，连玉明委员、郭媛媛委员、马东平委员和各位委员共读宋词，曹阿民、丁佐宏、阎晓宏、李国栋、陈冯富珍、张连起、王明凡、张东俊、杨小波、丁元竹、刘晓冰、谢伟铨、戚建国、张小影、肖凯旋、甄贞、王黎光、黄廉熙、牛汝极、李学梅、杨文、叶小文、刘家成、管培俊、张宝顺、曲凤宏、蒋志鹏、杨建平、骆芃芃、谢茹、郭卫民、黄玲、黄丹华、孙寿山、祁志峰等委员先后踊跃发言。

当腊八遇上宋词，当岁末初春遇上新平台上线、第八期"国学"读书群开群，全国政协书院沐浴在欢乐祥和的气氛中，委员们认真学习奇葆副主席致辞精神，共贺读书群开启新篇章。张连起委员说："值此新平台重张之际，喜读奇葆副主席致辞，如催征战鼓。'互联网＋政协书院'堪称本届政协一大创新,已经成为凝聚共识新载体。"郭媛媛委员说道:"一切过往,已是序章;读书学习,再行启航!遵照奇葆副主席的指示精神,在接下来的时间里,一定更加热情参与,朝向'在共读共学中,在勤学笃行中,增长知识、升华思想,收获更多参政议政成果'不断努力!"张小影委员感叹道:"百年大党胜在奋斗不已、学习不止,政协委员履职尤需读书提升!"肖凯旋委员提出,要"多读书,长本领,献良策,促发展"。为祝贺第八期"国学"读书群迈上新台阶,委员们当场赋诗,网上政协书院书香满溢、沁人心脾。现将群内诗文按照推文顺序汇编,与群友共勉:

刘奇葆:

《观全国政协书院有感》

灯阑漏尽报更迟,正是诸公晓诵时。

唤得迷魂叩经典,黄鸡唱彻有新诗。

张连起:

踔厉奋发不言迟,读典升华晓梦时。

书漫平台春意闹,笃行不息再和诗。

戚建国：

　　夜读晨吟五更迟，鬓霜恋学闻鸡时。

　　唤来腊八春风闹，万紫千红共诵诗。

叶小文：

　　踔厉奋发步未迟，正是委员读书时。

　　唤得众友会八期，朝花夕拾又唱诗。

甄贞：

　　进群先后未有迟，读书漫谈正当时。

　　书香引路踔厉行，春暖花开遍地诗。

管培俊：

　　　　　《四言诗·腊八书香》

　　　　百年大党，胜在思想，

　　　　依靠学习，走向辉煌；

　　　　其命惟新，学习图强，

　　　　学思结合，学而不罔；

　　　　腊八粥鲜，且伴书香，

　　　　政协读书，再启新章。

值此"国学"读书群重张之际，收获良多，感慨良多。全国政协书院是书院发展史上规格最高、内容最丰富、互动性最强、成效最好、影响最大的新型书院。这不仅是政协工作的一大创新，更是政协委员把握趋势、汲取滋养、丰富理论、铸就品格的人生舞台。前沿性的专题讲座、交流式的阅读体验、智能化的学习方式、全天候的服务机制，让这种平等、互动、自由、愉悦的协商文化熠熠生辉。连玉明委员和郭媛媛委员作为新一期国学读书群群主，在全国政协文化文史和学习委精心策划与直接领导下，在马东平、李学梅等委员大力协助下，在各位委员和专家鼎力支持下，将开启以学宋词为主的国学读书活动。这对我们来说，是一个新课题也是新挑战。我们会汲取历期读书活动的智慧和力量，借鉴各读书群的好形式好经验，努力向委员学习，向专家请教，像奇葆副主席说的那样："以更大的热情参与到读书活动中来，在共读共学中，在勤学笃行中，增长知识、升华思想，收获更多参政议政成果"。

满庭芳

秦　观

　　山抹微云，天粘衰草，画角声断谯门。暂停征棹，聊共引离尊。多少蓬莱旧事，空回首，烟霭纷纷。斜阳外，寒鸦万点，流水绕孤村。

　　销魂，当此际，香囊暗解，罗带轻分。谩赢得青楼薄倖名存。此去何时见也，襟袖上空惹啼痕。伤情处，高城望断，灯火已黄昏。

词咏情怀千古

——宋词共学札记之二

（2022 年 1 月 11 日）

诗品人生百味，词咏情怀千古。不学诗，无以言。无诗意，不中国。中国是一个诗词的国度。在全国政协书院"国学"读书群宋词导读读书计划实施的第二天，我们继续携手，在这个伟大的诗词国度里尽情徜徉，感受古今诗词的巨大魅力。

受王安石的《桂枝香·金陵怀古》中"至今商女，时时犹唱，后庭遗曲"之用典的启发，我们从春秋时的"赋诗陈志"出发，沿着历朝历代顺流而下，发现用典与诗词相伴而来，诗词与典故密不可分。于是，我们一同走进中国古典诗词里的用典艺术，以典故为钥，打开通往诗词国度的大门。我们惊叹于那些伟大文人或寓典于情，或寓典于景，或寓典于理，或寓典于境，或寓典于美，或兼而有之，无不恰到好处。我们徜徉于诗词典故之中，仿佛置身于国家人文历史的浩瀚星空，感受着五千年历史文明古国的文化魅力、文化张力和人文厚度，更加深沉的文化自信油然而生。

感叹于范仲淹在《苏幕遮·怀旧》中"以秋景写秋心"的点点秋思，我们发现，中国古代诗词作家对秋天情有独钟，或悲，或喜，总是别有一番滋味在心头。于是，在这一天的诗词国度之旅中，我们还一同走进词人笔下的秋天，细细品味暗含其中的离人之愁、恋人之思、思乡之情、闺妇之念、征人之苦、失意之悲、家国之忧、生命之叹，也欣喜沉醉于秋收的喜悦、秋的辽阔、秋的静谧、秋的恬淡，在宋词里感受秋意正浓。

在这一天的诗词国度之旅中，连玉明委员、郭媛媛委员、马东平委员和各位委员共读宋词，于守国、王建明、祁志峰、戚建国、甄贞、叶小文、张连起、金李、李子良、关天罡、张东俊、孙寿山、田进等委员先后踊跃发言，感叹中国诗词文化的博大精深。其中，戚建国委员从用典出发，与群内委员分享了《习近平用典》之179《在党的群众路线教育实践活动工作会议上的讲话》中引用的"祸患常积于忽微，而智勇多困于所溺"，并对引用典故的现实意义进行解读，对典故的背景义理进行解释，帮助委员深入学习习近平总书记的重要讲话（文章）精神，准确理解习近平总书记的思想精髓。

甄贞委员与群内委员分享了"莫言路遥余秋雨 可染悲鸿林风眠"的妙联佳对，对仗工整，意境新颖，令人击节叹赏，回味不绝。此外，叶小文、张连起两位委员有感而发，当场赋诗。现将诗文按照推文顺序汇编，与群友共勉：

叶小文：

> 音频玉连玉，听读更分明。
>
> 读书新创举，就在国学群。

张连起：

> 《念奴娇·百年党史》
>
> 大河呜咽，把人间，多少兴亡陈说。历五千年凉与暑，总教斯民寒热。胡虏欺来，铁蹄纷沓，尧舜衣冠偃。江山荼毒，望来谁补天裂？
>
> 长夜墨幕无边，轻舟一叶，终把天芒窃。照彻燎原千万里，奋起工农矛钺。外侮尘埋，三山怒覆，抛尽头和血。向锤镰帜，长歌为继先烈。

无论是千年前王安石的《桂枝香·金陵怀古》与范仲淹的《苏幕遮·怀旧》，还是今时今日叶小文委员的藏尾诗与张连起委员的《念奴娇·百年党史》，我们都能从中看到中国诗词中蕴含的强大生命力。这种生命力既来自中国古典诗词的丰富遗产，积淀千年的风格本色，也来自紧贴时代脉搏，以当下情怀、当下意象、当下语言、当下手法创作出的奇思异想、奇章佳构。这种生命力更让我们看到，历经千年风雨洗礼，流淌在中华儿女血液中的文化基因，依然生机勃勃、生生不息。

苏幕遮·怀旧

范仲淹

　　碧云天，黄叶地，秋色连波，波上寒烟翠。山映斜阳天接水，芳草无情，更在斜阳外。

　　黯乡魂，追旅思，夜夜除非，好梦留人睡。明月楼高休独倚，酒入愁肠，化作相思泪。

醉里挑灯看剑

——宋词共学札记之三

（2022 年 1 月 12 日）

　　泡一壶清茶，掬一缕阳光，抚一丝清风，在全国政协书院"国学"读书群宋词导读读书计划实施的第三天，我们一如既往地静下心来，品读两阕小词，在韵律转换中，探访词人的内心世界，感受千年前的繁荣风貌。

　　在《破阵子·为陈同甫赋壮词以寄之》中，辛弃疾怀着激动自豪的心情，追忆年少时驰骋疆场，抗击金人的过往经历，一句"了却君王天下事，赢得生前身后名"，写得慷慨激昂、酣恣淋漓、兴高采烈、雄姿英发。感佩于此，我们回溯中国古代文学历史，发现不少文人墨客都曾梦想仗剑走天涯。笔与剑，是他们的两条臂膀，"文能提笔安天下，武能上马定乾坤"，是他们内心始终割舍不去的情怀。于是，我们一同走进千古文人侠客梦，穿过诗词里的"刀光剑影"，看古代文人以笔为剑、以墨为锋、以字为刃，除暴安良、建功立业、保家卫国，豪气烈烈，令人神往。

在《望海潮·东南形胜》中，柳永以生动的笔墨，把杭州描绘得富丽非凡。无论是"烟柳画桥，风帘翠幕，参差十万人家"，还是"市列珠玑，户盈罗绮"，抑或是"羌管弄晴，菱歌泛夜，嬉嬉钓叟莲娃"，如同向我们展开了一幅太平盛世的百姓安乐图，杭州的风景秀丽、人文荟萃、经济繁荣、生活富足跃然纸上，令人心生向往。特别是"重湖叠巘""三秋桂子""十里荷花"，千年前的西湖美景令人沉迷陶醉。于是，我们一同走进杭州西湖，去苏堤春晓、曲院风荷、断桥残雪、雷峰夕照中探寻西湖历史文脉，领略西湖自然之美、人文之美、生活之美，感受西湖这一中国入选世界遗产名录中唯一一个湖泊类的文化遗产，其中蕴含的"天人合一"的文化追求，人与自然相互融合的处世态度，东方文化特色审美范例的多元价值。

我们还按照第八期委员读书活动"国学"读书群读书计划，在每周三晚设置"精学"栏目，组织相关专家学者线上导读，并与委员交流互动。在昨天开展的第一期"精学"栏目中，我们邀请到了南京师范大学文学研究所所长钟振振教授，作"以故为新——宋词是怎样学习、运用唐诗的（一）"

专题讲座。钟教授站在中华优秀传统文化传承与发展的角度，聚焦唐诗与宋词这两座中国诗歌史上并列争辉的高峰，系统讲述了宋词屡用唐诗的特殊文化背景，以及运用唐诗的方式与例证，等等。钟教授以渊博的学识、严谨的学风和幽默的谈吐，引领我们进一步读懂传统诗词这一中华民族优秀的文化基因，感受中华优秀传统文化之魅力。随后，群内委员与钟教授围绕唐诗宋词进行了进一步的交流研讨，其中，李学梅委员就词在中晚唐与宋代的产生与发展，张连起委员就宋词引用唐诗诗句的三种情况，分别与钟振振教授展开了一场富有思辨与诗意的对话，以共读共学，聚共识促共进。

在这一天的学习过程中，读书群内学习交流氛围浓厚。连玉明委员、郭媛媛委员、马东平委员和各位委员共读宋词，祁志峰、怀利敏、勉冲·罗布斯达、戚建国、张连起、甄贞、谢伟铨、释崇化、于守国、张喆人、金李、李学梅、田进、张东俊、孙寿山、关天罡等委员先后踊跃发言。其中，戚建国委员与群内委员分享了《习近平用典》之180《深化改革开放共创美好亚太——在亚太经合组织工商领导人峰会上的演讲》等文中引用的"浩渺行无极，扬帆但信风"，并对引用典故的现实意义进行解读，对典故的背景义理进行解释，张连起委员从事业、生活、个人、民族四个维度，对这句诗的广泛蕴意进行了阐释，帮助委员深入学习习近平总书记的重要讲话（文章）精神，准确理解习近平总书记的思想精髓。
张连起委员还就辛弃疾的《破阵子·为陈同甫赋壮词以寄之》
一词作精彩解读。释崇化委员有感而发，赋诗一首，与群友
共勉：

《宝泉初冬》
残日穿梭送断云，舒光落照碧潭清。
枯荷画水身影瘦，衰柳鞭风病蝉鸣。

桂枝香·金陵怀古

王安石

登临送目，正故国晚秋，天气初肃。千里澄江似练，翠峰如簇。征帆去棹残阳里，背西风酒旗斜矗。彩舟云淡，星河鹭起，画图难足。

念往昔豪华竞逐，叹门外楼头，悲恨相续。千古凭高对此，谩嗟荣辱。六朝旧事随流水，但寒烟衰草凝绿。至今商女，时时犹唱，后庭遗曲。

九万里风鹏正举

——宋词共学札记之四

（2022 年 1 月 13 日）

经典的宋词，不会因为年代久远而淹没在历史的尘埃中，反而会在时光的流转中更加璀璨夺目，甚至在某个不经意间照亮我们的心灵，激荡我们的灵魂。在全国政协书院"国学"读书群宋词导读读书计划实施的第四天，我们就在苏轼的《蝶恋花·春景》与李清照的《渔家傲》中，有幸遇到了如此这般不期而遇的美好。

"枝上柳绵吹又少，天涯何处无芳草。"此时，被远谪到万里之遥的苏轼已人到晚年，遥望故乡，几近天涯，这境遇和随风飘飞的柳絮何其相似。然而，柳絮纷飞，春色将尽，固然让人伤感；而芳草青绿，又自是一番境界。细细品味其中暗含的善处穷通、潇洒旷达的思想境界，超然物外、随遇而安的达观胸怀，令人钦佩至极。

"九万里风鹏正举，风休住，蓬舟吹取三山去。"南渡以来，一直漂泊天涯，备受排挤与打击，尝尽了人间白眼的李清照，在梦中与天帝问答，倾述隐衷，并梦跨云雾，渡天河，归帝宫，乘万里风到仙山去。可见，若干年来的逃难生活，并未将这个女子打倒。半世繁华，半世飘零，历经岁月磨砺，她依旧是那个率真诚挚、柔中有刚、豪迈正气的李清照，于乱世悲怆中的坚强，不禁令人感佩至深。

宋词的璀璨夺目，不仅在于词人的个人境界与精神世界，还在于词中蕴含的底蕴深厚的中华优秀传统文化。我们有感于苏轼《蝶恋花·春景》一词中"墙里""墙外"的故事，发现国人自古多爱墙，自上古时期，人类从树上、洞穴中解放，有了真正意义上的居住房屋，墙的概念就开始影响着中华儿女。在古代中国，国家有万里长城，城市有城墙，民居有院墙，村舍有篱笆。墙，既是一种对外物的防御，又是一种内敛而含蓄的文化心理表达。于是，我们共同展开了一场中国墙的探索之旅，在《中国墙：无墙，则无家》里遇见我们的国、我们的家、我们的家国历史和家国文化。

我们受李清照《渔家傲》一词中想象如大鹏一样冲天高飞，梦跨云雾，渡天河，归帝宫，乘万里风到仙山去的启发，发现神鸟因其雄姿矫健、摩天飞纵的形象经常出现在中国文人的笔下，成为古代文学的一大特色。无论是李白、杜甫、白居易，还是苏轼、陆游、辛弃疾，数不尽的中国古代文人墨客都曾刻画过神鸟形象，他们以神鸟意象寄托自己的思想意识，甚至将之视作自己的人格化身。于是，我们一同跟随古代文人的思想轨迹，在《中国古典诗词中的神鸟意象》中，探寻神鸟意象的象征、寄托与演变，敬仰寄寓其中或傲岸自信，或奔放自由，或积极进取，或清静淡泊的文化人格，以及"为天地立心，为生民立命，为往圣继绝学，为万世开太平"的中国古代士大夫精神。

在这一天的学习过程中，连玉明委员、郭媛媛委员、马东平委员和各位委员共读宋词，戚建国、牛汝极、于守国、赵梅、谢伟铨、祁志峰、张连起、贺颖春、常信民、张嘉极、孙寿山、张兴赢等委员先后踊跃发言。其中，戚建国委员与群内委员分享了《习近平用典》之181《在庆祝中国人民政治协商会议成立65周年大会上的讲话》等文中引用的"天视自我民视，天听自我民听"，并对引用典故的现实意义进行解读，对典故的背景义理进行解释，帮助我们深入学习习近平总书记的重要讲话（文章）精神，准确理解习近平总书记的思想精髓。张连起委员与群内委员分享了《人民日报》2022年1月13日刊发的《不断推进马克思主义中国化时代化》，帮助我们深入学习贯彻习近平总书记在省部级专题研讨班上重要讲话,深入研读和领会党的十九届六中全会决议。委员们在宋词的浸润下,在文化的滋养下,在共读共学中,在勤学笃行中,丰富知识,增长才干,升华思想,必将收获更多参政议政成果。

破阵子·为陈同甫赋壮词以寄之

辛弃疾

　　醉里挑灯看剑，梦回吹角连营。八百里分麾下炙，五十弦翻塞外声，沙场秋点兵。

　　马作的卢飞快，弓如霹雳弦惊。了却君王天下事，赢得生前身后名，可怜白发生！

凭阑怀古

——宋词共学札记之五

（2022 年 1 月 14 日）

邂逅宋词，是人生最奇妙的一次旅途。千百年前的文字，让我们看到世界原来有这么多不同的样子，有这么多不同的思绪。以文人的视角，游览一座城，走过一拱桥，抚过一枝花，万物之间都蕴藏着百般柔情，目之所及皆是诗情画意。在全国政协书院"国学"读书群宋词导读读书计划实施的第五天，我们在姜夔的《点绛唇·丁未冬过吴松作》与周邦彦的《解连环·怨怀无托》中，就感受到了那"风也多情，雨也多情"的万千思绪。

在姜夔的《点绛唇·丁未冬过吴松作》一词中，词人俯仰天地之境，仰今古之事，见燕雁随云，南北无定，数峰清寂，山雨欲来，残柳参差，孤苦飘零、万般愁苦自然流露。

燕雁、山峰、山雨、柳枝本是无情物，却在词人的笔下着有情色，道出了无限沧桑之感。一句"第四桥边，拟共天随住"，既道出了词人的心愿，也将我们引向了"中国隐士与中国文化"。我们发现隐士这一中国古代士人中的特殊群体，看似游离于主流社会之外，却润物细无声地影响着古代文人。各朝各代的隐士们，与帝王将相、忠节烈女一起活跃在历史的长卷中，参与着中国传统文化的构建，并形成了独具特色的隐士文化。于是，我们一同走近中国隐士，在了解他们的思想渊源、人生准则与价值取向的过程中，感悟隐士人格魅力，读懂中国隐逸文化。

在周邦彦《解连环》一词中，昔日聚会的燕子楼已不见伊人的倩影，空留"一床弦索"与"手种红药"，以及词人无限缱绻的相思之情。一句"对花对酒，为伊泪落"，既让悲切情思难以抑制，也将我们引向了诗词里的那些花儿。我们发现世称花卉乃天地之至美，诗词属文艺之至善，[1]"花"是文学中至为重要的意象，在诗词中更是历代文人笔下之常客。于是，我们一同去领略"盛开在诗意中国里的那些花儿"，看她们如何在历代文人逸士的笔下被赋予丰富的美学隐喻与

1　王莹 . 唐宋诗词名花与中国文人精神传统的探索 [D]. 广州：暨南大学，2007.

深刻的精神化、人格化内涵，开落古今，摇曳出中华优秀传统文化的绝代风华。

在这一天的学习过程中，连玉明委员、郭媛媛委员、马东平委员和各位委员共读宋词，戚建国、甄贞、于守国、张连起、祁志峰、张嘉极、曹阿民、赵梅、薛光林、孙寿山、张东俊、王苏、王树成等委员先后踊跃发言。在用典方面，戚建国委员分享了《习近平用典》之182《在十八届中央纪委第二次全体会议上的讲话》等文中引用的"俭则约，约则百善俱兴；侈则肆，肆则百恶俱纵"。张连起委员分享了习近平总书记在系列重要讲话和报告中的用典，寓意深邃，生动传神，极具启迪意义。这些关于用典的分享内容，既有助于我们深入学习习近平总书记的重要讲话（文章）精神，准确理解习近平总书记的思想精髓，又闪耀着中华优秀传统文化博大精深的智慧光芒，让我们更深入地感受到中国传统文化的独特魅力。在时政方面，甄贞委员分享了《战略对话五人谈》第31期，戚建国、于守国、甄贞、董强、叶小文五位委员，就参考消息网2021年11月13日报道的《外媒：中美气候合作"发出强有力信号"》发表看法，有助于我们更好理解中美达成强化气候行动联合宣言的重要意义和影响。张嘉极委员发表了真知灼见，引发我们深思。这些围绕当下热点时政话题展开的交流研讨，对于我们分析形势、洞察趋势、建言资政具有重要意义。

　　诚如开篇所说，邂逅宋词，是人生最奇妙的一次旅行。委员们从宋词出发，从诗词延展到国学，从文化延展到经济社会，从共读共学延展到建言资政，随着话题的逐渐深入和展开，委员们思想的火花不断碰撞，实践的反思不断交织，也让我们对今后宋词的学习有了更多期待。

望海潮

柳 永

东南形胜，三吴都会，钱塘自古繁华。烟柳画桥，风帘翠幕，参差十万人家。云树绕堤沙，怒涛卷霜雪，天堑无涯。市列珠玑，户盈罗绮，竞豪奢。

重湖叠巘清嘉，有三秋桂子，十里荷花。羌管弄晴，菱歌泛夜，嬉嬉钓叟莲娃。千骑拥高牙，乘醉听箫鼓，吟赏烟霞。异日图将好景，归去凤池夸。

江山如画

——宋词共学札记之六

（2022 年 1 月 15 日）

"江山如画，一时多少豪杰"，"念桥边红药，年年知为谁生"。在琅琅宋词声、浓浓书香情中，昨天我们迎来了全国政协书院"国学"读书群宋词导读读书计划实施的第六天。在这一天，我们一起欣赏了苏轼的《念奴娇·赤壁怀古》与姜夔的《扬州慢·淮左名都》，对"奋励有当世志"的苏轼，与屡试不第、一生转徙江湖的才子姜夔，有了更深的了解，并通过"宋词里的中国"对这两首词所蕴含的"梦"和"冬至"的文化现象作了解读，感受到中华优秀传统文化的独特魅力。

利用大数据的现代技术再次品读宋词经典，我们有了新的收获和感悟。于是，我们运用量化研究方法发现一些词作为文学意象在宋词中高频出现,如"梦"这个字。宋词主抒情,词人们的"造梦"技能变化万千,他们或谈思乡怀人,或抒离愁别绪,或言伤春悲秋,或表忧国忧民。宋朝被誉为词的时代,宋词的兴盛离不开词人笔下的"梦"境,两万多首词里就有近四千个梦的讲述,它装点了典雅的宋词艺术。

走近宋词,借昨天的这场诗词之旅,我们从千古名篇《扬州慢·淮左名都》一起了解了冬至。冬至是中国很重要的一个节气,在古代与大年、寒食并称为三大节,民间至今还流传着"冬至大如年"的俗语。在远古,人们通过观象授时等方式,首先测定出冬至这个节气。而流传至今的冬至节,早已超出计时测候的最初功能,成为代表中国古老岁时文化的重要符号。

根据本期委员读书活动"国学"读书群读书计划,每周六晚设置"深研"栏目。昨天是"深研"的第一期,郭媛媛委员主持,连玉明委员作了"大数据视角下的经典宋词"专题报告。结合近几年对大数据的一些研究,从大数据的视角,连玉明委员用数据比对分析的方式,精选宋词、分类宋词、赏析宋词。重点向各位委员汇报了五点思考:经典宋词100首是如何选出来的,如何对经典宋词100首分单元、分主题进行学习,经典宋词100首在这次荐读书目《宋词三百首笺注》《唐宋词选》中收录情况分析,经典宋词100首的词作者分析，以及初学宋词的初步感悟。虽然得出的结论还谈不上对宋词的研究，但可以向各位委员提供一个学习宋词的新视角，以求更生动更多元地学宋词，从另一侧面理解中华优秀传统文化。

"深研"中，郭媛媛、孙寿山、张东俊、任亚平、王苏、于守国等委员进行了互动交流，其中孙寿山委员点评道："宋词是中国传统文化中的一座宝库，是词文化的高峰。苏轼、李清照、陆游、辛弃疾、陈亮、岳飞、文天祥……每读他（她）们的大作都令人感奋、动容、思绪万千，他们的作品所表达的精神千年来已深深印在历代中国人的骨子里，成为我们民族的基因"，提出了"应呼吁在对学生进行中国传统文化的教学中增加唐诗宋词的分量"的建议，并现场吟诵一句辛弃疾词"何处望神州，满眼风光北固楼"。

感谢郭媛媛委员的精彩主持，让我们深度探讨了"大数据视角下的经典宋词"话题，生动领略了技术之妙与文化之美相融合展现出的传统文化的现代魅力。

虽然是读书计划开启的第一个休息日，但读书群内学习交流氛围依然浓厚。连玉明委员、郭媛媛委员、马东平委员和各位委员共读宋词，夏宇红、祁志峰、张连起、张嘉极、孙寿山、张东俊、任亚平、王苏、于守国等委员踊跃发言。其中张嘉极委员发表了关于"节能减排"等重要见解，引起大家对该问题的思考，围绕当下热点话题展开的交流研讨，对于我们建言资政具有重要价值与启迪。张连起委员更是有感而发，当场赋诗。现将其诗作附上，与群友共享：

《全国政协网上书院》

壬寅天欲晓，匆匆君行早。

平台溢书香，青山人未老。

蝶恋花

苏 轼

　　花褪残红青杏小。燕子飞时，绿水人家绕。枝上柳绵吹又少，天涯何处无芳草。

　　墙里秋千墙外道。墙外行人，墙里佳人笑。笑渐不闻声渐悄，多情却被无情恼。

佳节又重阳

——宋词共学札记之七

（2022 年 1 月 16 日）

宋词婉约到极处，又豪放到极处，两种风格皆赏心悦目、蔚为壮观。如"人比黄花瘦""拣尽寒枝不肯栖"句。转眼之间，全国政协书院"国学"读书群宋词导读读书计划已经实施了七天。我们一起共读了李清照的《醉花阴·薄雾浓云愁永昼》与苏轼的《卜算子·黄州定慧院寓居作》，并徜徉于"宋词里的中国"，了解重阳节的起源、形成和发展以及古代的计时工具等，共同守护并努力建设我们美好的家园。

我们透过《醉花阴·薄雾浓云愁永昼》中"佳节又重阳，玉枕纱厨，半夜凉初透"，一同回顾了传承千年的重阳节。先民出于对自然的崇拜与敬畏，形成了众多风俗节日，其中农历九月九日的重阳节就是我国一个重要的传统节日。它被人们赋予了求祥和、辟灾祸以及追求长生不老等精神寄托。因时代的变迁，在今天城市里已很少能见到重阳节的习俗活动，但我们仍然能在古代诗词等作品中，体会出重阳节所带来的文化学、社会学价值，这些无不彰显出一代代中国人的精神风貌与超凡智慧。

我们还透过《卜算子·黄州定慧院寓居作》中"缺月挂疏桐，漏断人初静"，在光阴的故事中寻觅中国古代的计时智慧。中国是一个以农耕文明著称的国度，如何准确地把握季节时令是开展农事活动的第一大要诀，因此历朝历代均极为重视计时的工作。除了有圭表、日晷和漏刻等这类简单的古代计时器外，还有机械类计时器，如水运仪象台、大明殿灯漏。这些机械报时装置代表着中国古代科技的最高峰，甚至也是当时世界的最高水平，见证了中国人的智慧。认识中国古代的科技文明，传承发扬中国古代的科学方法和精神，对于增强文化自信，建设文化强国皆具有丰富的历史与现实意义。

在这一天的学习过程中，读书群内学习交流氛围颇为浓厚，让这个冬日的周末书香四溢。连玉明委员、郭媛媛委员、马东平委员和各位委员共读宋词，张嘉极、祁志峰、于守国、戚建国、甄贞、金李、张连起、张东俊、怀利敏、王苏等委员踊跃发言。

其中，戚建国委员与群内委员分享了《习近平用典》之184《紧紧围绕坚持和发展中国特色社会主义学习宣传贯彻党的十八大精神》等文中引用的"物必先腐，而后虫生"，并对所引用典故的现实意义进行了阐发，对典故的背景义理进行了解释，助力深入学习习近平总书记的重要文章精神，深刻理解习近平总书记的思想精髓。随后甄贞、郭媛媛、张嘉极等委员就此发表了自己的学习体会。

甄贞委员在学习了李清照《醉花阴·薄雾浓云愁永昼》后发表了自己的感悟："'莫道不销魂，帘卷西风，人比黄花瘦'，是流传千古的名句。把相思写到这个程度也是无人能超越了。李清照当年只有二十岁左右，能写出如此词句，一是思夫心切情深，二是才华横溢，能准确驾驭文字，表达心境。才女之名非她莫属。"

张连起委员分享了启功先生讲《相思》读仄音的幽默风趣而又启人深思的视频链接，增添了学国学的生动素材。

张嘉极委员分享了多个热点话题，引发大家对这些问题的深入关注与思考，对于建言资政具有重要价值与启迪。张嘉极委员还有感而发，当场赋诗。现将其诗作附上，与群友共享：

老成持重常自励，低调谦虚恒学习。

事关重大不能守，语言贸然太轻易。

渔家傲

李清照

天接云涛连晓雾，星河欲转千帆舞。仿佛梦魂归帝所，闻天语，殷勤问我归何处？

我报路长嗟日暮，学诗谩有惊人句。九万里风鹏正举，风休住，蓬舟吹取三山去。

东风夜放花千树

——宋词共学札记之八

（2022 年 1 月 17 日）

在"吟笺赋笔，犹记燕台句""东风夜放花千树，更吹落，星如雨"的吟诵中，全国政协书院"国学"读书群宋词导读读书计划实施到了第八天。我们共读了周邦彦的《瑞龙吟·章台路》与辛弃疾的《青玉案·元夕》，在"宋词里的中国"跟随诗词的记载，重温古人在春日里踏青的快乐，重溯中国灯文化的发展脉络，领略中国灯会的瑰丽奇伟。

我们循着《瑞龙吟·章台路》中所描绘"试花桃树"的初春景色，去探寻古人踏青之盛况。我国作为世界上最早进入农耕文明的国家，凡事皆与农业有着千丝万缕的联系。古人的春日郊游，从一开始的上巳节结伴水边沐浴，到农耕祭祀迎春习俗，再发展到后来的"清明"与"上巳"融合，人们在清明扫墓的同时，又有游春访胜的踏青娱乐。我们跟随历史的脚步，重温汉代、隋代、唐代与宋代人在春日踏青的盛况，看他们春天伊始与亲友、师长一起郊游、修禊、饮酒、吟诗、作词，这一系列的民俗活动无不表现出古人对美好生活的向往与追求。

我们还透过《青玉案·元夕》中灯彩灿烂辉煌的场景，发现每一盏灯中，都蕴含着古人无与伦比的智慧。上元观灯，有花千树、星如雨、玉壶转、鱼龙舞等巧夺天工的明灯。重溯中国灯具的发展脉络，观览中国灯彩的灿烂辉煌，领略中国灯会的瑰丽奇伟，在浩瀚的古诗文中，在璀璨的灯文化中，学习并领会古人追光、求美、启灵的智慧。

又是一个充实的学习日，读书群内学习交流氛围颇为浓厚。连玉明委员、郭媛媛委员、马东平委员和各位委员共读宋词，祁志峰、张连起、吴文科、于守国、戚建国、甄贞、李香菊、张嘉极、刘红光等委员先后作了发言。

其中，张连起委员考证了陶渊明的《饮酒十二首》之五中的名句"采菊东篱下，悠然望南山"中"望"字的流变，让我们从中深受启发，体会到了对作品本身的细读是多么重要。张连起委员还分享了有关经济、国际社会等领域的学习资料，丰富了学习内容，让大家受益匪浅。

戚建国委员分享了《习近平用典》之185《在十八届中

央纪委第二次全体会议上的讲话》等文中引用的"历览前贤国与家，成由勤俭破由奢"，对典故的背景涵义进行了解释，对引用典故的现实意义进行了阐发，助力深入学习习近平总书记的重要讲话（文章）精神，深刻理解习近平总书记的思想精髓。随后甄贞、郭媛媛等委员就此谈了自己的学习体会。张嘉极委员发表了重要观点，启发大家深思。

转眼我们的读书计划已经进行了一周，收获颇丰，期待接下来继续与各位委员共读共学，研读好宋词，推动全民阅读、建设书香中国活动开展。

点绛唇·丁未冬过吴松作

姜　夔

　　燕雁无心，太湖西畔随云去。数峰清苦，商略黄昏雨。

　　第四桥边，拟共天随住。今何许？凭阑怀古，残柳参差舞。

月上柳梢头

——宋词共学札记之九

（2022 年 1 月 18 日）

　　宋词如芬芳馥郁的花香，像婉转清脆的鸟鸣，在"疏星渡河汉""月与灯依旧"中，已到了全国政协书院"国学"读书群宋词导读读书计划实施的第九天。我们一起学习了苏轼的《洞仙歌·冰肌玉骨》与欧阳修的《生查子·元夕》，在"宋词里的中国"，我们将目光瞄准璀璨星空，感受古代中国人探索宇宙的奇幻之旅，并一起探寻元宵节的起源、发展以及元宵的欢庆活动，感受古代浓郁的节日氛围，和古人一起欢度元宵。

　　我们在诗词中发现不少关于天文星象的句子，如《洞仙歌·冰肌玉骨》中"起来携素手,庭户无声,时见疏星渡河汉"。宇宙星空一直引发人们的无限遐想和探索，除了在文学上赋予宇宙浪漫的色彩以外，先民还在科学技术上对宇宙进行理性而科学的探索。古代的中国人不仅有开天辟地的创世神话，还有当时最先进的天文仪器、最大胆的"飞天"尝试。

前几天我们从元宵灯会上的火树银花出发，探寻了祖国古代灿烂的灯具历史，昨天我们聚焦《生查子·元夕》中"花市灯如昼"的元宵佳节，一同回顾这个热闹繁华的节日。元宵节的起源虽众说纷纭，但到唐代已成为法定节日，并规定开禁三天。宋代更是张灯五天，天子与百姓一同观灯，呈现出一片歌舞升平、锣鼓喧天的繁荣气象。历经千百年的发展与传承，元宵节也产生了丰富多彩的欢庆活动，具有丰富的文化内涵和精神意蕴，向世人展示了中国古代社会的精神生活与审美志趣。

在这一天的学习过程中，读书群内学习交流氛围甚为热烈。连玉明委员、郭媛媛委员、马东平委员和各位委员共读宋词，祁志峰、戚建国、张嘉极、巴合达吾列提、吴凡、甄贞、张连起、王煜、卢江等委员先后作了发言。

其中，戚建国委员与群内委员分享了《习近平用典》之186《之江新语·激浊扬清正字当头》等文中引用的"诚欲正朝廷以正百官，当以激浊扬清为第一要义"，对典故的背景涵义进行了解释，对所引典故的现实意义进行了阐发，助力深入学习习近平总书记的重要文章精神，深刻理解习近平总书记的思想精髓。随后郭媛媛委员就此谈了自己的学习体会。张嘉极委员发表了重要观点。

甄贞委员在学习了欧阳修的《生查子·元夕》与苏轼的《洞仙歌·冰肌玉骨》后，认为"解读、释义、导读都很到位"，还分别就两首词发表了自己的感悟："《生查子·元夕》人物活灵活现，上下对比，物是人非，思念惆怅，情绪难抚，名句佳人，刻入读者心中，挥之不去。""苏轼词中的金波、玉绳、流年之指代、比喻，常出现于现代人诗词中，古为今用了。花蕊夫人费氏，曾作宫词百首，为时人称道。其中'君王城上竖降旗，妾在深宫那得知？十四万人齐解甲，更无一个是男儿'的诗句令人感佩。"

张连起委员分享了他发表在《人民政协报》上有关国民经济领域的文章，丰富了学习内容，让大家受益匪浅。

根据本期委员读书活动"国学"读书群读书计划，每周三晚设置"精学"栏目。今晚是"精学"第二期，我们邀请了南京师范大学文学研究所所长钟振振教授，作"以故为新——宋词是怎样学习、运用唐诗的（二）"专题讲座。在这一周多的时间里，我们关于宋词方面的知识收获颇丰，当然也不局限于此。期待接下来继续与各位委员共读共学，互促共进，更好推动我们的宋词学习活动。

解连环

周邦彦

怨怀无托，嗟情人断绝，信音辽邈。纵妙手、能解连环，似风散雨收，雾轻云薄。燕子楼空，暗尘锁、一床弦索。想移根换叶，尽是旧时，手种红药。

汀洲渐生杜若，料舟依岸曲，人在天角。谩记得、当日音书，把闲语闲言，待总烧却。水驿春回，望寄我、江南梅萼。拚今生、对花对酒，为伊泪落。

溪上青青草

——宋词共学札记之十

（2022 年 1 月 19 日）

在"相对坐调笙""溪上青青草"词句中，我们度过了全国政协书院"国学"读书群宋词导读读书计划实施的第十天，大家一起学习了周邦彦的《少年游》与辛弃疾的《清平乐·村居》，通过"宋词里的中国"专题，我们围绕香文化，从寻香出发，至用香而止，细细品味香文化背后所蕴含的中华民族的性格与精神情感，并共同走近宋代农户日常生活，再现当年男女老少各司其职、安居乐业的生活情境。

中华民族在继承中发展，在发展中创新，铸就了优秀的中华传统文化。香文化就是其中一个十分重要的组成部分。香在古代位居君子四雅生活之首（即品香、品茗、插花、挂画）。早在上古时代先民即开始用香，并将其作为沟通人与神的重要媒介。随后古人更是结合自身的文化传统，围绕用香开展了一系列带有中国特有文化符号的实践活动，其中蕴含着中华民族独特的性格与精神情感。

领略了典雅的品香生活后，我们一同奔赴心的家园——乡村。乡居因为简单而纯粹，因为纯粹而令人神往。我们在《清平乐·村居》"溪头卧剥莲蓬"的闲适淡然世界中体会到了一种远离尘嚣的诗意盎然。生动体现中国古代乡村生活状态的最具代表性作品，当是辛弃疾的《清平乐·村居》。我们用心去感悟词中清新秀丽的环境与温馨感人的家庭氛围，便会有一种"千帆落尽万事空，云淡风轻坐看起"的顿悟与升华。

我们还开展了第二期"精学"栏目，邀请南京师范大学文学研究所所长钟振振教授，作"以故为新——宋词是怎样学习、运用唐诗的（二）"专题讲座。钟教授从中华优秀传统文化的传承与发展这个角度出发，聚焦中国文学史上唐诗与宋词两座高峰。介绍了宋词屡屡化用唐诗的文化背景和宋词如何运用唐诗的方式方法，在细微之处比较出高下，体会到了中华优秀传统文化的传承有序和博大精深。随后，群内委员与钟教授围绕唐诗宋词进行了进一步的交流研讨，其中，马东平、田进、王黎光、王苏、于守国等委员就宋词在哪些方面超越了唐诗，如何看待宋词与宋诗等几个问题，分别与钟振振教授展开了一场富有思辨与诗意的对话，让我们对"凡一代有一代之文学"的宋词，有了更深入的了解。

在这一天的学习过程中，读书群内学习交流氛围甚为热烈。连玉明委员、郭媛媛委员、马东平委员和各位委员共读宋词，祁志峰、于守国、戚建国、赵梅、张连起、张嘉极、田进、王黎光、王苏等委员先后作了发言。

其中，戚建国委员与群内委员分享了《习近平用典》中《在十八届中央纪委第三次全体会议上的讲话》等文中引用的"地位清高，日月每从肩上过；门庭开豁，江山常在掌中看"，对典故的深刻内涵进行了解释，对其现实意义进行了阐发，有助于我们深入学习习近平总书记的重要讲话（文章）精神，全面领会习近平总书记的思想精髓。随后，郭媛媛委员就此谈了自己的学习体会。张嘉极委员分享了多个热点话题，引发我们对这些问题作进一步思考，对于建言资政工作亦具有重要启迪。

张连起委员与我们分享了"连起来看"，就"宋词之美，美于何处？委员履职，有何用处？"的主题谈了自己的感悟，给我们颇多启发。

在过去的十天里，我们开展了3场研讨，共读了20首宋词，除了获得诗词之美的享受以外，更激发了大家的民族自豪感与文化自信，也提升了建言资政、凝聚共识谋发展的本领。

念奴娇·赤壁怀古

苏 轼

　　大江东去，浪淘尽千古风流人物。故垒西边，人道是，三国周郎赤壁。乱石穿空，惊涛拍岸，卷起千堆雪。江山如画，一时多少豪杰。

　　遥想公瑾当年，小乔初嫁了，雄姿英发。羽扇纶巾，谈笑间，樯橹灰飞烟灭。故国神游，多情应笑我，早生华发。人间如梦，一樽还酹江月。

试问闲愁都几许

——宋词共学札记之十一

（2022年1月20日）

"美哉书香能致远，群贤毕至竞良言"，在迎来二十四节气中最后一个节气大寒的时刻，我们开启了第十一天的全国政协书院"国学"读书群宋词导读读书计划，委员们齐聚一堂，学习了贺铸的《青玉案》与周邦彦的《兰陵王·柳》，深陷于贺梅子（贺铸别名）琐碎繁多的闲愁与周邦彦折柳送别的愁苦中，各抒己见、畅所欲言。

贺铸的一句"试问闲愁都几许？一川烟草，满城风絮，梅子黄时雨"，连设三喻，将无形无迹的、抽象的"愁"具象地表达出来，渲染出迷茫、黯淡的氛围，烘托出词人凄苦的"闲愁"，让我们感知和领略到了贺梅子笔下的愁情。于是，我们共同探寻中国古诗词中"愁"字丰富而生动的表现，去体悟古今文人墨客的凄苦与悲哀，去感知多情离人的心酸与伤痛，去感受汉字文化的魅力、张力与活力。

在周邦彦的《兰陵王·柳》这首词中，我们透过柳荫、柳丝、柳絮、柳条，感受到了词人借柳渲染的离愁别绪，如身临其境般看到了送别时的场景，体会到词人别时的感受以及别后的情怀。因此，我们一起探秘"柳"与离别的关系，寻迹古人折柳送别寄相思的习俗，领略"柳"在古代离别、送别中的特殊意蕴，感触古代送行者和远行人难以言喻的愁苦情绪，以及分离前后惜别、相思的深情厚谊。

通过这一天的学习，连玉明委员、郭媛媛委员、马东平委员和各位委员共读宋词，祁志峰、戚建国、丁金宏、郑军、张嘉极、张连起、于守国、安来顺、刘佳义、陈旗、米恩华、王苏、李智勇等委员踊跃发言。其中，戚建国委员与群内委员分享并解读了习近平总书记引用的"禁微则易，救末者难"，随后还与群内委员分享了唐代元稹的《咏廿四气诗·大寒十二月中》，并从解读诗词的角度为大家介绍了大寒节气以及与之有关的传统习俗。丁金宏委员挥笔洒墨书写了辛弃疾的《清平乐·村居》一词，让我们领略了宋词与书法的美妙结合，感受到美与美的碰撞。张嘉极委员分享了多个热点话题，对于我们的建言资政工作具有重要启迪。张连起委员与我们分享了"连起来看"，围绕宋词的当代价值发表了自己的感悟，同时分享了《人民政协报》1月20日刊发的《读懂"两个确立"的决定性意义》，给我们颇多启发。于守国委员与郭媛媛委员围绕"宋词中军旅诗词似不多见，请问是何故"这一问题进行了交流研讨，并在学习两首词后发表了自己的感悟："国运连诗文，盛时多精品。宋朝军事政治制度设计，不仅导致了大片国土被侵，也抑制了才子们的创作热情"。

　　这一天，我们走近大寒、学习宋词、欣赏书法、表达观点，学习热情高涨，围绕一个个主题深入讨论，互动中有态度、有观点、有建议，在节气文化与宋词文化的交汇融合中，努力把学习的收获转化为履职工作的过硬本领，并深切体悟到中华传统文化令人震撼之美。

扬州慢

姜　夔

　　淳熙丙申至日，予过维扬。夜雪初霁，荠麦弥望。入其城，则四顾萧条，寒水自碧。暮色渐起，戍角悲吟。予怀怆然，感慨今昔，因自度此曲，千岩老人以为有《黍离》之悲也。

　　淮左名都，竹西佳处，解鞍少驻初程。过春风十里，尽荠麦青青。自胡马窥江去后，废池乔木，犹厌言兵。渐黄昏、清角吹寒，都在空城。

　　杜郎俊赏，算而今重到须惊。纵豆蔻词工，青楼梦好，难赋深情。二十四桥仍在，波心荡，冷月无声。念桥边红药，年年知为谁生？

两情若是久长时

——宋词共学札记之十二

（2022 年 1 月 21 日）

　　我们置身于古与今的碰撞间，以图文并茂、音频配合、动态演示等形式迈入了全国政协书院"国学"读书群宋词导读读书计划实施的第十二天，一起学习了秦观的《鹊桥仙》与柳永的《八声甘州》，并在"宋词里的中国"里感受宋朝的江山风月，领略秦观的炽烈真情，体悟柳永的孤寂惆怅。

　　跟随秦观的《鹊桥仙》，我们从一个崭新的角度了解了牛郎织女的爱情，"两情若是久长时，又岂在朝朝暮暮"的独到见解，让牛郎织女的故事不再是满腹同情与悲怨，更多体现的是一种达观与淡然。由此，我们聚焦到宋词里的情词，感受宋词里对爱情的含蓄表达，从"双燕""鸳鸯""断肠""泪""醉""恨"等字词中，体会古人的思念之情、怨情之苦、丧偶之伤、离别之思，感知古人令人艳羡的坚贞不渝、真挚深刻的爱情。

在柳永《八声甘州》中，深秋暮雨江天的爽朗雄阔和关河的苍茫寂寥，让我们感受到了词人哀婉、低沉的情感基调，也体会到他羁旅途中的漂泊之苦与相思之痛。沉浸在宋代羁旅词中，我们看到了词人行前送别、旅途孤苦、别后相思的羁旅行役生活，从羁旅中的水、舟、烟、雨等景象与物体，领略到宋代以水路为主的交通特色。

在读书群这一天的学习中，连玉明委员、郭媛媛委员、马东平委员和各位委员共读宋词，赵卫、于守国、张嘉极、祁志峰、戚建国、张连起、常信民、潘晓燕、孟广禄、陈力、管培俊、谢文敏、王苏、林阳、甄贞、魏定梅、盛小云、赵长茂等委员踊跃发言，并纷纷为读书群学习活动点赞。其中，张嘉极委员分享了自己的工作感悟以及多个热点话题，引发了大家对更好履职尽责的思考。戚建国委员采用解读、释义结合，为我们阐述了习近平总书记引用"位卑未敢忘忧国"的现实意义。甄贞委员学习《从宋词中的羁旅词看宋代的水路交通》后感叹道："对'烟意象'在宋词羁旅词中运用广泛留下深刻印象。继续学宋词，品雅韵古意。"张连起委员与我们分享了"连起来看"，向我们阐释了宋词的恒久魅力，还借今天（农历腊月十九日）是苏东坡生日的契机，分享和介绍了苏东坡先生的生平与经历，以期让大家从东坡先生身上获得精神慰藉，找到心灵的安顿之所。这一分享引发了委员的互动与讨论，管培俊委员分享了自己的感悟："'问汝平生功业，黄州惠州儋州'。多次瞻仰海南儋州苏东坡贬居之地，东坡书院，尤其感慨万千。苏东坡知行知止，心安常在，与老百姓打成一片，淡泊明志，讲学明道，教化日兴，人文之盛，享有盛誉，共创作诗歌一百七十余首、各类文章一百六十余篇，同时续写完成了《易传》《书传》《论语说》三部经学著作。"所谓"东坡胸次广"，在研讨中大家表达了对苏东坡虽处逆境屡遭挫折而不畏惧不颓丧的倔强性格和乐观旷达胸怀的敬佩，领略了东坡先生的豪迈人生与豁达智慧。

"读书贵在持之以恒，成在勤学深悟，重在知行合一"，委员们逐段逐句深入体悟，积极参与、广泛交流、深入研讨，积极寻找思想共鸣点和认识交汇点，通过读书实现凝聚人心、汇聚力量，在共读共学中凝聚共识。

醉花阴

李清照

　　薄雾浓云愁永昼，瑞脑消金兽。佳节又重阳，玉枕纱厨，半夜凉初透。

　　东篱把酒黄昏后，有暗香盈袖。莫道不销魂，帘卷西风，人比黄花瘦。

一曲新词酒一杯

——宋词共学札记之十三

（2022 年 1 月 22 日）

　　昨天，我们在美好的宋词时光中度过了全国政协书院"国学"读书群宋词导读读书计划的第十三天，我们徜徉在晏殊的《浣溪沙》与李清照的《如梦令》美的意境中，思维穿越时光的河流，在"宋词里的中国"中探寻古人的文化习惯和童年童趣，感受古人闲适的生活和少年的趣事。

　　在晏殊"一曲新词酒一杯"的闲适生活中，我们与词人一同感伤寸寸时光的消逝，细微却深刻地感受着"孤独"与"无常"。与此同时，由晏殊化用白居易《长安道》中的"艳歌一曲酒一杯"为切入，我们在宋词中看到，晏殊、苏轼、辛弃疾、贺铸等宋代大词人经常运用点化、隐括、袭用等形式化用唐诗，通过灵活运用并渗透词人的真情实感，让我们看到了不一样的精彩和重获的鲜活生命力。

在李清照的《如梦令》里，我们看到了词人用精练的语言、优美的意境、独特的视角讲述难忘少年游的回忆，词中景色给人以足够美的享受，并能从中感受到词人早期生活的情趣与心境。由此，我们遍数宋词，探究让词人难以忘怀的年少时光，通过研究词人对儿童生活的描绘、儿童形象的塑造、儿童情趣的表现，一起在宋词的童年童趣、童心童性中，感悟词人的情怀与意趣，找寻和古代文人们的精神共鸣。

我们还按照第八期委员读书活动"国学"读书群读书计划，开展了第二期"深研"栏目，邀请中国国家画院原院长、党委书记杨晓阳委员，作"宋代绘画散步 漫谈宋代绘画"的专题讲座，郭媛媛委员主持。杨晓阳委员站在中国绘画变迁史的角度，系统讲述了宋画在中国绘画史上的历史地位、突出成就、艺术特点，以及在"写实"与"写意"的碰撞和交融中，呈现出的别具一格的魅力。他还带大家一同鉴赏了《雪景寒林图》《万壑松风图》《清明上河图》《瑞鹤图》《出水芙蓉图》等传世名作，让我们进一步了解了宋画的艺术态度和表现手法，以及宋代构建的独特文化品致与美学意识。

在这一期"深研"中，董希源、韩庆祥、张妹芝、潘兴旺、张连起、姜克美等委员纷纷为杨晓阳委员的精彩讲座点赞，并进行了互动交流。其中，韩庆祥委员在感悟宋明理学影响很大的同时，提出了"宋画是否有哲学基础"这一问题。杨晓阳委员就这一问题回答道："宋画是根植在宋代文化基础整体之上的一种绘画形式，和中国哲学的整体世界观息息相关。在宋代，中国社会发展到一定成熟阶段，物质基础相对比较丰富，绘画向深层的文化艺术本体发展的倾向比较明显。宋画的思想内涵是在中国老庄哲学基础之上，融入佛教和儒家思想的一个综合体。从发展趋势来看，是从外在表现物象的视觉模拟，向更加具有文化内涵的方向发展。"张连起委员在感谢杨晓阳委员精彩讲解的同时与大家分享了《宋画口诀》，感叹宋画之美。

在这一天的学习过程中，读书群内学习交流氛围浓厚。连玉明委员、郭媛媛委员、马东平委员和各位委员共读宋词，祁志峰、张嘉极、戚建国、甄贞、张连起、宗性、杭元祥、赵长茂、徐自强、贾庆国、高燕、管培俊、孟广禄、赵梅、于守国等委员踊跃发言，并为读书群内学习活动频频点赞。其中，张嘉极委员分享了当下热点话题，对于建言资政具有重要价值与启迪。戚建国委员分享并解读了习近平总书记引用诗句"千磨万击还坚劲，任尔东西南北风"的现实意义。甄贞委员围绕《习近平用典》分享道："为人、为官、为事的'岩竹'坚忍执着的品格，在今天也应该大力提倡。"张连起委员就北京大雪与大家分享了元末明初王翰的《大雪偶成》，并围绕词的境象、情性、意蕴、神韵、风采与众委员进行了探讨。杭元祥委员学习了晏殊的《浣溪沙》感叹道："花落之无可奈何，燕来之似曾相识，无情与有情对比，人生、自然界有常与无常的恒久规律。"于守国委员有感而发："辛丑牛勤瑞雪飘，壬寅虎跃丰年兆。"

连日来，读书群内"书香四溢"，学习氛围愈发浓厚，委员们同读同学、互思互议、共研共享，观点碰撞擦出智慧的火花，语言交流渗透凝聚的力量。

卜算子·黄州定惠院寓居作

苏 轼

缺月挂疏桐，漏断人初静。惟见幽人独往来，缥缈孤鸿影。

惊起却回头，有恨无人省。拣尽寒枝不肯栖，寂寞沙洲冷。

听风听雨过清明

——宋词共学札记之十四

（2022 年 1 月 23 日）

正所谓"书卷多情似故人"，在全国政协书院"国学"读书群宋词导读读书计划实施的第十四天里，我们穿行于宋词中，一起品学了周邦彦的《琐窗寒》与吴文英的《风入松》，并在"宋词里的中国"中重回青衫长袖、吟词醉月的岁月，感受词人的暮年时光，重温古宋朝代的历史风雅，领略大宋之美。

我们从周邦彦的《琐窗寒》里庭院小帘朱户之地的景色，以及在词中阐述的少年羁旅与垂老行役的不同心境，感受到词人对羁旅生活的厌倦，对年华流逝的痛惜，对家乡的思念，对故友的怀想以及对情人的眷恋。同时，我们从词中"小唇秀靥"延展开去，一起探寻了宋词中对女性容貌美的表述与用词，感受宋词中女性容貌、情态、服饰、发饰、技艺之美，体悟中国古人特有的文化审美情趣。

在吴文英的《风入松》一词中，词人通过"一丝柳，一寸柔情"中"一"与"一"的连用，强化抒情力度，让我们能够感同身受词人强烈的伤别愁绪。由此，我们一同走进宋词中的"一"，了解"一"字本义及其演变，"一"字的妙用及其美感，领略"一"在不同语境下的含义，或是数量词，或是全与满之意，从中感受"一"字背后所体现的文化意蕴与哲学思维。

在这一天的学习过程中，连玉明委员、郭媛媛委员、马东平委员和各位委员共读宋词，王苏、祁志峰、戚建国、张连起、岳泽慧、盛小云、崔田、宋亚坤、尚勋武、常信民、许波等委员纷纷点赞读书活动并踊跃发言。其中，戚建国委员与大家分享并解读了习近平总书记《在全国组织工作会议上的讲话》（2013年）中引用的"志之所趋，无远勿届，穷山距海，不能限也。志之所向，无坚不入，锐兵精甲，不能御也"，帮助众委员深入准确理解习近平总书记的思想精髓。张连起委员分享了"连起来看"，向我们介绍叶小钢这位蜚声中外的作曲家的创作理念、艺术追求和人生感悟，与群友共勉。郭媛媛委员围绕《习近平用典》谈感悟："立志高远，方能进击；持志精坚，所向披靡。精神的力量，在想象之外，在坚守之中，有着无穷的潜力与能量！"宋亚坤委员学习宋词后感叹道："我们的国学博大精深，影响深远；好的国学典籍深入浅出，受益无穷！"

委员们或慷慨激昂，或深情婉转，在读书群中围绕学习内容进行深入讨论、畅谈心得，从学、思、悟中启发智慧、感悟人生，在共学共读中展现出深刻体悟、真知灼见，引发共鸣。

瑞龙吟

周邦彦

章台路，还见褪粉梅梢，试花桃树。愔愔坊陌人家，定巢燕子，归来旧处。

黯凝伫，因念个人痴小，乍窥门户。侵晨浅约宫黄，障风映袖，盈盈笑语。

前度刘郎重到，访邻寻里，同时歌舞，惟有旧家秋娘，声价如故。吟笺赋笔，犹记燕台句。知谁伴、名园露饮，东城闲步？事与孤鸿去，探春尽是，伤离意绪。官柳低金缕，归骑晚、纤纤池塘飞雨。断肠院落，一帘风絮。

赫日自当中

——宋词共学札记之十五

（2022 年 1 月 24 日）

赏读宋词，更是品尝一种人生况味。在全国政协书院"国学"读书群宋词导读读书计划实施的第十五天，我们一起细读深学陈亮的《水调歌头·送章德茂大卿使虏》与辛弃疾的《鹧鸪天·鹅湖归病起作》，在"宋词里的中国"里共同品读宋代词人的豁达从容、欣赏古人的生活美学，感受宋人诗意高雅的生活，领略笑看人生的智慧。

陈亮在《水调歌头·送章德茂大卿使虏》一词中抒发"胡运何须问，赫日自当中"，是词人从消极的事件中发掘有积极意义的独特见解，让我们看到作者自信乐观的精神并深受鼓舞。于是，我们深挖宋词中的丰富情感价值和深厚思想内容，了解古人的积极人生观，感悟他们以冷静、理智的态度面对人生中袭来的灾难与打击，感受他们处逆境而不惊、不乱、不绝望的哲人风度。

我们在《鹧鸪天·鹅湖归病起作》清冷寒凉的意境中，体悟辛弃疾病后登楼的心境，与词人一同惊叹时光流逝，体会词人人到暮年精力衰退、满腔抱负却无可奈何的怨愤沉郁之感。由"枕簟溪堂冷欲秋"中的"枕簟"渲染的清冷气氛拓展开去，我们共同探访中国古诗词中家具的风貌，无论是玉床、瓷枕和枕簟，或是椅子画屏，古代家具经过文人墨客的写实与写意、洗练与推敲，承载了诗词人的情怀，让我们看到了家具独一无二的文学气质和文化底蕴，读懂了寄托于家具用品中的文人雅士的隐逸之心。

在这一天的学习过程中，连玉明委员、郭媛媛委员、马东平委员和各位委员共读宋词，祁志峰、戚建国、郝振山、蒙启良、车轲轶、赵梅、丁金宏、张连起、金李、周桐宇、王苏、赖明、宋丰强、谢伟铨、张嘉极、于守国等委员纷纷为读书群活动点赞，并先后踊跃发言。其中，戚建国委员与大家分享并解读了习近平总书记关于引用"石可破也，而不可夺坚；丹可磨也，而不可夺赤"这一典故的现实意义。郭媛媛委员围绕《习近平用典》感悟道："选择者，择其时起，不改初衷；坚守者，矢志不渝，方有始终！人生百年，匆匆行程；事业阑珊，众者纷纭。惟守志精坚者、信念不移者，长赢、大赢、终赢！"丁金宏委员与张连起委员还围绕"中华优秀传统文化要创造性转化、创新性发展的理由"进行了热烈讨论，引发了我们对传承创新中华优秀传统文化的思考。张嘉极委员分享了多个热点话题，对建言资政具有重要启迪。王苏委员学习了辛弃疾的《鹧鸪天·鹅湖归病起作》后连连感叹宋词之美。

品宋词独有之美，品的是宋词在大浪淘沙的岁月中毫不褪色、情韵依旧之美，品的是词人的所思、所想、所感、所叹，委员们紧扣宋词学习主题，学习古人的思想境界与人生态度，分享学习心得，通过在思想碰撞中相互启发，学习提高资政质量和充分凝聚共识。

青玉案·元夕

辛弃疾

东风夜放花千树，更吹落，星如雨。宝马雕车香满路。凤箫声动，玉壶光转，一夜鱼龙舞。

蛾儿雪柳黄金缕，笑语盈盈暗香去。众里寻他千百度。蓦然回首，那人却在，灯火阑珊处。

西窗又吹暗雨

——宋词共学札记之十六

（2022年1月25日）

"诗若雪花争妙曼，词如云朵漫卷舒。"在清媚温婉的宋词里，我们度过了我国春节习俗中的"小年"，迎来了全国政协书院"国学"读书群宋词导读读书计划实施的第十六天。昨天，全国政协召开了深化委员读书活动工作座谈会，并为全国政协书院揭牌，提出了"紧扣中心大局谋划读书主题、突出政协特色培育读书文化、立足优势发挥读书骨干作用、提高工作效能加强组织保障"的要求，为深化委员读书活动指明了方向，对推动委员读书活动持续深入开展具有重要的指导意义。

"虚堂明烛小年时，子弄瑶琴父咏诗。"在这个传统节日，我们共读李清照的《一剪梅》，于移情入景、直宣情愫的柔美词藻中，感受词人的相思浓愁；共赏姜夔的《齐天乐》，在看似咏物、实则抒情的词作中，感知词人的个人愁绪与家国之恨。遨游于"宋词里的中国"，我们通过内蕴丰厚的意象，感受古人水上的悲喜哀乐，探寻流传千年的蟋蟀文化，度过了一个书韵飘香的"小年"。

赏读《一剪梅》，我们看到词人"轻解罗裳，独上兰舟"，划船出游以排遣心中愁绪，跟随"兰舟"这一意象，走进"轻舟恣来往"的世界，从泛舟的速度、力度和温度三个维度，感受古人水上的浪漫。自古以来，舟船不仅是一种物质载体，也是一种重要的精神载体，它被人们赋予了丰富的文化内涵。于泛舟之中，我们看到古人欣赏美景的喜悦，仕人远离尘嚣的寄托，游子思念故乡的情怀，其中蕴含着儒家的进取和道家的超脱，折射了中国传统士大夫的文化心理结构，是中华优秀传统文化的重要组成和珍贵的精神财富。

借由姜夔的《齐天乐》，开启了一场民俗活动之旅，从斗蟋蟀的起源、发展和文化内涵着眼，探寻具有浓厚中国色彩的蟋蟀文化。蟋蟀，虽是十分普通的昆虫，但因其集细腻情思和大将风采于一身的特性，自古就是文人士子托物言志、消遣娱乐的对象。斗蟋蟀是争强者武德充沛的象征，养蟋蟀是文人雅士陶冶情操的途径，一文一武、一动一静，是中国延续了两千多年历史的蟋蟀文化，也是社会变迁的缩影。

在这一天的学习过程中，读书群内学习交流氛围浓厚、激情四溢。连玉明委员、郭媛媛委员、李学梅委员和各位委员共读宋词，刘晓冰、叶小文、张连起、曲凤宏、管培俊、高亚光、金李、祁志峰、张嘉极、马东平、赵长茂、赖明、怀利敏、吴文科、张东俊、丁伟、陈海佳等委员踊跃发言，或畅谈读书思悟，或分享学习心得。其中，管培俊委员在品读李清照的《一剪梅》后，不禁感叹宋词之美是"千古绝唱、雅俗共赏、常学常新""时值小年，跟学经典，心境不同，心与心通"。郭媛媛委员、丁伟委员、管培俊委员在共学《泛舟抒怀：古人最喜爱的户外娱乐活动》时，就"儒家的进取和道家的超脱构成了中国传统士大夫的文化心理结构"这一观点进行了深入交流，郭媛媛委员有感而发："进可攻，退可守，外和内，中国文化从来都游刃有余……"加强了对传统文化的解读。

"立身以立学为先，立学以读书为本。"各位委员在宋词的共学共研中，且行且学、且思且悟、且读且乐，交流读书体会，分享学习成果，在"消化""读薄"的过程中，提高履职能力、提升建言资政水平、广泛凝聚共识，奋力书写好作为一名新时代政协委员的时代答卷。

洞仙歌

苏　轼

　　余七岁时，见眉山老尼，姓朱，忘其名，年九十餘，自言尝随其师入蜀主孟昶宫中。一日，大热，蜀主与花蕊夫人夜纳凉摩诃池上，作一词，朱具能记之。今四十年，朱已死久矣，人无知此词者。但记其首两句。暇日寻味，岂《洞仙歌令》乎？乃为足之云。

　　冰肌玉骨，自清凉无汗。水殿风来暗香满。绣帘开，一点明月窥人，人未寝，敧枕钗横鬓乱。

　　起来携素手，庭户无声，时见疏星渡河汉。试问夜如何？夜已三更，金波淡，玉绳低转。但屈指西风几时来，又不道流年暗中偷换。

宠柳娇花寒食近

——宋词共学札记之十七

（2022 年 1 月 26 日）

　　书卷似故人，晨昏每相亲。在岁暮天寒之际，我们沿着平仄有序的音韵，在皎洁的古时明月下，走过萋萋芳草地，独上高楼，倚着雕花栏杆，走进活色生香的世界，慢斟细品着最美宋词，心灵因绚丽词句而愉悦。在灵动而曼妙的文字的陪伴中，全国政协书院"国学"读书群宋词导读读书计划实施的第十七天转瞬即逝。我们跟随图文并茂的长图、娓娓道来的音频、动静相宜的 H5，共学了李清照的《念奴娇》与张孝祥的《念奴娇·过洞庭》，并通过"宋词里的中国"，于慎终追远的寒食节和人文荟萃的洞庭湖中，揭秘中国传统节俗背后的思想本源，感受中华文化的博大精深。

　　寒食节近，春意已生，李清照以一首《念奴娇》，抒写了深闺寂寞的浓愁思绪，成为千古绝唱。循着"寒食"这一意象，我们共同探寻冷食祭墓、思时之敬的岁时节俗，于古人慎终追远的寄情感怀、生死离别的黯然销魂中，溯源我国古代曾与冬至、元旦并重的三大节日之一——寒食节。时至今日，寒食节虽已消逝，但部分习俗依然流传，其所蕴含的忠孝文化与慎终追远文化传统仍保持着鲜活的生命力，是中华民族自信的重要来源。

洞庭湖水，人文荟萃，张孝祥泛舟洞庭湖时创作的《念奴娇·过洞庭》，绘景清疏，言情真切，营造出一种超尘脱俗、天人合一的境界。于是，我们循着文人墨客在洞庭湖畔留下的文化印记，跟随历代文人一同于洞庭湖的波澜壮阔与湖光水色中，重温他们的广阔胸怀与激情创作；于千万经典诗词里，品读洞庭湖中蕴含的不朽精神。在中华历史的进程中，洞庭湖孕育了一代又一代的中华儿女，形成了"心忧天下""敢为人先"的地域文化，体现了古代士大夫的"天下家国"情怀，是中华民族重要的文化基因。

我们还按计划开展了第三期"精学"栏目，邀请南京师范大学文学研究所所长钟振振教授，作"以故为新——宋词是怎样学习、运用唐诗的（三）"专题讲座。钟振振教授以李清照的《如梦令》、朱淑真的《清平乐》、黄庭坚的《望江东》为例，系统讲述了宋人对唐人诗意和诗格的学习与运用，让我们看到中华优秀传统文化是一个长期的、生生不息的过程。同时，钟振振教授认为，宋词中爱国主义、讴歌祖国大好河山的篇章，可以激发我们的民族自豪感，坚定文化自信，让我们更加爱国，为中华民族伟大复兴而努力奋斗。讲座结束后，各位委员纷纷点赞，分享读书感想，并就"典故的含义、作用和价值"这一议题进行了深入讨论，掀起了一阵热潮。郭媛媛委员指出，"用典是为了耳熟能详、心领神会，为了在传承中更充分交流、表达。""典不再拘泥于古书的时候，说明社会文化的丰富存在。"谈及新技术时代的用典时，钟振振教授以《天下无贼》里的"有组织，无纪律"为例，认为今天火爆的电影、电视、春晚节目中的台词也被当作典故广泛运用，只是大家日用而不知，加深了我们对"典之谓、典之用、典之存在及价值"的认识与理解。

在这一天的学习过程中，读书群内缕缕书香沁人心扉。连玉明委员、郭媛媛委员、李学梅委员和各位委员共读宋词，高洁、张嘉极、戚建国、张连起、雷鸣强、祁志峰、徐海斌、刘晓冰、陈霞、于守国、王苏、赵雨森、孙寿山等委员踊跃发言，共学共思共享共悟。其中，戚建国委员分享了习近平总书记《在布鲁日欧洲学院的演讲》等文中引用的"天行健，君子以自强不息"，解读了中华民族深沉的精神追求和坚毅的个性品质。郭媛媛委员就这一典故畅谈道："人与天齐，脉随律动；由内向外，自强不息；生有生向，命由动息；当从心始，浩然气长！"张连起委员有感于读书群内书香四溢之盛况，赋诗一首并共享了关于中国传统文化与马克思主义相互融通的关系的思考，对进一步理解中华文明与马克思主义的结合具有启迪意义。

徜徉于宋词的海洋中，有感于古典文学之美，委员们热火朝天地讨论，畅所欲言、各抒己见、碰撞思想，在学思践悟中强化思想政治引领、广泛凝聚奋进共识，以新担当新作为展现新时代人民政协新形象。

生查子·元夕

欧阳修

　　去年元夜时，花市灯如昼。月上柳梢头，人约黄昏后。

　　今年元夜时，月与灯依旧。不见去年人，泪满春衫袖。

两重心字罗衣

——宋词共学札记之十八

（2022 年 1 月 27 日）

经典传承文明，诗词滋养人生。时而豪迈磅礴、时而温婉柔情的词句，不经意间流入心扉，诗意生活由此开启。昨天是全国政协书院"国学"读书群宋词导读读书计划实施的第十八天。我们于精美雅致的图文中、抑扬顿挫的音律美感中、H5的新媒体语境传播中，品读了晏几道的《鹧鸪天》和《临江仙》，并在"宋词里的中国"开展了一场"文化之旅"，体会传统的"夜宴"文化，寻觅古人的席间雅兴，感受唐诗宋词中的服饰美学。

我们徜徉于《鹧鸪天》，与晏几道共同赴宴、把酒对酌，趣谈中国古代的"夜宴"文化，细品其中反映出的审美偏好和价值取向，以及古人的宴饮活动和礼仪制度。通过这场"夜宴"，我们看到古代士大夫的宴饮斯文柔雅而又不失热闹，他们就坐行酒、欣赏杂剧、弹筝吹笛、即席赋词……宴会是他们互相酬酢、炫耀才情、抒发情志的重要舞台，也是中华文明史上一道亮丽的风景线。充分认识"夜宴"文化，品味千年风雅，有利于推动传统文化的创造性转化和创新性发展、展示中华文化的绝代风采。

追忆往昔，伤恨别离，晏几道的《临江仙》，句句景中有情，字字情中有景，道尽了对歌女小蘋的怀念之意、苦恋之情以及自身深切的孤寂之感。我们循着其中的"两重心字罗衣"，将目光转向中国古代绚丽多姿的服饰，跟随流韵四溢的唐诗宋词，在对古代女性衣着绝妙的描写和赞美中，品味唐宋服饰从明艳张扬到素净淡雅、从瑰丽富雅到自然清丽、从雍容华贵到修身适体的时尚风貌和霓裳雅韵，于历史变革中，感受灿烂千年的美学魅力和曼妙的服饰之美。

最是书香能致远，窗外霜雪映书卷。在这寒气逼人的冬日里，读书群内气氛热烈，真知灼见暖人心怀。连玉明委员、郭媛媛委员、李学梅委员和各位委员共读共学宋词，戚建国、魏定梅、魏青松、张嘉极、高洁、于守国、雷鸣强、丁金宏、怀利敏、张东俊、甄贞、孙寿山、王苏、王黎光、马东平等委员踊跃发言，在书香芬芳中读出了信仰、读出了担当、读出了政协委员的精气神。其中，戚建国委员解读了习近平总书记《参观〈复兴之路〉展览时的讲话》等文中引用的三句诗：

"雄关漫道真如铁""人间正道是沧桑"和"长风破浪会有时"，并分享了每句诗的原典和释义，让我们认识到，近代以来，中华民族遭受的苦难之重、付出的牺牲之大，在世界历史上都是罕见的；改革开放以来，我们不断艰辛探索，终于找到了实现中华民族伟大复兴的正确道路；现在，我们比历史上任何时期都更接近中华民族伟大复兴的目标，比历史上任何时期都更有信心、有能力实现这个目标。这一分享对我们坚定理想信念、为中华民族伟大复兴的中国梦努力奋斗具有重要意义。甄贞委员分享了《念奴娇·过洞庭》的学习感悟，认为"张孝祥年轻有为，虽仕途受挫，但依旧心胸豁达，词风与人品一致，又不乏词风词韵之优美。"丁金宏委员、郭媛媛委员就晏几道的《临江仙》"落花人独立，微雨燕双飞"化用翁宏的诗句进行了深入交流，让我们加深了对翁宏五律《春残》的了解，见识了晏几道化用诗词之妙。于守国委员有感于群里氛围之浓厚和宋词之美，发出"天天都精彩，时时很有趣"的赞叹。魏定梅委员分享了图片，赞扬梅花高雅纯洁和坚韧不拔的品质，让书香中多了一抹色彩。

委员们在读书群里交流心得、碰撞思想、相互启发，越读越深入，越读越有收获，产生了强烈的情感共鸣和思想共振，通过学习提高建言资政质量，更好地凝聚共识，努力做学习型政党、学习型社会建设的有力推动者。

少年游

周邦彦

　　并刀如水，吴盐胜雪，纤手破新橙。锦幄初温，兽烟不断，相对坐调笙。

　　低声问，向谁行宿，城上已三更。马滑霜浓，不如休去，直是少人行。

邮亭无人处

——宋词共学札记之十九

（2022 年 1 月 28 日）

"惊风飘白日，光景驰西流。"岁月在优美词句中流淌，美好的时光总是异常短暂，昨天已是全国政协书院"国学"读书群宋词导读读书计划实施的第十九天。在宋词的陪伴下，我们重回青衫长袖、羽扇纶巾、吟咏诗词的时代，重温烟波浩渺的大宋王朝，领略令人陶醉的华美篇章，共读周邦彦的《西河·金陵怀古》和《大酺》，共学《中国古代的广告文化》和《邮亭：中国古代的"快递"中转站》，漫寻历史，趣谈中国古代的广告传播和邮亭文化，细品中华民族的审美趣味，学习古人的集体智慧。

沉迷于《西河·金陵怀古》，我们梦回酒帘飘飘、乐鼓咚咚的热闹街市，感受六朝古都的繁华，在抚今追昔的情感中，体会词人"相对如说兴亡，斜阳里"的沉雄悲壮和兴亡之叹。借由"酒旗"意象，我们于"鼓刀扬声"中，寻觅商家宣传推广的创意与智慧，探秘古人打广告的形式和内涵，感知智慧的中国古人在商品宣传上的聪明睿达。于是我们知道，宋代的口头广告、实物广告、模型广告和诗文广告中，无不透露着对真、善、美的追求，是我国广告文化的美学符号，体现了古人的闲雅趣味和生活热情，蕴含着深厚的文化底蕴和审美取向。

沉醉于《大酺》，在周邦彦的写景抒情、羁旅愁绪中，体会词人惜春寓怀、归心似箭而难归的无限惆怅。循着"邮亭无人处"，我们漫谈趣说、史话邮亭，从古代邮亭的起源、发展、功能入手，探寻邮亭在文化交流传播、民族交往融合、经济贸易发展、边疆戍守稳定等方面作出的重要贡献。古代的邮亭驿馆除了是国家军政事务的重要一环，也是文人士大夫们进京赶考、贬谪流放、宦游四方的必经之地。长路漫漫，辛劳之余，沿途风俗之殊异、壮美山川之慨叹、快意人生之豪情、一时失意之惆怅等等都会让行路之人感时而发、大书心中块垒，而留下流传千古的佳作。因此，邮亭也是文化传播交流的中转站，读懂"邮亭"文化，是传承和传播中华文化的重要一面。

在一天的学习里，连玉明委员、郭媛媛委员、李学梅委员和各位委员共读宋词。祁志峰、张连起、戚建国、丁金宏、张嘉极、蒙启良、常信民、谢阳举、甄贞、马东平、王苏等委员踊跃发言、点赞，交流思想、分享观点，读书群内氛围生动活跃、书香满溢、余韵不绝，蕴藏在文字里的启迪，成为寒冷冬日里温暖人心的热浪。

戚建国委员分享了习近平总书记《在全国宣传思想工作会议上的讲话》等文中引用的典故："不日新者必日退"，让我们明白，要做好宣传思想工作，创新是一个本质要求。做好宣传思想工作，最忌抱残守缺、故步自封，必须吐故纳新、与时俱进，只有在创新中赢得主动权，宣传思想工作才能回答好时代考题。张连起委员通过分享欧阳修的《好女儿令》、沈祖棻的《宋词赏析》、胡云翼的《宋词选》等名家著作中的相关释义，对《临江仙》中的"两重心字罗衣"进行了剖析，解读了深情蜜意、心心相印的双关之语。郭媛媛委员导读《中国古代的广告文化》后，马东平委员、丁金宏委员就广告文化的古今之变谈了自己的见解，马东平委员指出，宋代广告、《清明上河图》、最早产生于宋代的纸币都从侧面反映了宋代商业的繁荣和发达，为我们研习宋代风雅提供了参考。

委员们在读书群里"键对键"交流读书心得，"屏对屏"畅谈学习体会，在馥郁书香中追寻宋词足迹、感受古人智慧、汲取前行力量，将读书与履职相结合，努力练好新时代人民政协的基本功。

清平乐·村居

辛弃疾

　　茅檐低小，溪上青青草。醉里吴音相媚好，白发谁家翁媪？

　　大儿锄豆溪东，中儿正织鸡笼。最喜小儿亡赖，溪头卧剥莲蓬。

断桥斜日归船

——宋词共学札记之二十

（2022 年 1 月 29 日）

在辞旧迎新之际，漫步宋词之林，采撷一片馨香，以清辞丽句喜迎新春，祥意融融，雅趣无穷。昨天，我们在妙曼多姿的宋词中，度过了全国政协书院"国学"读书群宋词导读读书计划实施的第二十天。跟随图文并茂的长图、娓娓道来的音频、动静相宜的 H5，共读了张炎的《高阳台·西湖春感》与吴文英的《唐多令》。在"宋词里的中国"中，我们开启了一场"文化之旅"，漫游西湖，体会中华文化的自然之美、人文之美和艺术之美；透过"谜"文化，感受中华优秀传统文化的迷人之处。

我们品读《高阳台·西湖春感》，在春深美景、花飘风絮、杜鹃啼血的悲凉氛围中，体会张炎借咏西湖抒发国破家亡的哀愁。于是，我们将目光锁定西湖美景，泛舟于西湖之上，在水光山色中，感受春来"花满苏堤柳满烟"、夏有"红衣绿扇映清波"、秋是"一色湖光万顷秋"、冬则"白堤一痕青花墨"的最美西湖，领略中国传统自然景观的文化价值和审美艺术。西湖，作为中华传统文化的审美实体，充分认知它的核心价值和文化内涵，对彰显中国文化魅力、面向世界讲好中国故事具有重要意义。

我们赏读吴文英的《唐多令》，在往事如烟、好景不长的感慨中，感受"垂柳不萦裙带住，漫长是，系行舟"的愁苦。通过"何处合成愁？离人心上秋"这一近似字谜的优美词句，我们开启一场关于谜语的文化之旅，回望谜语的起源和演变过程，寻觅其中构思巧妙、耐人寻味的谜语趣事，探索背后的文化价值，领悟谜语智趣。透过"谜"文化，感受中华文化的多姿风采，对培养高雅的文化情趣、传播中国声音、弘扬中华优秀传统文化有着重要影响，也为我们开阔眼界、认识世界、丰富知识、增强民族文化自信提供了一个独特视角。

昨晚，我们还按计划开展了第三期"精研"栏目，邀请内蒙古呼伦贝尔市扎兰屯市副市长杜明燕委员，作"在宋词中探究宋朝'乡村旅游'"的专题讲座。杜明燕委员以宋词为窗口，带我们穿越到一千年以前的宋朝，透过宋朝乡村旅游的兴起与发展，以及乡村旅游的兴盛对宋朝经济社会发展的推动，再现宋朝乡村旅游的繁荣景象，体味宋朝的活色生香，并将宋朝乡村旅游发展的历史经验与当前乡村旅游发展的现实相结合，为全面推进乡村振兴，加快农业农村现代化提供经验借鉴。讲座结束后，委员们纷纷点赞、热烈讨论。于守国委员称赞道："宋朝乡村旅游讲得很生动形象"，陈霞委员感谢导读之余发出："很有意思"的赞叹。

在这一天的学习过程中，读书群内学习交流氛围浓厚，给即将到来的新春佳节增添了一抹书香。连玉明委员、郭媛媛委员、李学梅委员和各位委员共读宋词，于守国、祁志峰、叶小文、张骁、李萌娇、丁元竹、张嘉极、陈霞、田进等委员踊跃发言，每位委员的心得体会发人深思、意味深长。丁元竹委员分享了《学习时报》刊发的《始皇帝与中国的统一》，文章从秦统一天下的历史进程、政治统一与文化整合、秦对后世中国的深远影响等方面进行分析，让大家了解了中华民族多元一体格局得以形成的重要思想基础。郭媛媛委员导读《一场关于"谜语"的文化之旅》后，得到委员们的高度评价和点赞，于守国委员称赞道："谜语的作用概括到位，确实可启迪智慧、训练思维、丰富生活、愉悦身心。"郭媛媛委员进一步补充："象形字，社会文化、生活，人类游戏、智慧。在历时前行、共时融合作用中缠绕、交织、互为，进一步衍生、生长文化的文化，谜语即是其中灿烂一种。"

穿过历史的风云，跨越古今的沟壑，委员们思接千载、情接万里，在读书群里品味宋词美韵，互相鼓励、互相促进，激发学习交流热情，将宋词雅韵与读书思考相结合，不断涵养情怀、提升履职水平，提高为社会发展建睿智之言、献务实之策的能力。

青玉案

贺　铸

　　凌波不过横塘路，但目送、芳尘去。锦瑟华年
谁与度？月桥花院，琐窗朱户，只有春知处。

　　飞云冉冉蘅皋暮，彩笔新题断肠句。试问闲愁
都几许？一川烟草，满城风絮，梅子黄时雨。

更能消几番风雨

——宋词共学札记之二十一

（2022 年 1 月 30 日）

"寒辞去冬雪，暖带入春风"。年终岁寒，冬雪消融，俯仰之间，和煦的春风已在不远之处。时间如梭，在阵阵书香中，全国政协书院"国学"读书群宋词导读读书计划已进入了第二十一天。我们徜徉在宋词之海，一同感受陆游《钗头凤》中爱情的沉痛与怅惘，在辛弃疾的《摸鱼儿》中叹春光之逝、感身世之悲。并以词为媒，在"宋词里的中国"一同触摸古代文人的心跳，重温经典的爱情悲剧，感受文人笔下"风雨"背后的人生况味。

我们有感于《钗头凤》中陆游与前妻唐氏之间伤感的爱情故事，一同回顾了中国古代文学的爱情悲剧。纵观中国古代文学，虽一代有一代之文学，但每一代的文学，爱情始终都是绕不开的一个主题。尤其是悲剧结尾的爱情，更是令人肝肠寸断、心灵震撼。在这些爱情悲剧中，直观呈现出社会矛盾、感情冲突，甚至是生命的终结，能够给予人更加直接的冲击与思考。悲剧主人公的坚强与伟大，超越日常自我的平庸与怯懦，彰显了人类精神品质的崇高与生命力的顽强。

我们还透过《摸鱼儿》一词中"更能消几番风雨，匆匆春又归去"的哀叹，发现词人时常将年华易逝的感慨、哀时怨世的忧国之情藏匿于风雨春去的书写之中。古代文人笔下的"风雨"，既是属于对风雨自然属性的体验，更是对人精神世界的观照，寄托了他们真挚的情怀。风雨之下，凄冷零落的自然环境，常引发文人情感的波动以及对生命的省思。可以说，正是文人的笔墨，赋予了"风雨"更生动的形象和更深刻的内涵。

又是被宋词浸润的一天，在这一天的学习过程中，连玉明委员、郭媛媛委员、李学梅委员和各位委员共读宋词，于守国、祁志峰、戚建国、叶小文、张嘉极、张连起、花亚伟、罗宗毅、张小影、崔田、管培俊等委员纷纷为读书群活动点赞并踊跃发言。戚建国委员与我们分享并解读了习近平总书记引用诗句"不经一番寒彻骨，怎得梅花扑鼻香"的现实意义。张连起委员分享了"连起来看"，通过分析中国虎文化的历史由来、地方风俗，以及虎文化背后的意义内涵与当代价值，在中国农历新年即将进入壬寅虎年之际，让我们对中国虎文化精神有了更深入的认识。罗宗毅委员学习宋词后感叹道："阅读，在安静的时光，才能真正体会'把读书作为一种生活方式'的美好！"张小影委员分享了习近平总书记在2022年春节团拜会上的讲话。

读未见书，如得良友；见已读书，如逢故人。宋词是良友，也是故人。在宋词里我们不仅遇见优美之字句，更是踏进古人精神之河流，体悟人生，经学致用。连日来，读书群内委员们学习热情高涨，聚焦学习主题，畅谈学习感受，分享学习心得，在思想的碰撞中彼此启迪，通过学习提高建言资政质量，更好地凝聚共识。

现将张连起委员所作虎年对联分享在此，与群友共勉：

山水展宏图，正彩笔描春，建诤言而成良言；
风云开虎步，有红旗引路，聚众心以拥核心。

兰陵王·柳

周邦彦

柳阴直，烟里丝丝弄碧。隋堤上、曾见几番，拂水飘绵送行色。登临望故国，谁识京华倦客？长亭路，年去岁来，应折柔条过千尺。

闲寻旧踪迹，又酒趁哀弦，灯照离席。梨花榆火催寒食。愁一箭风快，半篙波暖，回头迢递便数驿，望人在天北。

凄恻，恨堆积。渐别浦萦回，津堠岑寂，斜阳冉冉春无极。念月榭携手，露桥闻笛。沈思前事，似梦里，泪暗滴。

桃源望断无寻处

——宋词共学札记之二十二

（2022 年 1 月 31 日）

"爆竹声中一岁除，春风送暖入屠苏。"爆竹声声，年味浓浓，旧的一年已经过去，新的一年如期而至。除夕之日，我们进入了全国政协书院"国学"读书群宋词导读读书计划的第二十二天。值此新春佳节，我们特别推出了"宋词七天乐"专题，乐读乐享宋词里的春节。我们在"宋词七天乐"的第一首词——史浩的《喜迁莺·守岁》中一同回味了古代的中国年。词中描绘了王公之家除夕夜宴和守岁的情景。冰雪消融，春意初现，户外是一片爆竹震天，室内是一场美酒欢颜，华灯宝炬，家中的女眷们相约通宵守岁，舍不得让笙歌散去，却无奈不胜酒力，只能"笑拂满身花影"，纷纷退席。作者史浩笔下的除夕夜宴欢快热闹，充满了亲情之温馨，以及节日的欢乐祥和气氛。此外，词中也提到了过年送穷、饮花椒酒等中国传统的岁时风俗。

按照读书计划，我们还和各位委员分享了秦观的《踏莎行·郴州旅馆》与辛弃疾的《祝英台近·晚春》，在"宋词里的中国"一同领略古人书信文化与咏莺文化之美，感受古人内心的炙热与哀愁。我们受到《踏莎行·郴州旅馆》一词中"驿寄梅花，鱼传尺素"的启发，一同钻进了古人书信文化的海洋，探究古人是如何传递书信的。我们也在《祝英台近·晚春》一词中有感于"更谁劝啼莺声住"，发现了唐宋文人对"莺"声的热爱，一同探究了唐宋诗词的咏莺文化。不管是晨莺之清丽、午莺之慵懒，还是柳浪闻莺之灵美、莺啼花落之凄美，都表现出唐宋文人独特的审美和情怀。

在宋词中欢度春节是如此美好，在这一天的学习过程中，王苏、于守国、郭媛媛、戚建国、刘晓冰、张连起、丁元竹、孙宝林、韦昌进等委员先后踊跃发言。戚建国委员与我们分享了习近平总书记《在省部级主要领导干部学习贯彻十八届三中全会精神 全面深化改革专题研讨班上的讲话》等文中引用的"昨日是而今日非矣，今日非而后日又是矣"，并释义分析原典，帮助我们更加深刻地认识到，形势变化产生新情况、带来新问题，需要不断改变和创新思维模式、与时俱进更新思想观念。丁元竹委员与大家分享了《〈诗经〉中的春节》一文，介绍了《诗经》中所描写的年俗，以及这些年俗中蕴藏的人生观、时间观和价值观，让我们从《诗经》的视角认识了中华民族春节习俗的萌芽和春节文化的起源。

"故人闻道歌围暖，妙语空传醉墨香。"在宋词中赏味春节，围炉夜话辞别旧岁，别有一番滋味。在这辞旧迎新的日子里，委员们纷纷发来新年祝福，聚焦春节主题展开分享和交流，思维活跃，互动频频，让书香浸润下的春节，书香、年味儿两相宜。在畅所欲言、各抒己见中，我们迎来了农历新年。

鹊桥仙

秦 观

纤云弄巧，飞星传恨，银汉迢迢暗度。金风玉露一相逢，便胜却人间无数。

柔情似水，佳期如梦，忍顾鹊桥归路！两情若是久长时，又岂在朝朝暮暮。

镜里朱颜改

——宋词共学札记之二十三

（2022 年 2 月 1 日）

"天地风霜尽，乾坤气象和"。新春佳节，天地间风霜尽去，乾坤上下又是一派新气象。昨天是农历新年正月初一，祝福各位委员新年快乐！转眼间，全国政协书院"国学"读书群宋词导读读书计划已进入第二十三天。阅词辞旧岁，研学迎新春，我们继续在"宋词七天乐"中，乐读乐享宋词里的春节。透过"宋词七天乐"的第二首词——赵长卿的《探春令》，我们与古人一同高奏笙歌、喜迎新年。该词描写了新年佳节家庭团聚的热闹景象，一家人和和气气地吃春酒、庆新年，在笙歌声里，彼此祝愿在新的一年，吉吉利利、百事如意。词中的"菜传纤手青丝细"，化用了杜甫的《立春》一诗，反映了古人春节吃春盘的习俗。唐宋时期，不管是吃年夜饭，还是新年吃春酒，都要先吃一个春盘。盘子里的菜，有萝卜、芹菜、韭菜，或者切细，或者做成春饼（春卷）。"幡儿胜儿都姑娣"，则描绘的是姑娘们头上戴着的新年装饰。古往今来，于新年佳节之时，亲朋好友欢聚一堂，这就是亘古不变的年味儿。

按照读书计划，我们还和各位委员分享了史达祖的《绮罗香·咏春雨》与秦观的《千秋岁》，并在"宋词里的中国"共同开展了一场"文化寻踪"，追溯古代文人的咏物与伤春之传统，感受古人抒情言志的艺术。我们有感于史达祖《绮罗香·咏春雨》这一咏物词的细腻工致，一同回顾了中国古代文人的咏物史。我们发现，中国古代咏物文学滥觞于先秦而蔚然兴盛于文体渐备之后。从"虫鱼草木之微"到"天地万物之理"，在中国古代文人的笔下皆可咏之。我们也在秦观《千秋岁》一词中感受到浓浓的伤春之感，便一同探究中国古代文人的伤春情结从何而来。

又是在宋词中畅游与欢庆的一天，在这一天的学习过程中，陈海佳、叶小文、戚建国、张连起、刘晓冰、郭媛媛、于守国、张嘉极、祁志峰、李景虹、张兴赢、张东俊等委员先后踊跃发言。叶小文委员与我们分享了《我们过年，宇宙在干啥？》一文。戚建国委员与我们分享了习近平总书记《在党的十八届五中全会第二次全体会议上的讲话》等文中引用的"天地之大，黎元为先"，并释义分析原典，让我们更加深刻地认识保障民生的重要性。张连起委员当场赋诗《拜年》，并与我们分享了"连起来看"，通过分析春节的习俗和礼仪背后所蕴含的礼乐文明，让我们更深入地认识了百姓"日用而不知"的文化价值观。张嘉极委员当场作词《踏莎行·拜年》，并赋诗《赞全国政协读书平台》。

"新春至味是书香。"新年新气象，读书群里的学习气氛愈发热烈。在诗词里欢度春节，不仅热闹非凡，更充满知识和思想的光芒。委员们纷纷发来新年问候，并围绕新春佳节这一主题，持续深入讨论、交流心得。在互动和学习中，我们一同体会中华文化的睿智，加深对中华文明渊源的认识，提升资政建议水平。

现将张连起委员的《拜年》与张嘉极委员的《踏莎行·拜年》《赞全国政协读书平台》分享在此，与群友共勉：

《拜年》

平台书香笑语中，虎年生气礼包红。

鞠身拱手春光里，鹊上枝头紫气东。

《踏莎行·拜年》

开物天功，无声细雨。羊城岁首天水滴。白云山上转春风。春风再吹摩星地。

南海追宁，三洋尽碧。壬寅气运冲天际。长江宽海樯千帆，纵横大地飞鸣镝。

《赞全国政协读书平台》

白云山上摩星岭，一个平台可观景。

万树似海育生机，千松如涛风声清。

八声甘州

柳 永

　　对潇潇暮雨洒江天，一番洗清秋。渐霜风凄紧，关河冷落，残照当楼。是处红衰翠减，苒苒物华休。惟有长江水，无语东流。

　　不忍登高临远，望故乡渺邈，归思难收。叹年来踪迹，何事苦淹留？想佳人、妆楼颙望，误几回、天际识归舟。争知我，倚阑干处，正恁凝愁！

只有香如故

——宋词共学札记之二十四

（2022 年 2 月 2 日）

"江南腊尽，早梅花开后，分付新春与垂柳。"腊月已尽，新春来临，冬梅开后待春柳。柳丝弄碧，正是春意将至的表征。新春之日，全国政协书院"国学"读书群宋词导读读书计划进入了第二十四天。我们在宋词中遇见最美的中国，在"宋词七天乐"中乐读乐享宋词里的春节。我们透过"宋词七天乐"的第三首词——韩疁的《高阳台·除夜》，一同感受了词人在除旧迎新之际复杂的心态和情感。词人由听更漏之声，引起光阴不断流逝、来日无多的深深感慨。"频听银签"，一个"频"字，可见守岁已久，听那银签自落声已经多次，说明夜已深矣。"重燃绛蜡"一句，说那除夕夜灯火通明，红烛烧残，一支赶紧接着一支点上，形象地勾勒出了除夕夜的吉庆欢乐气氛。因见邻家女孩打扮迎春的举动，又激起词人对生活的热爱，故去登临游冶，以抒郁闷情怀。除夕有守岁的惯例，于上年纪的人而言，更是百感交集。

按照读书计划，我们还和各位委员分享了《卜算子·咏梅》与李清照的《武陵春》，并在"宋词里的中国"一同回顾古人的爱梅史和闲愁史，感受梅花意象蕴含的文人风骨，体会闲愁意绪背后的种种人生慨叹。《卜算子·咏梅》一词咏梅言志。中国是个爱花的民族，爱牡丹之富丽、荷花之娇艳、兰花之洒脱，更爱梅花之气韵清香、清贞雅逸、坚忍遒劲。我们还有感于《武陵春》一词中的"只恐双溪舴艋舟，载不动，许多愁"，探究了唐宋文人载不动的"闲愁"和关于人生况味的种种意绪。

在这一天的学习过程中，戚建国、郭媛媛、甄贞、周伟江、谢文敏、李青、张嘉极等委员先后作了踊跃发言。戚建国委员与我们分享了习近平总书记在 2018 年春节团拜会上的讲话引用的"天下之本在国，国之本在家"，深刻解读家庭建设的重要性以及家庭建设跟国家建设之间的关系。甄贞委员学习《卜算子·咏梅》后有感而发："野梅的高洁跃然纸上，零落成泥碾作尘，只有香如故，令人怜惜与敬佩！"周伟江委员与我们分享了《求是》杂志刊发的习近平总书记的重要文章《努力成为可堪大用能担重任的栋梁之才》。谢文敏委员学习《武陵春》后感叹道："此词语浅情深，以暮春哀景写暮年愁情，哀愁到深处亦用直笔作宣泄，表现出凄婉劲直的艺术特点。"

"书卷多情似故人，晨昏忧乐每相亲。"无论是清晨傍晚，或忧愁，或喜乐，书卷总是最好的朋友。好读书，读好书，新鲜的思维和想法就会源源不断，好似东风里的花柳颜色常新、姿态常丽。读书群里，正是有这别样的春景。连日来，委员们聚焦农历新年的主题开展了一场场深入的交流和分享，委员们的真知灼见犹如暖阳照在彼此心间，以知识的力量温暖和启迪人心。读书成为委员们的一种生活方式，阅读让大家的生命散发出无限生机，增加了高度和厚度。

浣溪沙

晏　殊

　　一曲新词酒一杯，去年天气旧亭台。夕阳西下几时回？

　　无可奈何花落去，似曾相识燕归来，小园香径独徘徊。

红杏枝头春意闹

——宋词共学札记之二十五

（2022 年 2 月 3 日）

"诗家清景在新春，绿柳才黄半未匀。"诗人最爱初春里清新之景，此时柳树刚冒出新嫩的叶，万物的生机正悄然进发。时光匆匆，全国政协书院"国学"读书群宋词导读读书计划进入了第二十五天。我们在宋词里穿越了隆冬，跨入了新春，在"宋词七天乐"里，我们继续乐读乐享宋词里的春节。"宋词七天乐"的第四首词——赵师侠《鹧鸪天·丁巳除夕》将我们带回词人辞官回乡后除夕家庭夜宴的场景。"宁辞末后饮屠苏"中的屠苏，又称为岁酒，古代新年正月初一有饮用屠苏酒的风俗。古时饮屠苏酒的方式很别致。一般人饮酒，总是从年长者饮起，但是饮屠苏酒却正好相反，是从最年少的饮起。这种别开生面的饮酒次序，在古代每每令人产生种种感慨。从第一个饮屠苏酒到最后一个饮屠苏酒，时光匆匆，转瞬一生，词人对于屠苏酒的态度，也反映了他对时光、对人生的态度。

按照读书计划，我们还和各位委员分享了宋祁的《玉楼春》与张炎的《解连环·孤雁》，并在"宋词里的中国"展开了一场文化之旅，共同体验古代文人笔下春之愉悦欢快、雁之孤寂高洁。《玉楼春》一词，以"红杏枝头春意闹"最为有名，将盎然春色渲染得淋漓尽致，历来为人津津乐道。张炎在《解连环·孤雁》一词中借咏孤雁寄寓家国丧亡之痛和身世漂泊之哀。雁作为华夏之邦的常见禽类，深受文人的喜爱，常在文人的笔下，借以表达中国古人安土重迁、怀故恋旧、男女情爱、重义惜别以及爱国忧民的情怀。

又是在宋词中沉醉的一天，在这一天的学习过程中，于守国、郭媛媛、戚建国、丁元竹、朱山、韩爱丽、甄贞、祁志峰、温香彩、曾芳等委员先后踊跃发言。戚建国委员与我们分享并解读了习近平总书记《凝心聚力 精诚协作 推动上海合作组织再上新台阶——在上海合作组织成员国元首理事会第十四次会议上的讲话》等文中引用"民齐者强"的现实意义，帮助我们更加深刻认识人心向背是决定国家盛衰、事业成败的根本因素，实现中国梦，需要凝聚全国各族人民的力量，全面深化改革，需要统筹利益诉求、汇聚改革共识。

丁元竹委员与我们分享了《〈礼记〉中的春节》一文，通过介绍《礼记》中春节的礼仪与习俗，为我们解读了先秦时期古人对于春节的理解与实践，让我们更深入地了解，通过节日，人类建立起自然与社会相协调的周期性节律，使日常生活有了既契合自然规律又蕴含人文需求的一套秩序。甄贞委员学习宋词后有感而发，当场赋诗："虎年群里读书忙，诗词扮靓新春装。年味透出书香气，馥郁弥漫飘四方。"

"跌宕歌词，纵横书卷，不与遣年华。"提笔能写出才气横溢的歌词，胸中藏有无数的书卷，古代文人所追求的，正是这样的才华与气度。读书启心智、书香润情操，连日来，读书群里的学习热度持续升温，委员们不仅沉浸在宋词优美的意境中抒发感慨与情怀，也聚焦新春主题展开深入研究与讨论，积极交流心得、分享见解，努力将学习成果转化为履职尽责的能力。随着读书交流和互动学习的持续推进，读书群已成为委员们涵养精神、提升素养的重要阵地。

如梦令

李清照

常记溪亭日暮，沉醉不知归路。兴尽晚回舟，误入藕花深处。争渡，争渡，惊起一滩鸥鹭。

将军白发征夫泪

——宋词共学札记之二十六

（2022年2月4日）

　　律回岁晚冰霜少，春到人间草木知。在这冬雪消融、万物复苏的立春时节，我们踏着春天的脚步，感受着草木萌动的气息，共同迎来全国政协书院"国学"读书群宋词导读读书计划实施的第二十六天。今天我们分享了"宋词七天乐"的第五首词——吴文英的《祝英台近·除夜立春》，该词上阕描写除夕"守岁"的欢乐，下阕抒写旧事如梦的怅恨，前后对比，描写了词人对往昔欢乐岁月的回忆，以及如今惆怅失落的心情。"剪""裁"二字，将除夕前人们喜气洋洋、纷纷动手准备过新年的热闹场面生动地展现出来。"有人添烛西窗，不眠侵晓，笑声转、新年莺语"进一步描写了除夕守岁的人们剪烛夜话、笑声不断的场景。而除夕夜越是热闹和欢乐，越是反衬出词人客居他乡的寂寞和哀伤。

按照读书计划，我们还和各位委员分享了史达祖的《双双燕·咏燕》，并探析古人祭祀社神的节日和宋朝时期的乐器，感受古人祈求丰年、祈子求福的虔诚，了解乐器在引领文化娱乐活动发展方面的重要作用。我们沉浸于双燕衔泥筑巢、自由飞翔的幸福生活，感受到了史达祖咏物词独具一格的描摹功力。我们也在范仲淹的《渔家傲》中感受到了范文正公"先天下之忧而忧，后天下之乐而乐"的政治抱负和胸襟胆魄。

在这一天的学习过程中，读书群内学习交流氛围浓厚。戚建国、张连起、孙来燕、王苏、祁志峰、郭媛媛、张嘉极、张连珍、甄贞、于守国等委员先后作了发言。戚建国委员与我们分享并解读了习近平总书记引用"一花独放不是春，百花齐放春满园"这一句谚语的现实意义。张连起委员通过分享元稹的《咏廿四气诗·立春正月节》，与大家共同迎接春天的到来和北京冬奥会的盛大开幕。甄贞委员聚焦虎年立春和冬奥开幕分享体会："华光流转万物生，立春冬奥喜相逢；今宵举世看北京，银装更衬中国红。冰雪花开诗意荡，低碳科技有奇功；古老文明今犹在，高歌一曲唱大同。"

虎年立春之日，北京冬奥会正式拉开帷幕，委员们学习宋词，点赞冬奥，一起在宋词的优美中感受新春的美好，共同在北京冬奥会开幕式中感受文化自信。

琐窗寒

周邦彦

暗柳啼鸦，单衣伫立，小帘朱户。桐花半亩，静锁一庭愁雨。洒空阶、夜阑未休，故人剪烛西窗语。似楚江暝宿，风灯零乱，少年羁旅。

迟暮。嬉游处。正店舍无烟，禁城百五。旗亭唤酒，付与高阳俦侣。想东园、桃李自春，小唇秀靥今在否？到归时、定有残英，待客携尊俎。

香车宝马

——宋词共学札记之二十七

（2022 年 2 月 5 日）

冰丝玉缕簇青红，已逗花梢一信风。伴随着浓浓的年味和初春的乍暖还寒，我们在全国政协书院"国学"读书群宋词导读读书计划实施的第二十七天里，一起品味宋词的温柔缱绻和豪迈磅礴，共同感受词人的敏感细腻和家国情怀。在"宋词七天乐"的专题活动中，我们分享了"宋词七天乐"的第六首词——辛弃疾的《蝶恋花·戊申元日立春席间作》，该词将人们庆祝立春的热闹与词人的忧伤形成对比，借春天花期未定的自然现象，含蓄地表达了词人对国事与人生未来的忧虑。这首词作于宋孝宗淳熙十五年，当年正月初一恰逢立春之日，年轻人们兴高采烈，欢呼新春的到来。但是，这样的节日场景，对于壮志难酬的词人来说，无疑是别有一番滋味。

按照读书计划，我们还和各位委员分享了李清照的《凤凰台上忆吹箫》和《永遇乐》，并在"宋词里的中国"了解古代的出行方式和送别礼仪，感受古人的出行习俗和离别之情。我们走进《凤凰台上忆吹箫》，真切地感受夫妻离别前词人百无聊赖的神态、复杂矛盾的心理以及茫然若失的情绪，离别后终日在楼前凝眸远眺，或盼信或望归的相思之情。我们也透过《永遇乐》一词中前后两地两个元宵佳节的对比，感受词人"盛日"与"如今"两种迥然不同的心境以及截然不同的生活境遇。

在这一天的学习过程中，读书群内学习交流氛围浓厚。叶小文、丁元竹、戚建国、韩爱丽、张嘉极、于守国、祁志峰、张连起、郭媛媛等委员先后作了发言。丁元竹委员与我们分享了蒙曼教授的文章《唐诗中的春节》，带领我们穿越历史，了解唐朝时期的春节风貌和花样年俗。戚建国委员围绕北京冬奥会精彩开幕作诗《冰墩墩闹春（平水韵）》："七彩银花中国红，五环绿色傲苍穹。乾坤旋转冰墩闹，日月灵辉圣火雄。金虎腾奔添侠气，玉龙飞舞送春风。北京喜捧精英会，冬奥开新颂大同。"张连起委员与我们分享了北京冬奥会、冬残奥会主题口号"一起向未来"，表达了世界需要携手走向美好未来的共同愿望。

喜气洋洋过新春，热热闹闹学宋词。委员们积极发言，深入讨论，在诗词中感受优秀传统文化的魅力，在古人的生活境遇中感受个人的前途命运同国家和民族的前途命运紧密相连。

风入松

吴文英

听风听雨过清明，愁草瘗花铭。楼前绿暗分携路，一丝柳、一寸柔情。料峭春寒中酒，交加晓梦啼莺。

西园日日扫林亭，依旧赏新晴。黄蜂频扑秋千索，有当时、纤手香凝。惆怅双鸳不到，幽阶一夜苔生。

众里寻他千百度

——宋词共学札记之二十八

（2022 年 2 月 6 日）

　　读书之乐乐何如？绿满窗前草不除。读宋词之乐，在于领略宋词的情之真切与韵味之美，在于感受词人的悲欢离合与旷达乐观，在于感知历史的波澜壮阔与兴衰交替。伴随着春天的气息和宋词的韵律，我们进入了全国政协书院"国学"读书群宋词导读读书计划实施的第二十八天。在春节假期即将结束的最后一天，我们分享了"宋词七天乐"的第七首词——辛弃疾的《青玉案·元夕》，该词上阕描写花灯耀眼、满街游人、乐声盈耳的元夕盛况，下阕描写词人在人群之中寻觅一位立于灯火零落处的孤高女子，通过反衬的表现手法，表达出词人不愿与世俗同流合污的孤高品格。王国维在《人间词话》中提出"古今之成大事业、大学问者，必经过三种之境界"，"众里寻他千百度，蓦然回首，那人却在，灯火阑珊处。"即是第三种境界。这首词是元夕观灯所作，宋人习俗，元夕放灯，从正月十四日夜开始，至十六日夜结束。无论是皇宫、官署、贵臣府第还是普通百姓，都制作灯山，悬放灯火，杂陈百戏，供游人观看。

按照读书计划，我们还和各位委员分享了刘过的《唐多令》和姜夔的《念奴娇》，并在"宋词里的中国"了解荷花的独特意象和古代布衣文人的理想抱负。我们在《唐多令》一词中体会情真、景真、事真、意真，也在《念奴娇》中感悟荷花"出淤泥而不染"的高洁品格以及词人对理想生活的向往和追求。

在这一天的学习过程中，读书群内学习交流氛围浓厚。戚建国、叶小文、张洪春、郭媛媛、怀利敏、祁志峰、张连起等委员先后作了发言。戚建国委员与大家分享并解读了习近平总书记引用"善为国者，遇民如父母之爱子，兄之爱弟，闻其饥寒为之哀，见其劳苦为之悲"一语的由来及现实意义。叶小文委员与大家分享了《望海楼札记》。张连起委员与大家分享了辛弃疾的《汉宫春·立春》、苏轼的《减字木兰花·立春》以及吴冠中的水墨画作《春如线》，在诗词和充满诗意的水墨画中感受生机勃勃、万物复苏的春天气息。

春节期间，读书群内年味十足、气氛热烈，委员们庆新年、学宋词、迎冬奥，在过年的热闹氛围中感受古诗词的别样韵味，在最美的诗词中感受浓浓年味，在冬奥开幕式中感受更加繁荣、强大和自信的中国。

水调歌头·送章德茂大卿使虏

陈 亮

不见南师久，谩说北群空。当场只手，毕竟还我万夫雄。自笑堂堂汉使，得似洋洋河水，依旧只流东？且复穹庐拜，会向藁街逢。

尧之都，舜之壤，禹之封。于中应有，一个半个耻臣戎。万里腥膻如许，千古英灵安在，磅礴几时通？胡运何须问，赫日自当中。

双燕归来细雨中

——宋词共学札记之二十九

（2022年2月7日）

　　正是今年风景美，千红万紫报春光。不知不觉春节假期已过，告别充满趣味的"宋词七天乐"专题活动，我们已经进入全国政协书院"国学"读书群宋词导读读书计划实施的第二十九天。在虎年节后上班的第一天，刘奇葆副主席在"委员读书漫谈群"寄语新春委员读书："大家在全国政协书院过了一个春节，这个春节非同寻常、别样精彩。各位书友节日攻读，交流不辍，吟诗作赋，抒发宏论，颂党颂国颂民，互颂春祺，可谓佳节之盛。这是'书院＋'功能的一次充分体现，说明书院平台具有广阔空间和交流便利性。希望大家充分利用书院条件，读书交流、参政议政，一起努力把全国政协书院办成一所高质量的大学校。祝各位书友新春吉祥，读书议政收获多多！"奇葆副主席对全国政协书院春节期间读书活动的充分肯定和高度评价，让我们倍感振奋，深受鼓舞，启迪我们思考并践行如何进一步完善工作机制，丰富活动载体，做好成果转化。

按照全国政协书院"国学"读书群宋词导读读书计划安排以及奇葆副主席"充分利用书院条件，读书交流、参政议政，一起努力把全国政协书院办成一所高质量的大学校"的要求，我们继续共学宋词，一起品读深学欧阳修的《采桑子》和蒋捷的《一剪梅·舟过吴江》，并在"宋词里的中国"共同品读古代士大夫的精神面貌和遗民词人的"黍离之悲"。

欧阳修的《采桑子》抒写了词人寄情湖山的情怀。虽然写的是残春景色，但却无伤春之感，而是以疏淡轻快的笔墨描绘了颍州西湖的暮春景色，展现了西湖迷离的美，营造出一种清幽静谧的境界。这首词是欧阳修颍州西湖组词《采桑子》十首的第四首，语言清丽，风格空灵淡远，全词充溢着悠然闲怡之趣。

蒋捷的《一剪梅·舟过吴江》以首句的"春愁"为核心，用"点""染"结合的手法，选取典型景物和情景层层渲染，写出了词人伤春及久客异乡思归的情绪。"红了樱桃，绿了芭蕉"抓住春末夏初，樱桃逐渐红熟，蕉叶从浅绿转为深绿的特征，借颜色转换，生动地描绘出春光的流逝。

在这一天的学习过程中，连玉明委员、郭媛媛委员、李学梅委员和各位委员共读宋词，戚建国、赵梅、刘晓冰、祁志峰、达扎·尕让托布旦拉西降措、安来顺、王林旭、张连起、张嘉极、于守国、王苏等委员纷纷为读书群活动点赞，并先后踊跃发言。戚建国委员与我们分享并解读了习近平总书记引用"凡治国之道，必先富民"的内涵及现实意义。郭媛媛委员和安来顺委员表示要认真领会落实奇葆副主席的读书寄语，继续读好书、好读书，履职在位，踔厉奋发。张连起委员表示："委员读书智能平台实现了新飞跃，在这里，我们委员将进一步理解和把握'为何读、读什么、怎样读？'让我们用知识开阔眼界，用经典浸润心灵，用资政彰显担当，踔厉风发读书志，笃行不怠议政情！"

一年之始万物兴，政协读书又新篇。新年伊始，读书群内委员们认真领会落实奇葆副主席的读书寄语，把学习作为提高建言资政和凝聚共识双向发力工作质量的有效途径，更加崇尚学习、积极改造学习、持续深化学习。

鹧鸪天·鹅湖归病起作

辛弃疾

枕簟溪堂冷欲秋，断云依水晚来收。红莲相倚浑如醉，白鸟无言定自愁。

书咄咄，且休休。一丘一壑也风流。不知筋力衰多少，但觉新来懒上楼。

老夫聊发少年狂

——宋词共学札记之三十

（2022 年 2 月 8 日）

竹杖芒鞋轻胜马，谁怕？一蓑烟雨任平生。苏轼"以诗为词"，突破了词为"艳科"的传统格局，开拓了词的境界和内容，推动宋词走向了一个新的高度。南宋词人刘辰翁曾在《辛稼轩词序》中点评苏轼的词："词至东坡，倾荡磊落，如诗，如文，如天地奇观。"而张孝祥的词上承苏轼，下开辛弃疾爱国词派先河，风格"豪壮典丽"，充满了对故国的哀思长怀，对北伐中原的讴歌颂扬以及对萎靡国事的感愤悲慨。在全国政协书院"国学"读书群宋词导读读书计划实施的第三十天，我们一起走近苏轼和张孝祥这两位豪放派的代表人物，在《江城子·密州出猎》和《六州歌头》两首词中品读词人的英雄豪气和爱国情怀，并在"宋词里的中国"共同了解宋朝的"田猎"之礼和礼乐文化制度。

《江城子·密州出猎》是千古传诵的豪放词代表作之一，上阕描写出猎之行，下阕抒发兴国安邦之志，气势雄豪，淋漓酣畅，一洗绮罗香泽之态，读之令人耳目一新。全词以一"狂"字笼罩全篇，勾勒出一个挽弓劲射的英雄形象，表现了词人渴望亲临战场、卫国杀敌、建功立业的豪情壮志。这首词融叙事、言志、用典为一体，多角度、多层次地从行动和心理上表现了词人宝刀未老、志在千里的英风与豪气，在题材和意境方面都具有开拓意义。

《六州歌头》描述了金军占领下中原地区令人痛心的景象和中原父老渴望宋军北伐的心情，倾诉了词人对主和派放弃武备、屈辱求和行为的愤恨，以及壮志难酬的悲哀。这首词的强大生命力就在于词人"扫开河洛之氛祲，荡洙泗之膻腥者，未尝一日而忘胸中"的爱国精神。这首词多层次、多角度地展示了那个时代的宏观历史画卷，强有力地表达出人民的心声。

在这一天的学习过程中，连玉明委员、郭媛媛委员、李学梅委员和各位委员共读宋词，戚建国、张嘉极、丁元竹、谢阳举、王艳霞、叶建明、张连起等委员积极点赞、踊跃发言。戚建国委员与我们分享并解读了习近平总书记引用"足寒伤心，民寒伤国"这句话的现实意义。张嘉极委员围绕当前的国际热点问题进行了分享交流。丁元竹委员与我们分享了《宋词中的春节》，带领我们透过字字珠玑的词句，探究古人过年的风俗，感受古时候浓浓的年味。张连起委员分享了"连起来看"，通过小和尚询问大师如何修佛的禅宗小故事，阐述了做事情要心无旁骛、集中心力的观点。

清代诗人萧抡谓在《读书有所见作》一诗中写道："一日不读书，胸臆无佳想。一月不读书，耳目失精爽。"读书群内委员们自觉地把读书学习作为一种政治责任、精神追求和生活方式，以学益智，以学修身，以学增才，不断增强干事创业能力，切实提升履职尽责水平。

一剪梅

李清照

红藕香残玉簟秋。轻解罗裳，独上兰舟。云中谁寄锦书来？雁字回时，月满西楼。

花自飘零水自流。一种相思，两处闲愁。此情无计可消除，才下眉头，却上心头。

明月几时有

——宋词共学札记之三十一

（2022年2月9日）

被宋词浸润的时光美妙悄然地流淌，不知不觉间，全国政协书院"国学"读书群宋词导读读书计划已经实施了三十一天。在昨天浓厚的共学共读氛围里，我们一起品读研学了苏轼的《水调歌头》与柳永的《雨霖铃》，感悟词人的思念之情与离别之感，可谓字字情、声声泪。并在"宋词里的中国"寻根亘古千年的中华文脉，回味宋代中秋之情，窥探宋朝大国制造之船舶精湛技艺。

在柳永的《雨霖铃》一词中，"留恋处，兰舟催发"七个字，将乘船的"留恋"与撑船的"催发"所体现的主观意愿与客观形势之矛盾刻画得淋漓尽致，也描述出了词人与恋人不忍惜别的情态，离情别绪由此深化。于是，我们从"兰舟"出发，一同领略了宋代船舶的先进造船技术与航海的蓬勃发展，透过美好繁忙图景中的宋朝船只感受宋代的大国制造。

我们还开展了第四期"精学"栏目，邀请华东师范大学中文系教授、博士生导师、中文系副主任、古籍研究所所长方笑一，作"宋词与传统文化"的专题讲座。方教授从宋代的咏史词、怀古词、节令词三个方面，带领我们领悟宋词与中国传统文化的深层联系。由咏史词感悟作者对历史的深切体认和独特理解，看到词人的历史观，从历史事件和历史人物、文人对历史的感怀以及历史典故中，让我们了解诗词与历史的紧密联系。由怀古词的登临名胜而吊古伤今到历史人物遭际命运的怀想、自身命运与遭际的感叹，体悟词人自己与历史建立联系的丰富文化内涵。由节令词感受节日的风俗，真切地了解古人的日常生活。在这一期"精学"中，王苏、陈霞、于守国和刘宁等委员纷纷为方笑一教授的精彩讲座点赞，并进行了互动交流。其中，王苏委员在感谢方教授精彩分享的同时，感叹宋词之美："如果有一种可以沁人心扉的东西，它一定是宋词。如果有一种可以美到骨髓的东西，它一定也是宋词。"

在这一天的学习过程中，连玉明委员、郭媛媛委员、李学梅委员和各位委员共读宋词，祁志峰、于守国、戚建国、张连起、张嘉极、王苏、陈霞、刘宁等委员先后踊跃发言。

又是书香浓郁、思辨激昂的一天。无论是对于宋词的学习、"宋词里的中国"的文脉追寻，还是戚建国委员与我们持续分享《习近平用典》之208《在庆祝中国共产党成立95周年大会上的讲话》等文中引用的"得众则得国，失众则失国"，并对引用典故的现实意义进行解读；张连起委员感悟中国文明是礼乐文明，并分享了《礼记·礼运》中的"夫礼之初，始诸饮食"，除了"济五味"，还有"和五声"，以及《北京冬奥会，世界感受到的是什么？》一文，中国冬奥外交"以天下为一家"，讲述了一个"以礼相邀，以礼相待，以礼相通"的故事；张嘉极委员持续分享了当下热点话题等，彰显了委员们通今达古的才识，思古鉴今的情怀，共同践行用真理力量激活古老文明，用文化之火照亮民族复兴之路。期待与委员们持续以共读促共学，聚共识促共进。

齐天乐

姜　夔

　　丙辰岁，与张功父会饮张达可之堂。闻屋壁间蟋蟀有声，功父约予同赋，以授歌者。功父先成，辞甚美。予裴回茉莉花间，仰见秋月，顿起幽思，寻亦得此。蟋蟀，中都呼为促织，善斗。好事者或以三二十万钱致一枚，镂象齿为楼观以贮之。

　　庾郎先自吟《愁赋》，凄凄更闻私语。露湿铜铺，苔侵石井，都是曾听伊处。哀音似诉。正思妇无眠，起寻机杼。曲曲屏山，夜凉独自甚情绪。

　　西窗又吹暗雨，为谁频断续，相和砧杵？候馆迎秋，离宫吊月，别有伤心无数。《豳》诗漫与。笑篱落呼灯，世间儿女。写入琴丝，一声声更苦。

十年生死两茫茫

——宋词共学札记之三十二

（2022 年 2 月 10 日）

又是"被宋词温柔了岁月"的一天，全国政协书院"国学"读书群宋词导读读书计划实施到了第三十二天。昨日，我们共同感受了苏轼在《江城子·乙卯正月二十日夜记梦》中对亡妻深沉的思念与不舍的深情，感悟陈与义在《临江仙·夜登小阁忆洛中旧游》里漂泊四方的寂寞与人生的感慨，并在"宋词里的中国"走进中国古代爱情观，寻究漫漫长夜里古人"悠哉悠哉，辗转反侧"的种种缘由，这些，都彰显了中国人特有的浪漫情怀。

在苏轼的《江城子·乙卯正月二十日夜记梦》这首悼亡词中，词人对亡妻的深沉思念和执着不舍的深情让我们潸然泪下，同时也让我们感受到词人对原配妻子的一片痴情，以及曾经与亡妻共担忧患的夫妻感情。由此，我们汇聚中国古代的传统爱情故事，在从传统文化和中国文学了解中国古代爱情观的过程中，探究古人爱情观的嬗变轨迹，感悟中国文化对于爱情影响至今的烙印，怎一个情字了得！

在陈与义的《临江仙·夜登小阁忆洛中旧游》一词里，词人通过回忆早年自在快乐的旧游生活，抒发对国家沦陷的悲痛和漂泊四方的寂寞，以及对家国和人生的惊叹与感慨。"古今多少事，渔唱起三更"便将古今悲慨、国恨家仇，都融入"渔唱"之中，而"三更"仍未眠，让我们在体悟作者内心寂寞悲凉心境的同时，不禁发出疑问：漫漫长夜，古人究竟都为何无心睡眠？古人的失眠，又有哪些千姿百态？让我们体味"求之不得，寤寐思服。悠哉悠哉，辗转反侧""忧勤不遑宁，夙夜心忡忡""夕殿萤飞思悄然，孤灯挑尽未成眠"的个人情愫与家国情怀。

连玉明委员、郭媛媛委员、李学梅委员和各位委员共读宋词，戚建国、刘晓冰、宋丰强、宋治平、于守国、邓日燊、张连起、周树春、黄玲、张小影、祁志峰等委员先后踊跃发言。戚建国委员与我们继续分享《习近平用典》之209《深化伙伴关系 增强发展动力——在亚太经合组织工商领导人峰会上的主旨演讲》等文中引用的"治国常有，而利民为本"，对引用典故的现实意义进行解读；刘晓冰委员点赞国学读书群，并与我们分享了浓浓的梅花诗意；宋治平委员表达了自己的感悟"读史书使人明智，读诗书使人灵秀"；张连起委员则通过解读第24届东奥会上的二十四节气开幕倒计时，与我们深入分享东奥会开幕倒计时后十个没有显示的诗词等。这些都从不同角度深度阐释了中国人的文化意蕴、浪漫情怀。"这是在向我们智慧的祖先致敬，更是一种深沉的文化自信，我们有理由自信也有底气自信。'从此阳春应有脚，百花富贵草精神'"。

再次将张连起委员分享的二十四节气辅之诗词民谚内容共享在此，与群友共同感受二十四种惊艳，感受中国人特有的文化意蕴和浪漫情怀：

雨水：随风潜入夜，润物细无声

惊蛰：春雷响，万物长

春分：春风如贵客，一到便繁华

清明：清明时节雨纷纷

谷雨：风吹雨洗一城花

立夏：天地始交，万物并秀

小满：物至于此，小得盈满

芒种：家家麦饭美，处处菱歌长

夏至：绿筠尚含粉，圆荷始散芳

小暑：荷风送香气，竹露滴清响

大暑：桂轮开子夜，萤火照空时

立秋：天阶夜色凉如水，坐看牵牛织女星

处暑：春种一粒粟，秋收万颗子

白露：露从今夜白，月是故乡明

秋分：晴空一鹤排云上

寒露：千家风扫叶，万里雁随阳

霜降：霜叶红于二月花

立冬：寒夜客来茶当酒

小雪：雪粉华，舞梨花

大雪：大雪满弓刀

冬至：冬至大如年

小寒：凌寒独自开

大寒：燕山雪花大如席

立春：万紫千红总是春

念奴娇

李清照

　　萧条庭院，又斜风细雨，重门须闭。宠柳娇花寒食近，种种恼人天气。险韵诗成，扶头酒醒，别是闲滋味。征鸿过尽，万千心事难寄。

　　楼上几日春寒，帘垂四面，玉阑干慵倚。被冷香消新梦觉，不许愁人不起。清露晨流，新桐初引，多少游春意。日高烟敛，更看今日晴未。

潇洒江梅

——宋词共学札记之三十三

（2022 年 2 月 11 日）

　　昨天是全国政协书院"国学"读书群宋词导读读书计划
实施的第三十三天，持续感受妙不可言的宋词之美，共同学
习了辛弃疾的《贺新郎·别茂嘉十二弟》和晁冲之的《汉宫
春·梅》，感受到词人沉痛的别离情感与对知己的追慕与怀
念。同时，我们在"宋词里的中国"领略鹧鸪的意象之美，
与古人一道赏花作乐，在应时而赏中，感受美妙的自然意趣，
从花的形色之美中，体悟生命的共感互通，感悟中华民族的
生命意识。

　　作为送别抒怀之作，辛弃疾在《贺新郎·别茂嘉十二弟》
中以"鹈鴂""鹧鸪""杜鹃"三种禽鸟悲啼，营造出一种悲
剧氛围，用"啼鸟还知如许恨，料不啼清泪长啼血"作照应，

142

且让三种鸟啼进行对比，让我们体会更深层次的悲剧色彩，以"谁共我，醉明月"作结，将鸟与古人之悲尽集于一身，从而使得别弟之痛无以复加。一词汇集了三种鸟，我们不由得被带入鸟意象的世界，深入到鹧鸪"行不得也哥哥"的鸣声中，感受古诗词中的鹧鸪意象之美。

在晁冲之的《汉宫春·梅》中，我们从"潇洒""稀""清浅""冷落""微""淡"等色淡神寒的字词中，体悟到词人刻画出梅的清高拔俗之感，疏淡隽永之风，俨如一幅水墨画，勾勒出梅花骨格精神尤高。人们自古爱花，古代文人爱花不单以花入诗，也爱赏花，人们对花卉的欣赏与喜爱，不仅在于花卉本身，欣赏"花"的形色之美，更关乎其内涵，作为相似生命的共感互通，并在应时而赏中，感受美妙的自然意趣。

无论是鹧鸪意象，还是梅花意象，都体现中华民族敬畏生命、尊重生命、珍爱生命、感恩生命的生命意识和崇高理念，昭示人们要理解生命真谛、丰富生命内涵、创造生命价值，并将中华民族的生命意识赓续传承，发扬光大。

在这一天的学习过程中，连玉明委员、郭媛媛委员、李学梅委员和各位委员共读宋词，张嘉极、于守国、戚建国、叶小文、张连起、易建强、赵雨森、怀利敏、祁志峰、孙寿山等委员先后踊跃发言。张嘉极委员持续分享热点话题启迪我们思考；戚建国委员给我们分享了《习近平用典》《在中央民族工作会议上的讲话》等文中引用的"修其教不易其俗，齐其政不易其宜"，并对引用典故的现实意义进行解读；叶小文委员通过一段视频分享了满天星业余交响乐团部分团员"云端合奏"的《一起向未来》，拥抱着世界人民对于美好生活的向往，词曲通过正向积极的意象抒怀，汇聚奥林匹克之光，传递中国精神、中国力量；张连起委员通过"连起来看"主题继续与我们分享对冬奥会的感想："本次冬奥会，中国确实展现了自信。"从开幕式上主火炬插在雪花上形成微火的"点燃"形式，到曾经的首钢厂房与现今的自由式滑雪大跳台赛场，最甚是在全球疫情时刻，冬奥会的如期举办，形成中国式组织的成功，无不展示了中国自信。

昨天读书群中还发出了《关于开设"委员自约书群"的通知》，为促进委员读书活动持续深入开展，委员读书活动指导组经认真研究，按照集中与分散相结合、共性与个性相结合的原则，制定了《委员自约书群试行办法》，将于2月12日上午10时起在委员读书平台网上书院开设"委员自约书群"，为有共同兴趣的委员提供个性化读书交流平台。相信这样的创新之举会更好地为委员们搭建读书平台，更好充分利用书院条件，读书交流、参政议政，一起努力把全国政协书院办成一所高质量的大学校。

念奴娇·过洞庭

张孝祥

洞庭青草，近中秋、更无一点风色。玉鉴琼田三万顷，着我扁舟一叶。素月分辉，明河共影，表里俱澄澈。悠然心会，妙处难与君说。

应念岭海经年，孤光自照，肝胆皆冰雪。短发萧疏襟袖冷，稳泛沧溟空阔。尽挹西江，细斟北斗，万象为宾客。扣舷独啸，不知今夕何夕。

月皎惊乌栖不定

——宋词共学札记之三十四

（2022 年 2 月 12 日）

　　每天享受着宋词千姿百态的神韵，时日如飞，全国政协书院"国学"读书群宋词导读读书计划实施来到第三十四天，我们被周邦彦《蝶恋花·早行》不同的画面与声响所表达的离情别绪所感染，被秦观的《望海潮》旧游乐趣与今昔失意慨叹所触动，并在"宋词里的中国"细细品味"月"的美妙意蕴，在窥探宋人游玩趣事的同时感受他们充盈的精神生活风貌。

　　周邦彦的《蝶恋花·早行》这首词描绘了不同的画面，配合以不同的声响。一连串画面与声响的组合，让我们感悟到时间的推移、场景的变换、人物的表情与动作的贯串，也让我们感受到其中难舍难分的离情别绪。词中"月皎惊乌栖不定"一句，一轮皎洁明亮的圆月当空高照，让我们在夜晚静静享受月亮皓丽的光芒照耀着大地的同时，走近古诗词作品中的"月"意象，细细品味"月"丰富的意蕴，感悟其承载的情感，领略历代诗人孤影相对、把酒相邀、寄托忧思、倾诉雅志的月"知己"情怀。

秦观在《望海潮》一词中"金谷俊游，铜驼巷陌""西园夜饮鸣笳"等具体的回忆游乐生活的描述，将我们带入昔日词人游玩的乐趣之中，于是，我们透过宋词，走进宋朝人民丰富多彩的游艺活动，从古人放松精神、娱乐身心、陶冶情操的休闲娱乐活动中，窥探宋代人们的游玩趣事，感受宋人的精神生活风貌。无论是离愁别绪，还是游玩情趣，都彰显了中华民族精神世界的充盈。

我们还按照第八期委员读书活动"国学"读书群读书计划，开展了第四期"深研"栏目，邀请全国政协委员、山东师范大学文学与影视艺术博士学科、戏剧与影视学一级硕士学科带头人、博士生导师、中国作协全委会委员李掖平教授，作"新时代新征程文艺评论新出发"的专题讲座。

李掖平教授从习近平总书记在中国文联十一大、中国作协十大开幕式上的重要讲话中对广大文艺工作者提出的五点希望出发，以"新时代新征程文艺评论新出发"为主题，提出要充分认识文艺评论的重要价值和意义，要理直气壮地弘扬中华民族源远流长的忠贞爱国报国的英雄主义精神，要遵循总书记对文艺工作者提出的"三不"要求，即"不为一时之利而动摇、不为一时之誉而急躁，不当市场的奴隶，敢于向炫富竞奢的浮夸说不，向低俗媚俗的炒作说不，向见利忘义的陋行说不"，全力建构有温度、见深度、有活力、接地气的新时代文艺评论。同时，李教授站在文艺事业大繁荣大发展的当今，与我们分享了她的见解：要打磨好评论的利器，用生动的笔触记录人民的伟大实践、反映时代发展进步的社会风尚，用深邃的思想品鉴有筋骨、有道德、有温度的文艺作品，用鲜明的态度抵制文艺垃圾，批判文艺乱象，才能确保彰显信仰之光、传递崇高美德、凝聚中国力量的文艺之花，在中华大地文化百花园中绽放得更加绚丽多彩。

在这一期"深研"中，孙宝林、郭媛媛、阎晶明、张颐武、潘凯雄、王苏、于守国、祁志峰、李学梅等委员纷纷为李掖平教授的精彩讲座点赞，并进行了互动交流。其中，郭媛媛委员提出了"在信息音视频化、微形式化的当下，文字信息的文学长评论应该如何更好发挥自己的作用"直击当下热点问题；阎晶明委员感谢李教授的讲座突显了文艺评论重要作用，并对文艺批评分享了自己的观点，表示批评家应该是希望最大限度地保留作品的价值，而不是为了显示批评家果敢而把棒喝视作良药，且在网络时代，文学批评就是要从海量作品中向读者推荐好的、优秀的、风格突出的、题材独特的、叙述特别的作品；张颐武委员围绕"宋词的婉约和豪放两派的说法"与李教授进行探讨；潘凯雄委员提出补充虚构类具体作品的建议，等等。群内讨论氛围热烈、妙趣横生又情词恳切。

在这一天的学习过程中，连玉明委员、郭媛媛委员、王苏委员和各位委员共读宋词，戚建国、叶小文、祁志峰、张复明、韩爱丽、张连起、王丽萍、蒋和生、奚美娟、霍建起、黄绮、于守国、孙宝林、阎晶明、张颐武、潘凯雄、李学梅等委员先后踊跃发言。戚建国委员分享《习近平用典》《携手构建合作共赢、公平合理的气候变化治理机制——在气候变化巴黎大会开幕式上的讲话》等文中引用的"万物各得其和以生，各得其养以成"，解读中国传统文化中的"天人观"及其现实意义。同时，戚建国委员被"宋词里的中国"多姿多彩的"月"之美感染，感慨"悬挂在中国古典诗坛上空的月亮是多情的。她是一种背景、一种气氛，更是一种文化符号、一种情感媒介、一种审美意趣。她的空明、澄澈、高洁的品性，她的暗示、隐喻、象征等效用，令无数诗人倾倒。于是，月亮意象无处不在地渗入古典诗词的字里行间，铸就作品的血脉和灵魂"；叶小文委员通过今天的共学，有感而发，分享《望海楼札记》；张连起委员有感于《望海潮》的"金谷俊游"，分享了林逋的《点绛唇》、杜牧的《金谷园》，让我们深化认知借金谷园咏春草的离愁具象。委员们在互思互议、共研共享中不断形成集体智慧的火花，带领我们开创更开阔的思维天地，领略中华文化的博大精深。

鹧鸪天

晏几道

　　彩袖殷勤捧玉钟，当年拚却醉颜红。舞低杨柳楼心月，歌尽桃花扇底风。

　　从别后，忆相逢，几回魂梦与君同。今宵剩把银釭照，犹恐相逢是梦中。

一川夜月光流渚

——宋词共学札记之三十五

（2022 年 2 月 13 日）

　　持续感受宋词芬芳绚丽的同时，全国政协书院"国学"读书群宋词导读读书计划实施到了第三十五天。昨日，我们从陈亮《水龙吟·春恨》的伤春之笔中感受到满腔的家国之情，从晁补之的《摸鱼儿·东皋寓居》中"归去来园"的园中景色体悟词人对隐居生涯以及美好田园生活的向往，并在"宋词里的中国"一窥古代定情信物，共同感受古代男女的浪漫多情，也一同探寻千古文人的田园情结与他们丰富的精神世界。

　　我们被陈亮《水龙吟·春恨》一词中"金钗斗草，青丝勒马"的美妙情事所感染，发现"钗"不仅是一种饰物，还是一种寄情的表物，进而从金钗一窥古代定情信物，在男女双方感情的凭证和以爱之名的独特信物中，一同感受中国历史的爱情隐秘文明和古人的浪漫与多情。

我们从晁补之的《摸鱼儿·东皋寓居》中东皋"归去来园"的园中景色，感受到词人对美好田园生活的向往，而山水田园独特的文化内涵与特质，吸引了众多文人墨客纷纷驻足，不由发现千古文人对山水田园的深深情结，此情结既有思乡念归情感的自然流露，又有对现实世界的失望，以及对精神家园的向往和追求。于是，我们一同走近千古文人的田园情结，去探寻他们的内心世界。

又是一个被宋词熏染的周末时光，连玉明委员、郭媛媛委员、王苏委员和各位委员共读宋词，戚建国、张嘉极、祁志峰、于守国等委员先后踊跃发言。戚建国委员分享了《习近平用典》之213《在中央民族工作会议上的讲话》等文中引用的"观之上古，验之当世，参之人事，察盛衰之理，审权势之宜，去就有序，变化因时，故旷日长久而社稷安矣"，并对引用典故的现实意义进行解读；张嘉极委员持续分享热点话题启迪我们思考；于守国委员点赞今日的精彩导读，并就田园情结发出感慨："诚如郭群主言，田园诗体现了宋代文人浓浓的思念故乡情结，_丝丝的失意疗愈得意，深深的天人合一理念_。"连日来，在读宋词中聆听词人心声，遇见内心向往的生活，让我们心旷神怡。宋词熏染的不仅是气质，更是心，是力量。

临江仙

晏几道

梦后楼台高锁，酒醒帘幕低垂。去年春恨却来时，落花人独立，微雨燕双飞。

记得小蘋初见，两重心字罗衣，琵琶弦上说相思。当时明月在，曾照彩云归。

应是绿肥红瘦

——宋词共学札记之三十六

（2022 年 2 月 14 日）

    持之以恒，积跬步以至千里。昨天是全国政协书院"国学"读书群宋词导读读书计划实施的第三十六天。让心灵与宋词继续触碰，我们一起共读共赏了辛弃疾的《永遇乐·京口北固亭怀古》与李清照的《如梦令》，透过中国十大传世名画之一、国宝级文物——北宋张择端《清明上河图》中繁华的都市城楼，回顾了城楼之于中国城市历史的缘起、发展与传承，并思考存世古城楼的修复与保护，通过探寻宋人在建筑、绘画、漆器、服饰等不同领域的色彩运用及创新，感悟宋人独特的审美心理。

    在辛弃疾《永遇乐·京口北固亭怀古》中，词人面对锦绣江山，缅怀历史上的英雄人物，愿像他们一样建立不朽功业、怀古、忧世、抒志。观赏《清明上河图》里错落有致的一幢幢古城楼建筑群，将思绪驰骋于宋前宋后的中国古代城楼发展演变，继而思索被当下拔地而起高楼大厦挤压的空间里孤立的城楼古刹，似在诉说着民族的智慧与勤劳、见证着历史的沧桑与变迁，等待回眸者用心的守护。

在李清照《如梦令》小令中，词人借宿醉酒醒后询问花事，曲折委婉地表达了惜花伤春之情。"卷帘人"已答海棠依旧如昨，词人却认定春雨过后的海棠"应是绿肥红瘦"，浅浅的伤春愁绪呼之欲出。就着词人心里的一树"红绿"，我们去追寻了宋人在五彩缤纷世界里的偏爱：如虎年春晚王希孟《千里江山图》里的"青绿腰"，汝、官、哥、钧、定五大名窑的彩釉，"粉墙黛瓦，饰之以红"的古居雅舍等，绘制成一代中国人超凡脱俗、典雅高贵画面，映射出有宋一朝经济兴、文人雅、擅审美、懂生活的人间烟火气息与优雅浪漫情怀，值得今天的我们去发现、传承、转化并超越。

在今日的读书活动中，连玉明委员、郭媛媛委员、王苏委员和各位委员共读宋词，张连起、张嘉极、戚建国、赵梅、甄贞、于守国等委员先后踊跃发言。张连起委员深夜时分分享学习心得"……考场变成了世界！怎样在这样的考场上，考出好成绩，是挑战，也是实现中华民族伟大复兴的机遇……"，深刻认识中华文明与全人类共同价值，感慨道："历史长河不息，时代考卷常新。今天，我们的考场是全世界！我们深知，中国硬实力的增强并不必然带来软实力的提升。中国理念的传播，中国文明的推广需要包括政协委员在内的全体中国人百折不挠的努力。为此，让我们每一朵小雪花汇聚成一朵温暖世界的大雪花，一起向未来！"

戚建国委员分享《习近平用典》之 214《在省部级主要领导干部学习贯彻党的十八届五中全会精神专题研讨班上的讲话》等文中引用的"草木荣华滋硕之时，则斧斤不入山林，不夭其生，不绝其长也；鼋鼍、鱼鳖、鳅鳝孕别之时，罔罟、毒药不入泽，不夭其生，不绝其长也"，并释义分析原典，结合当前我国发展所处的国内外环境因素。郭媛媛委员就今日分享的《习近平用典》感叹"生态体系，人类置身；与天地生，和万物长。循规、敬律，方能共在、同存！"甄贞委员简评"辛弃疾的《永遇乐·京口北固亭怀古》充满壮志未酬的悲情，但又有壮怀激烈的豪情。词中许多佳句脍炙人口，爱国情怀跃然纸上。堪称经典之作。"

于守国委员点赞导读内容和小结，赞叹"李清照是天才女词家，其词'善于言情，且是真情、挚情'"。王苏委员亦言："李清照《如梦令》的一语'绿肥红瘦'清奇绝伦，色泽艳丽，形象逼真，堪称千古绝唱。词中景语、人语伴花语，共同交织成绚烂的诗情画意。其中问的多情，答的淡漠，无限凄婉，又妙在含蓄，流露了女词人惜春而不伤春的情愫，更加体现了她纯净的心灵和高雅情趣"。

中华文明源远流长，蕴育了中华民族的宝贵精神品格，培育了中国人民的崇高价值追求。全人类共同价值理念深植于中华文明大地，深受中华优秀传统文化的滋养，彰显中华文化天下大同的理想情怀，体现中华文化和而不同的包容精神，凸显中华文明价值理念的优良传统和现实意义。我们要认真学习，明确历史方位、胸怀国之大者，全力以赴履职担当，尤其是要把读书作为履职新方式和履职的内在要求，以读书集思广益，破解难题，在这场世界大考中考出好成绩，交出一份优异的答卷。

西河·金陵怀古

周邦彦

佳丽地，南朝盛事谁记？山围故国绕清江，髻鬟对起。怒涛寂寞打孤城，风樯遥度天际。

断崖树，犹倒倚，莫愁艇子曾系。空馀旧迹郁苍苍，雾沉半垒。夜深月过女墙来，伤心东望淮水。

酒旗戏鼓甚处市？想依稀，王谢邻里。燕子不知何世，入寻常巷陌人家，相对如说兴亡，斜阳里。

明日落红应满径

——宋词共学札记之三十七

（2022 年 2 月 15 日）

又到元宵佳节时，家国情怀总如一。一定是特别的缘分，让我们在全国政协书院"国学"读书群宋词导读读书计划实施的第三十七天，遇上了传承近两千年的元宵佳节，当宋词学习遇上元宵佳节，宋词里的元宵节便成为我们绕不开的话题。据历史记载，宋代的元宵节通常持续五日之久，想必是另一番喧闹繁华，在存世两万多首宋词中，有两百多首词作对元宵节的风俗和娱乐活动进行过生动的描摹，如赏灯、歌舞焰火、百戏杂耍、嬉游、诗酒高会、男女幽会、占卜等风俗，体现了宋人对生活仪式感的狂热，展示了宋代的都市生活风貌、风土人情及世人对美好生活的期盼。

在欢乐祥和庆元宵的热闹气氛中，委员们纷纷互赠节日祝福,一同领略嘉禾（浙江嘉兴）判官张先五十二岁所作《天仙子》,在"风不定,人初静"的春日里,词人因病拒绝热闹的府会,独赏"沙上并禽池上暝,云破月来花弄影"的美景,想象春风过后,明日必是落花满径,由是引发词人临老伤春的叹息。我们由"苏湖熟,天下足"的历史空间坐标"嘉禾",寻踪《诗词中的中国地名之美》,领略思乡客的"衡阳城"、才子佳人的"桃叶渡"、知己故交的"阳关址"。普通地名变成文化符号,便孕育出特殊的文化气质与精神风度,凝聚成中国传统诗意地名的人文厚度与历史温度。

宋词里的"咏花惜春",当然少不得宋代音乐大家、婉约词宗周邦彦,一曲《六丑·蔷薇谢后作》自度词,在"愿春暂留,春归如过翼,一去无迹"一唱三叹的万般无奈中,巧妙地表达了词人对春的不舍、对人的留念。一句"钗钿堕处遗香泽,乱点桃蹊,轻翻柳陌"从人惜花转向花恋人,将花的"寂寞"与人的幽独有机结合在一起,带领我们走进《宋词中的女性头饰》,感受宋代女性金钗玉冠依时簪戴的雅致生活,品味词人笔下极富浪漫色彩和生活气息的宋代美学风韵。

在这一天的学习过程中,连玉明委员、郭媛媛委员、王苏委员和各位委员共读宋词,戚建国、赵梅、祁志峰、张连起、黄树贤、张嘉极、于守国、唐俊杰等委员先后作精彩发言。戚建国委员分享《习近平用典》之215《在党的十八届五中全会第二次全体会议上的讲话》等文中引用的名句"知其事而不度其时则败",深刻解读国际国内环境发生了深刻复杂的变化下,"知其事"并"度其时"的重要意义。郭媛媛委员就这一用典分享"事业成败得失,也论天时地利人和,也看环境情势规律。所以,需要领导干部提升审时度势本领,提高全局性、前瞻性战略认识、把握能力"的独到见解。

张连起委员聚焦虎年元宵佳节,与我们分享宋代词人笔下多重情感寄托的"元宵之最",并用诗意的语言为大家解读元宵的丰富内涵。元宵节,是一个关于"结束"和"开始"的日子,年节结束了,新的一年开始了。将旧年的所有烦恼、喜悦,留在过去,祈愿新的一年顺遂,团圆。元宵节,是一个极致快乐的日子,在这一天,将自己的快乐心情绽放,感受人之最初的快乐。元宵节,是一个欢喜的日子。新的一年,就在这欢喜中开始,走向希望。

黄树贤委员作七绝诗《喜冬奥元宵》:"贺岁华灯映虎彪,迎春白雪庆元宵。京冬奥运添行色,放眼江山万里娇。"将委员庆元宵读宋词的氛围引向高潮。

于守国委员认为今日导读内容生动精彩,让人学有所获,并评析了《天仙子》中的两个"春"字:一是指季节上的"春"天,二是指青"春"韶华,并暗喻对青"春"时代风流韵事的凭吊与惋惜。

委员们在互思互学互赞、共鉴共研共享中用有温度有情怀有能量的语言架起一座座古今文化桥梁，助力深刻领悟中华文化和中国精神的时代精华。

再次将张连起委员分享的宋人笔下"元宵节之最"词句共享在此，一同感悟他们的家国情思、人生悲喜、清欢别离：

最沧桑感慨的元宵节：物色旧时同，情味中年别。

——刘克庄:《生查子·元夕戏陈敬叟》

最怦然心动的元宵节：众里寻他千百度，蓦然回首，那人却在，灯火阑珊处。

——辛弃疾:《青玉案·元夕》

最沉痛无奈的元宵节：问繁华谁解，再向天公借。

——蒋捷:《女冠子·元夕》

最伤感抑郁的元宵节：年光是也。唯只见、旧情衰谢。

——周邦彦:《解语花·上元》

最哀伤无着落的元宵节：如今憔悴，风鬟霜鬓，怕见夜间出去。

——李清照:《永遇乐》

大酺

周邦彦

对宿烟收，春禽静，飞雨时鸣高屋。墙头青玉旆，洗铅霜都尽，嫩梢相触。润逼琴丝，寒侵枕障，虫网吹黏帘竹。邮亭无人处，听檐声不断，困眠初熟。奈愁极频惊，梦轻难记，自怜幽独。

行人归意速。最先念、流潦妨车毂。怎奈向、兰成憔悴，卫玠清羸，等闲时、易伤心目。未怪平阳客，双泪落、笛中哀曲。况萧索、青芜国，红糁铺地，门外荆桃如菽。夜游共谁秉烛？

风老莺雏

——宋词共学札记之三十八

（2022 年 2 月 16 日）

体认乾元何处是，初春天气早晨时。美好的一天，从清晨读宋词开始，不知不觉间，已到了全国政协书院"国学"读书群宋词导读读书计划实施的第三十八天。我们共同品读了周邦彦的《满庭芳·夏日溧水无想山作》与苏轼的《贺新郎》，于"宋词里的中国"寻觅"风"意象、揭秘华夏民族的华彩典范——丝绸，感受古典文学中或喜或悲，或相思或满足，或惆怅或达观的"风"之情态，欣赏丝绸之美、丝绸之韵、丝绸之雅。

"风老莺雏，雨肥梅子。"周邦彦眼里这阵夏风是季节所指，亦是岁月的痕迹，暗藏着词人的万千思绪。追寻"风"的意象，我们发现收录了两万余首词作的《全宋词》中，"风"

字的运用高达一万余次，是宋词中排行第二的高频词，被赋予了丰富的情感体验和审美表达。有风即景，有景即情，无形之风吹进宋词里、吹动词人心。我们遨游于宋词的海洋里，沐浴着《吹进宋词里的风》，看"风情万种"、听"风的诉说"、观"风的变迁"，感受两宋时代之风气、时人之风尚、士大夫之风骨，鉴往知来，砥行致远！

"手弄生绡白团扇……帘外谁来推绣户"，东坡居士短短几言，宋代丝绸用途之广便不言而喻。于是我们借道走进《宋代的丝绸之美》，追溯丝绸的前世今生，感知宋代登峰造极的织造技艺，探秘"丝绸之国"与"丝绸之路"。宋代丝绸既是美的象征，也是中华文明的"文化使者"，让古老的文明走向世界。循着"丝绸之路"，21世纪的中国顺应全球治理体系变革的内在要求，提出共建"一带一路"倡议，推动沿线各国实现经济政策协调，共同打造开放、包容、均衡、普惠的区域经济合作架构，践大道之行，造福人民。

我们按照第八期委员读书活动"国学"读书群读书计划，开展了第五期"精学"栏目，邀请华东师范大学中文系教授、博士生导师、中文系副主任、古籍研究所所长方笑一，作"谈谈古人的宋词阅读"专题讲座。方笑一教授立足于历史长河，论及古今，从普通读者与专业读者如何读宋词切入，聚焦用字、本事和音律三方面，结合宋祁、柳永、苏轼等名家的词作，分享了古人阅读宋词时的关注点、眼光视野、具体感受。通过讲座，让我们了解到，古人在阅读宋词以及实际填词过程中对用字、本事、音律的重视与讲究，是古人对词的深刻理解的重要体现。在宋词的学习中，借鉴参考古人的阅读方法，是帮助我们从"普通读者"向"专业读者"转变的有益尝试，也更有利于我们于宋词的词藻之美、移情之美、音律之美、委婉之美、比兴之美中，体悟中华文化的博大精深，汲取丰富的养分，陶冶情操，增强文化自信。

在这一期"精学"专题讲座中，委员们围绕"当下读宋词应当如何读、读什么""宋词本事的考证""苏轼与柳永的词之比较"等话题进行了深入研讨，方笑一教授就相关问题一一作答。在方教授以"红杏枝头春意闹"为例讲解古人阅读宋词，对于用字十分关注或者说计较时，马东平委员不禁叫好"闹字真是生动"。当方教授讲到今人读宋词，可以读其爱情表达和日常生活、风俗时，郭媛媛委员不禁赞叹"宋词曲尽其致，确实是情感表达最好呈现的样子！"李学梅委员点赞道："方教授的精彩讲解让普通读者通过一个个有趣的小故事，了解了古人读宋词的方法。"王苏委员提出"古汉语更接近南方话，很多词人也是南方人，所以用现在杭州、绍兴一代的话来读，有入声，更押韵"，并分享道"我试着用绍兴话读李清照的词，很有韵味！"委员们在一问一答中感受宋词之美、宋代风韵，切磋琢磨之音宛若宋词的声声曼妙。

连玉明委员、郭媛媛委员、王苏委员和各位委员共读宋词，张嘉极、戚建国、黄玲、金李、常信民、王美华、金鹏辉、陈显国、章义和、张喆人、沈敏、祁志峰、孙寿山、马东平、李学梅等委员先后踊跃发言。戚建国委员解读了习近平总书记《在中央党的群团工作会议上的讲话》等文中引用的"常制不可以待变化，一途不可以应无方，刻船不可以索遗剑"，让我们更加深刻认识没有继承，就没有发展；没有创新，就没有未来。做任何事情，都不能只顾低头走路，不顾方向对错，不问形势任务。机遇抓不住就会失去，问题解决不好就会成为难题。主动适应新形势新任务新要求，锐意改革创新、攻坚克难，我们才能顺势而为、大有作为，在这个变化的时代中稳立不败之地。郭媛媛委员有感而发："创新才能发展，尤其在信息社会，创新更成为基础和基本能力与要求。"

又是收获满满的一天，委员们以读词引共鸣、以交流促进步、以讨论聚共识，互动中有态度、有观点、有建议，营造了认真阅读、勤于思考、主动交流、相互启发、共同提高的读书氛围。

高阳台·西湖春感

张　炎

接叶巢莺，平波卷絮，断桥斜日归船。能几番游，看花又是明年。东风且伴蔷薇住，到蔷薇、春已堪怜。更凄然，万绿西泠，一抹荒烟。

当年燕子知何处，但苔深韦曲，草暗斜川。见说新愁，如今也到鸥边。无心再续笙歌梦，掩重门、浅醉闲眠。莫开帘，怕见飞花，怕听啼鹃。

隔墙送过秋千影

——宋词共学札记之三十九

（2022 年 2 月 17 日）

"读书之乐何处寻？数点梅花天地心。"在这春始冬余之际，伴随着唯美的宋词，度过了全国政协书院"国学"读书群宋词导读读书计划实施的第三十九天。最是一年春好处，我们通过张先《青门引》中的风雨、庭轩、残花、楼头画角、重门、明月、秋千影等意象，于春尽花残的伤感中，感受古人对生命和时光的热爱。阅读周邦彦的《风流子》，在词人的牵引下，走进一场魂牵梦萦的爱恋。沉醉于"宋词里的中国"，一睹古代少女荡漾在秋千上的青春与风采，并于《宋代的女子妆容》中，感悟淡雅清秀的古典之美。

在《青门引》中，张先给我们塑造了凄冷、孤寂、伤感的意境，从触觉、听觉、视觉等方面表达了对春天的独特感受，一句"那堪更被明月，隔墙送过秋千影"，写人却言物，写物却只写物之影，影即人，人又如影之虚之无，层层虚设，情真意切，可谓荡气回肠。透过"秋千影"，我们从"秋千运动的兴起与发展""荡秋千与女子深闺生活""唐诗宋词中的秋千意象"等方面回顾了古代秋千活动的兴起与发展，感受古代文人笔下秋千游戏的热闹景象，以及古代少女们的青春风采和对生活的热爱。

《风流子》从屋外池塘、斜阳到屋内绣阁、凤帏，从倾听琴声遥想对方神态，再写自己的心态，层层深入，把青年男子对佳人的爱慕、渴盼、想念、急于接近而又感音信无凭，魂牵梦绕而又不知"甚时说与"的诸般矛盾心情刻画得真切自然、细腻微妙。伴随周邦彦"遥知新妆了"的想象，我们学习了《宋代的女子妆容》，于凝脂抹粉中，感受宋人独特的审美情趣。宋代是中国妆发史上的重要分水岭，相较唐代的妆容特点，发生了从顺应自然到受约于理学、从夸张不羁到讲究细节的转变，处处透露着一种淡雅清秀的风尚。

在这一天的学习过程中，连玉明委员、郭媛媛委员、王苏委员和各位委员共读宋词，张嘉极、祁志峰、常信民、徐葵君、张喆人、王美华、于守国、罗宗毅、贺丹、李景虹等委员纷纷点赞发言，对共读内容给予高度赞许。于守国委员在学习了今天的宋词后，不禁发出"晨诵、午读、暮思精彩生动""很受教、挺有趣"的赞叹，并就相关主题内容连珠巧对："《青门引》来《风流子》，《荡秋千》高《过秦楼》。"

连日来，委员们在国学群内热烈互动，称道赞叹，互相鼓励着天天学宋词，言志抒怀开新思，不断增强知识储备、开阔眼界视野、凝聚思想共识、提高履职水平，"这是'书院+'功能的一次充分体现，说明书院平台具有广阔空间和交流便利性"。

学向勤中得，萤窗万卷书。在宋词的陪伴中，各位委员不负光阴、只争朝夕、学习不辍，把学习作为工作之基、能力之本、素质之源，不断充实自己、升华自己，力争做到知识过硬、本领高强，把学习作为提高建言资政和凝聚共识双向发力工作质量的有效途径，在自学、领学、共学中更好履职。

唐多令

吴文英

何处合成愁？离人心上秋。纵芭蕉、不雨也飕飕。都道晚凉天气好，有明月，怕登楼。

年事梦中休，花空烟水流。燕辞归，客尚淹留。垂柳不萦裙带住，漫长是，系行舟。

巧沁兰心

——宋词共学札记之四十

（2022 年 2 月 18 日）

　　"读书之乐乐何如？绿满窗前草不除。"在乍暖还寒之际，我们遇见最美宋词，沉醉于或婉约柔美或豪迈恢弘的华美词句中，转瞬间，已悄然来到全国政协书院"国学"读书群宋词导读读书计划实施的第四十天。昨天，我们一起共读了史达祖的《东风第一枝·春雪》与周邦彦的《过秦楼》，于"宋词里的中国"解锁中国古人的"吃草"指南，品味野菜的清香，体会文化的魅力。透过不同历史时期种类繁多、工艺精美的铜镜，溯源我国古代铜镜的发展史，探索其中蕴藏的文化意义和历史价值，感受铜镜纹理背后独特的审美艺术。

　　在史达祖的《东风第一枝·春雪》中，词人以极为精巧的笔触继承中国文人咏雪传统，通篇咏春雪却不见一片雪花，借拟人和用典之技，将春雪的纤弱淡雅与奇透清逸刻画得情韵十足。尤其是以"凤靴"暗指旧日佳人的音容笑貌，相思之苦，苦断愁肠却不道破，而是如诉如梦，托意含蓄，缓缓道来，相思怀人之情展露无遗。循着其中的"怕凤靴挑菜归来，万一灞桥相见"，我们穿越时光的隧道，将目光投向《野菜荟萃：古人的"吃草"指南》，从"野趣""野味""野韵"中，细细品味源远流长的中华美食文化。

在《过秦楼》这首即景思人的词作中，周邦彦由月夜入境，于冷月清风的夜景中，忆起"闲依露井，笑扑流萤"的生动情景，感慨年华一瞬，欢愉短暂。纵观全词，周邦彦那颗思念旧人的心在过去与现在、想象与现实中往复跳荡，叹离伤别之情在抚今追昔中层层展现，跌宕起伏，具有强烈的艺术感染力。透过词中"金镜"这一意象，我们在《我国古代的镜文化》中展开一场横跨千年的文化"考古"，窥探古代各时期思想、文化、社会等方面的发展，以及古人审美心理和思想信仰的历史变迁，并在漫长的历史长河中找到属于自己的那面镜子，时时勤拂拭，勿使惹尘埃，正衣冠，亦正心志。

令人心醉的宋词，如同春风化雨，绵绵不绝。在这一天的学习过程中，连玉明委员、郭媛媛委员、王苏委员和各位委员继续共学宋词，感悟生命之美、领悟生活真谛。张嘉极、戚建国、王美华、张连起、张喆人、于守国、孙寿山、马东平、祁志峰等委员先后踊跃发言。戚建国委员与我们分享了《习近平用典》之217《在党的十八届五中全会第二次全体会议上的讲话》等文中引用的"富者累巨万,而贫者食糟糠",并对其现实意义进行解读,让我们清晰地认识到,面对贫富分化严重的现象,必须坚持"共享发展"理念,才能使全体人民朝着共同富裕的方向稳步前进,让发展更有温度、让幸福更有质感,使人民获得感、幸福感、安全感更加充实、更有保障、更可持续。王美华委员分享习近平总书记2022年1月26日至27日赴山西看望慰问基层干部群众时讲话的相关内容,让我们进一步了解到,推进碳达峰碳中和,必须尊重客观规律,把握步骤节奏,先立后破、稳中求进。张喆人委员在学习宋词导读感悟后有感而发:"非常精彩,受益匪浅。"于守国委员在学习《我国古代的镜文化》后,分享了李世民极具警示的至理名句——"以铜为镜,可以正衣冠;以史为镜,可以知兴替;以人为镜,可以明得失。"并感叹宋词导读"很精心""很精彩"。

"奇文共欣赏,疑义相与析。"读书群内,各位委员跨越时间和空间的障碍,共读宋词、共品经典,激情澎湃、高潮迭起,读出了政治责任、读出了精神追求、读出了生活方式,进一步凝聚正能量,画好同心圆,为实现中华民族伟大复兴的中国梦汇聚了源源不断的时代力量。

钗头凤

陆　游

　　红酥手，黄縢酒，满城春色宫墙柳。东风恶，欢情薄，一怀愁绪，几年离索。错，错，错！

　　春如旧，人空瘦。泪痕红浥鲛绡透。桃花落，闲池阁。山盟虽在，锦书难托。莫，莫，莫！

怒发冲冠

——宋词共学札记之四十一

（2022 年 2 月 19 日）

"好雨知时节，当春乃发生。"二月时节，春风为引，烟雨中国，如诗如画，至此，全国政协书院"国学"读书群宋词导读读书计划已经实施了四十一天。让时光与宋词继续交汇，在昨天浓厚的共学共读氛围里，我们徜徉在宋词的温柔岁月中，一起品读研学了岳飞的《满江红·写怀》与辛弃疾的《菩萨蛮·书江西造口壁》，感悟了词人家国情怀的慷慨激昂与伤时忧国的深情萦念。透过"宋词里的中国"，我们凭栏远眺，体味古人的万千思绪与别样哀愁，我们提笔走马，与古人共同踏上壮怀逸兴的宦游之旅。

"怒发冲冠，凭栏处潇潇雨歇。"岳飞在《满江红·写怀》中独上高楼，自倚栏杆，一片壮怀"仰天长啸"倾吐而出。

唱叹过往，自痛自惜，词人以"莫等闲、白了少年头，空悲切"奋勉自励，国耻未雪，抱憾无穷，"待从头、收拾旧山河，朝天阙"，将军豪情与民族义愤力透纸背。

由此，我们凭借"栏杆"这一千古宋词伤心物，跟随古代文人婉约凄丽的"凭栏"笔触，愁怨哀恨的"凭栏"意象和寄情达绪的"凭栏"表达，极目远望，抚今追昔，倚遍千年风雨，一窥古人凭栏抒怀之深意。

郁孤台下，鹧鸪声鸣，辛弃疾在《菩萨蛮·书江西造口壁》登台览景，"借水怨山"，写尽宦海沉浮数十载，抒发国家兴亡感慨，无奈群山叠嶂遮断望眼，只能失意空叹"可怜无数山"，鹧鸪乱啼，为国伤怀之情更添一怀惆怅。秉承古人"经世致用"的宦游执念，我们发现历代文人往往将山水审美之思包容在世务行役之游中，以山水寄情，将"游"的审美体验融入"仕"的价值追寻。正因为古人的宦游经历，为中国文学创造了丰富的情感体验，使得宦游文化成为中国文化里独放异彩的艺术之花。

我们还按照第八期委员读书活动"国学"读书群读书计划，开展了第五期"深研"栏目，邀请国家图书馆古籍馆副馆长、研究员陈红彦委员，作"宋词与宋代的图书事业"的专题讲座。陈红彦委员立足宋词与宋代的图书事业，从最早的词选集——《花间集》切入，聚焦宋代出版的名家词集和词作赏析，分享了北宋、南宋词坛不同时期代表词人和词作的古籍刻本。通过讲座，让我们了解到，典籍是记载古代人类知识经验的最重要工具，宋代是我国古代出版业的"黄金时期"与"经典时期"，得益于宋代造纸、造墨、印刷技术的成熟，以及宋代礼士崇文、科举功名、以文治国的政治文化环境，让宋词得以结集出版，并流传至今。宋代出版事业的繁荣发展，为词的兴盛和传播打通了媒介和桥梁，让宋词这一中国文学史上的璀璨明珠，中华文明灿烂长卷中的绚丽华章，至今依然熠熠生辉、影响久远。

在这一期"深研"专题讲座中，委员们围绕"宋代读书与印刷出版业互促发展对当今全民阅读的启示""国家图书馆普及性读书开展情况""苏轼词风变化的背景和成因"等话题进行了深入研讨，陈红彦委员就相关问题一一作答。此外，王苏委员还分享了用绍兴话诵读的李清照《声声慢》，让大家在中华浩瀚文化里感受到了语言的多姿多彩。

令人心醉的宋词，如同春风化雨，绵绵不绝。在这一天的学习过程中，连玉明委员、郭媛媛委员、王苏委员和各位委员共读宋词，张嘉极、戚建国、于守国、孙宝林、周玉梅等委员先后踊跃发言。戚建国委员与我们分享了《习近平用典》之218《在华盛顿州当地政府和美国友好团体联合欢迎宴会上的演讲》等文中引用的"日月不同光，昼夜各有宜"，并释义分析原典,深刻解读中美关系应相互尊重、聚同化异、和而不同的现实意义。时逢二十四节气雨水,戚建国委员还通过分享赏析元稹的《咏廿四气诗·雨水正月中》,让我们感受了青青大地的早春底色。王苏委员在学习《满江红·写怀》后有感而发,赞叹道:"岳飞《满江红·写怀》千古传颂,今日读来依然荡气回肠,激情满怀!"于守国委员在学习《中国古代文人的宦游文化》后指出:"世界旅游业能有今天的巨大成就,应给中国古代志士仁人与文人墨客们的超前踏勘记上一大功。"可见,历代文人的宦游经历和文学表达是我国旅游业高质量发展极其宝贵、不可再生、仍需挖掘的一座富矿。

春读书,兴味长,磨其砚,笔花香。又是被宋词浸润的一天,宋词是文学,是艺术,也是生活,述说着自己,影响着他人。宋词涵养的是气质,是人心,更是力量,映射着人生,关照着古今。连日来,各位委员跨越时空的障碍,在宋词的柔美意境中纵情遨游,在宋代的璀璨文化中关照古今,以读词引共鸣、以交流促进步、以讨论聚共识,滋养着心灵,体悟着人生,激荡着时代。

摸鱼儿

辛弃疾

淳熙己亥，自湖北漕移湖南，同官王正之置酒小山亭，为赋。

更能消、几番风雨，匆匆春又归去。惜春长怕花开早，何况落红无数。春且住，见说道、天涯芳草无归路。怨春不语。算只有殷勤，画檐蛛网，尽日惹飞絮。

长门事，准拟佳期又误，蛾眉曾有人妒。千金纵买相如赋，脉脉此情谁诉？君莫舞！君不见、玉环、飞燕皆尘土！闲愁最苦。休去倚危栏，斜阳正在、烟柳断肠处。

明月别枝惊鹊

——宋词共学札记之四十二

（2022 年 2 月 20 日）

"蹉跎莫遣韶光老，人生唯有读书好。"悠悠两宋三百余载，数不尽的风流名士，道不尽的隽永词篇，细细品读，昨天已是全国政协书院"国学"读书群宋词导读读书计划实施的第四十二天，我们继续沉浸在宋词之美的妙不可言中，一起共读共赏了欧阳修的《踏莎行》与辛弃疾的《西江月·夜行黄沙道中》，感悟了词人的离愁别绪与淡泊潇洒，并在"宋词里的中国"走进巍巍群山，探索"山"之意象所蕴含的文化情感，相伴秉烛夜游，一睹宋代夜文化的璀璨风采。

"平芜尽处是春山，行人更在春山外。"我们在《踏莎行》中流连于"溪桥柳细"，遥望行人羁旅，感受离愁之绵长，此般离愁别绪越过空间遥隔的平芜春山，驰骋于时间中无限延展。由此，我们走进中国文学中的"山"，发现中国古代文人爱登山，更爱写山，他们从山岳之中汲取灵感，或登高作赋，慨叹自然之壮美；或临渊长啸，悲叹心境之哀婉；或隐逸深山，体味归隐之淡然。历代文人以山寄情、以山壮怀，彰显对自然的敬意与归依，蕴藏对山河家国的感慨与怀念，寄托对身世沉浮的悲愤与愁思，从而彰显了中国哲学中最极致的境界——天人合一。

"明月别枝惊鹊，清风半夜鸣蝉。"我们在辛弃疾《西江月·夜行黄沙道中》的笔触之下，领略了月白风清，鹊惊蝉鸣，听取稻花飘香里蛙声一片，沉醉于幽美的乡村夏夜；天外星稀，山前雨疏，溪回路转时忽见林边茅店，畅然于惬意的乡村夜行。我们循着宋词的步履足迹，一睹宋朝"花市灯如昼"的夜间文化：有佳节夜晚的欢庆盛宴，有万籁笙歌的推杯换盏，亦有孤独旅人的黯然神伤。"夜"之于宋词，就好比一匹流光溢彩的黑色丝绸，在不同人的"夜"里，绣着明暗不同的花纹，银线闪耀，暗花高雅，各显风情。深邃广袤的夜空以其独特的文学承载形式，织就了中国古代文学中的一抹熠熠光彩。

又是一个被宋词熏染的周末时光，在这一天的学习过程中，连玉明委员、郭媛媛委员、王苏委员和各位委员共读宋词，张嘉极、戚建国、马东平、张连起、祁志峰、于守国等委员先后踊跃发言、纷纷点赞。其中，张嘉极委员持续分享了当下热点话题，并有感于昨日戚建国委员分享的元稹雨水节气诗，当场赋诗两首共勉。戚建国委员分享了《习近平用典》之219《在省部级主要领导干部学习贯彻党的十八届五中全会精神专题研讨班上的讲话》等文中引用的"穷理者，欲知事物之所以然，与其所当然者而已"，并释义分析原典，深刻解读凡事探明就里、对问题推本溯源的探索精神和求实作风的现实意义。张连起委员分享了"连起来看"，通过分析自己为何如此喜欢北京，向我们阐释了北京深厚的文化底蕴、分明的自然气候和包容的城市态度，让我们对祖国首都有了更深入的感同身受。恰逢北京冬奥会闭幕之际，张连起委员还通过分享《中国携手世界 向着春天出发——写在北京第二十四届冬季奥林匹克运动会闭幕之际》一文，让我们回顾了北京冬奥会走过的不凡历程和取得的优异答卷，深刻感受了冬奥会所传递的文明因交流而多彩、文明因互鉴而丰富的时代价值。于守国委员称赞"晨诵、午读、暮思的辅导精彩纷呈，妙语连珠，很有收获。"

"一夜春雨过，千畦尽成绿。"河水破冰，草木萌动，万物复苏，正是春意在中华大地勃发之际，我们在读宋词中聆听词人心声，遇见内心向往的生活，我们在悟宋词中体认人生真谛，新的希望在心中生长。让我们展文化之美，扬文明之光，聚团结之力，携手推进全国政协书院读书飘香的崭新篇章。

再次将张嘉极委员的两首《读将军发雨水诗跟》分享在此，与群友共勉：

《读将军发雨水诗跟》（一）

天阴天水细如疏，白云山上飘烟雾。

风缓云轻慢行处，瞥见水边翔白鹭。

《读将军发雨水诗跟》（二）

天阴天水细如疏，云白云山烟雨雾。

风轻风缓慢行处，湖边湖上跃白鹭。

踏莎行·郴州旅舍

秦　观

　　雾失楼台，月迷津渡，桃源望断无寻处。可堪孤馆闭春寒，杜鹃声里斜阳暮。

　　驿寄梅花，鱼传尺素，砌成此恨无重数。郴江幸自绕郴山，为谁流下潇湘去？

也无风雨也无晴

——宋词共学札记之四十三

（2022 年 2 月 21 日）

"枕上诗书闲处好，门前风景雨来佳。"寻踪觅迹，我们循着宋词的步履，穿过茶坊酒肆、勾栏瓦舍，聆听管弦丝竹中一曲曲缠绵柔婉，品读隽永华章中一首首声声婉转。转眼间，全国政协书院"国学"读书群宋词导读读书计划已进入了第四十三天。在昨天浓厚的共学共读氛围里，我们被辛弃疾《念奴娇·书东流村壁》中词人抒发的离怀别绪所感染，被苏轼《定风波》中词人蕴藏的旷达胸怀所打动，并在"宋词里的中国"探索清明节庆的人文风物，走进纷飞的雨中，思接千古，感悟古人如雨般肆意飘洒的思绪。

"野棠花落，又匆匆过了。"我们透过辛弃疾《念奴娇·书东流村壁》中的"清明时节"，看词人忆念旧游，回首当日岸边垂杨系马，悔恨不该轻易离别，空留如今物是人非的怅恨；又望词人思寻伊人，悲怜已是白头旧梦，写尽旧情难续的叹惋。追溯古今，文人笔下的清明仿佛自带着伤感的基调，但在中华五千年文明积淀的历史长河中，清明除了有祭奠逝者的悲伤，更有着踏青、郊游、射柳、祭祖等丰富人文习俗与文化内涵。时至今日，尽管清明习俗已在时代中不断变化与丰富，但其作为一个文化符号，却早已根植进了每一位中华儿女的内心。清明，是一个农历的节气，是一种情感的寄托，更是一份文化的传承。一炷香、一叩首间，中华文化最纯然的内核，就这样得到了坚守与传承。

"莫听穿林打叶声"，徐步前行，我们走进斜风细雨中，感受苏轼在《定风波》一词中，"竹杖芒鞋轻胜马，谁怕？一蓑烟雨任平生"的飘逸淡然与旷达胸怀。人生难免多风雨，我们决定不了天气的阴晴，但亦可保持乐观潇洒的心境淡然处之，坚守自己内心的平和。雨丝潇然落下，浸润心灵，我们欣赏了雨的纤柔、朦胧、清润之美，也不禁发现，古往今来，文人们对"雨"吟咏不辍，对"雨"涵咏不尽。文人墨客已将"雨"的意象，当作是一种心灵化、主观化的感性形象。而"雨"作为古代文人主观情感和审美想象的载体，随着文人的主观意识也得以"拟人"与充盈，而对"雨"的抒写，则让传统文学的发展形同"雨"一般纷飞飘洒、千姿百态。

又是一个被宋词熏染的美好时光，在这一天的学习过程中，连玉明委员、郭媛媛委员、王苏委员和各位委员共读宋词，戚建国、祁志峰、于守国、叶小文、张连起、张嘉极、常信民、陈利顶等委员先后踊跃发言，频频为导读点赞。其中，戚建国委员与我们分享了《习近平用典》之220《携手消除贫困促进共同发展——在2015减贫与发展高层论坛的主旨演讲》等文中引用的"仁义忠信，乐善不倦"的现实意义。张连起委员结合《张连起：此夜曲中闻折柳》一文，为我们深入剖析了北京冬奥会闭幕式上，"折柳送别"中国式浪漫的文化渊源和历史底蕴。张嘉极委员持续分享了当下热点话题，并对导读内容有感而发，当场赋诗，将读书群的氛围推向高潮。

"一日不读书，胸臆无佳想。"连日来，读书群内"书声琅琅"、书香阵阵，委员们自觉地把读书学习作为一种政治责任、精神追求和生活方式，以读词引共鸣、以交流促进步、以讨论聚共识，闪烁着智慧的火花，迸发出情感的共鸣。委员们在互思互议、共研共享中不断形成集体智慧的火花，也带领我们开创更开阔的思维天地，领略中华文化的博大精深。

祝英台近·晚春

辛弃疾

宝钗分，桃叶渡，烟柳暗南浦。怕上层楼，十日九风雨。断肠片片飞红，都无人管，更谁劝啼莺声住。

鬓边觑，试把花卜归期，才簪又重数。罗帐灯昏，哽咽梦中语：是他春带愁来，春归何处？却不解、带将愁去。

谁得似长亭树

——宋词共学札记之四十四

（2022 年 2 月 22 日）

"新年都未有芳华，二月初惊见草芽。白雪却嫌春色晚，故穿庭树作飞花。"人间二月，采撷最美的诗词，赠您一个诗意的春天。转眼间，全国政协书院"国学"读书群宋词导读读书计划已经实施了四十四天。昨日，我们一起在张元幹《贺新郎·送胡邦衡谪新州》与姜夔《长亭怨慢》中持续感受宋词的芬芳绚丽，感受词人的悲愤伤离与依依别情，并在"宋词里的中国"共同开展了一场"文化寻踪"，探索宋代的送别礼仪，登上亭台楼阁，赏读书香词韵。

"天意从来高难问，况人情老易悲难诉。"我们有感于《贺新郎·送胡邦衡谪新州》中"天意难问""人情易老"的悲愤伤离，跟着词人的离别之路，走进千古宋词，望见古人送别时徘徊于"南浦"之滨，泪洒于十里"长亭"，痛饮于"阳关"之外。离别是心理距离的变化，更是地理方位的变动。离别的伤情，衍生出折柳赠别、长亭钱别、饮酒劝别、借月咏别、芳草惜别等"送别文化"。沉醉于"送别文化"所深蕴的情感内涵，我们共同观赏这古代传统文学中颇具光彩的文化宝藏。

"阅人多矣，谁得似长亭树？"我们驻足于《长亭怨慢》中充满依依别情的亭台，流连于蕴藏无数词人千愁百绪的亭台楼阁中，醉心于亭之精美、台之庄严、楼之辉宏、阁之轻盈，举杯于四大名亭，登高于三大名楼。唐诗宋词，亭台楼阁，二者珠联璧合，将建筑之美与文学之美有机融合，亭台楼阁之上，山川之景化为一缕清风，吹入文人墨客心中，催发了他们蕴积于胸的千般思绪。文人墨客因登高亭台楼阁得以直抒胸臆，写就千古绝唱；亭台楼阁也因文人墨客的兴叹吟诵，佳名远扬。二者相辅相成，成为独特的中式美学流传至今，每每品读，动人心肠。

又是被宋词陶醉的一天，在这一天的学习过程中，连玉明委员、郭媛媛委员、王苏委员和各位委员共读宋词，戚建国、张喆人、张连起、释崇化、贺丹、赵长茂、于守国、唐俊杰等委员先后踊跃发言，频频为导读点赞。其中，戚建国委员与我们分享了《习近平用典》之221《在全国党校工作会议上的讲话》等文中引用的"是非疑，则度之以远事，验之以近物"的现实意义。张连起委员分享了北京冬奥会上的文化元素，让我们深刻感受到冬奥会从容不迫的文化表达，彰显了中国文化自信的深层力量，释放出中国文化源远流长、博大精深的光芒，让世界再次感受中国文化之美、领悟中国文化之韵。释崇化委员有感于这冬逝春来的交替时节，当场赋诗《春雪》共勉。于守国委员称赞："辅导如往般精彩生动，学后受益良多。"

最是书香能致远，窗外春色映书声。连日来，读书群内"书声琅琅"、书香阵阵，委员们品经典、增知识、涤心灵，自觉地把读书学习作为一种政治责任、精神追求和生活方式，相互感染、相互启发、相互激励，通过持之以恒读书学习，保持思想定力、滋养浩然之气、激发进取活力，进一步提升履职尽责和资政建言的能力水平。

现将释崇化委员的诗分享在此，与群友共勉：

《春雪》

冰雪林中花吐芳，凌寒孤艳付幽香。

梅枝顶上白如玉，桂树琼芽数点黄。

绮罗香·咏春雨

史达祖

做冷欺花，将烟困柳，千里偷催春暮。尽日冥迷，愁里欲飞还住。惊粉重、蝶宿西园，喜泥润、燕归南浦。最妨它、佳约风流，钿车不到杜陵路。

沉沉江上望极，还被春潮晚急，难寻官渡。隐约遥峰，和泪谢娘眉妩。临断岸、新绿生时，是落红、带愁流处。记当日、门掩梨花，剪灯深夜语。

文章太守

——宋词共学札记之四十五

（2022 年 2 月 23 日）

"小阁藏春，闲窗锁昼，画堂无限深幽。"历经千年，沧海桑田，宋词之不朽，在岁月长河的洗礼中风姿犹存。穿梭时光，我们在全国政协书院"国学"读书群宋词导读读书计划实施的第四十五天中，一起伤感于周邦彦《齐天乐·秋思》中的怅然哀婉，也一起在欧阳修《朝中措·送刘仲原甫出守维扬》的清旷词风中，感受醉翁为知己践行的豪迈感慨。我们还以宋词为窗，打开了一扇通往中华优秀传统文化的大门，进入"宋词里的中国"，梦回长安古都，在灯火阑珊中浅尝宋人长安情结里的缤纷滋味；浸润在宋词的涓涓细流中，回味宋人形形色色的社交生活，一睹宋之风采。

《齐天乐·秋思》中作者周邦彦在异乡冷秋中追忆年少、

感叹暮首，回顾平生，浮沉好似眼前的衰草斜阳，尽显苍茫。循着词人"渭水西风，长安乱叶，空忆诗情宛转"的情景交融，我们一同梦回十三朝古都长安，探寻千古长安蕴藏着的丰富文化记忆。跨越时空，长安的意象随着时代的更迭、历史的发展变得愈加丰满。长安以其厚重的文化积淀，成为容纳承载文人墨客或显或隐、或明或暗心绪的独特存在，成为中国传统文学的经典文化符号。如今，祖国的发展壮大更盛古都长安曾经的繁荣风采，我们也当在这逐梦的新时代奋勇前行，共圆美丽中国梦，共创明天、共建未来。

透过《朝中措·送刘仲原甫出守维扬》中"文章宰相，挥毫万字，一饮千锺"的游宴雅乐，我们一起走进宋代社交词，一探宋人社交文化的多彩万象与丰富内涵。宋代社交词以其广为交际的独特形式，构成了"承唐诗之上，启元曲之下"——宋词的重要组成部分，获得了宋代王朝全民认同与各阶层推崇，成了宋代时代精神的一种独特文化形式，让我们得以走进宋代词人的内心深处，体味他们在纷繁社交生活中的心灵感悟，一窥他们在"暮晓筵席前、悠然天地间"的婉转愁思与豪情天纵。

我们还按照第八期委员读书活动"国学"读书群读书计划，开展了第六期"精学"栏目，邀请北京大学中文系教授、博士生导师张鸣教授，作题为"稼轩词的'英雄泪'与'书卷气'——以《水龙吟·登建康赏心亭》和两首《贺新郎》词为中心"的专题讲座。张鸣教授立足辛弃疾特殊的抗战经历、高远抱负、杰出才干和豪迈性格，聚焦稼轩词中的"英雄泪"和"书卷气"两个重要特征，为我们分享了稼轩词所蕴含的人生性格、情感表达和艺术素养。通过讲座，让我们了解到，内心苦闷和忧愤的真实流露，是稼轩词"英雄泪"的感情基调，借用典故，驱遣自如，不显堆砌，是稼轩词"书卷气"的独特手法。正是辛弃疾富于"英雄泪"的情感基础和艺术底蕴，擅于"书卷气"的雄健笔力和艺术表达，造就了稼轩词的绝高成就。

在这一期"精学"专题讲座中，委员们围绕"文学创作对辛弃疾的影响""辛弃疾文学创作对后来词人的影响""辛弃疾的家国愤懑与当时朝廷的态度"等话题进行了深入交流，张鸣教授就有关问题一一解答。针对张鸣教授的讲座和解答，王苏委员评价道："辛弃疾用文字表达思想情感、表达英雄情怀，同时也塑造了自己的英雄人格形象，给后人留下了丰富的精神财富和文学财富！"赵长茂委员则感叹："读辛弃疾能使人感受到他的'英雄泪'，也不免生出'运去英雄不自由'的时代悲凉和感慨！"于守国委员感谢张鸣教授精彩分享的同时，情不自禁也发出"'英雄泪'洒常满襟，'书生气'重贯长虹"的由衷感慨。通过语音的解答和回复，委员们如同又聆听了一堂精彩讲座，在文字与语音的思想交互中，再次感受了稼轩词的英雄失意之悲和文学创作之妙。

在这一天的学习过程中，连玉明委员、郭媛媛委员、王苏委员和各位委员共读宋词，张嘉极、戚建国、赵梅、常信民、曾芳、张金英、张连起、贺丹、赵长茂、骆芃芃、李学梅、陈霞、陈来、于守国等委员先后踊跃发言，频频为导读点赞。其中，张嘉极委员持续分享了对时下热点的看法。戚建国委员与我们分享了《习近平用典》之222《在省部级主要领导干部学习贯彻党的十八届五中全会精神专题研讨班上的讲话》等文中引用的"不患寡而患不均,不患贫而患不安"，并释义原典，让我们更加深刻认识到新发展理念中，共享发展的实质，就是坚持以人民为中心的发展思想，体现的是逐步实现共同富裕的要求。

胸藏文墨虚若谷，腹有诗书气自华。连日来，委员们通过共读共赏，收获知识、开阔视野，明理增智、提升气质，陶冶情操、涵养心志。随着读书交流和互动学习的持续推进，读书群已成为委员们获得精神食粮、汲取人生力量的重要阵地。相信大家一定会在政协书香氛围里思接千载、视通万里，坚守初心、砥砺成长，在祖国伟大复兴的新时代新征程中，以梦为马，不负韶华！

千秋岁

秦　观

水边沙外。城郭春寒退。花影乱，莺声碎。飘零疏酒盏，离别宽衣带。人不见，碧云暮合空相对。

忆昔西池会。鹓鹭同飞盖。携手处，今谁在？日边清梦断，镜里朱颜改。春去也，飞红万点愁如海。

怎一个愁字了得

——宋词共学札记之四十六

（2022年2月24日）

"风檐展书读，古道照颜色。"晨曦微露，清风徐徐，我们如约徜徉在宋词的海洋，品味古人的悲欢离合，再抬眼，却已送别全国政协书院"国学"读书群宋词导读读书计划实施的第四十六天。昨天，我们共读了李清照的《声声慢》与姜夔的《暗香》，透过词中的"满地黄花"和"笛里梅花"，深入词人笔下的孤寂之境，邂逅"物是人非事事休"的凄苦之美，并以意象入题，在"宋词里的中国"解读女词人与花的不解情缘，探寻"江南文化"的古今风韵。

在《声声慢》中，李清照用"急风欺人、淡酒无用、雁逢旧识、菊惹新愁、黄昏细雨、梧桐声响"等一连串的光景勾勒出一篇脍炙人口的悲秋赋，我们钦佩于"千古第一才女"

超然笔墨的同时，也被"黄花有谁堪摘"的人花互衬之景深深触动。于是，我们走进宋代女性咏花词，细细品读女性视角下"美人与花"的眷眷深情，倾听那些藏于"花"间的觉醒的女性意识。"花"这一意象在文化之初便与女性及女性美两相映照，以花比喻女性的诗词俯拾皆是。至宋代，女性文学作品频现，"花"一改男性文学中的"客体"地位，以"主人翁"姿态成为女性词人审视自我、表现自我、倾诉自我、追求自我的最佳喻体，与女词人共同绽放一朵朵绚烂夺目的女性文学之花。

在《暗香》中，姜夔以空灵精致的笔触将"月色、笛声、花香、人影"俱现眼前，又著一"唤"字显静中有动，一幅立体鲜活、有声有色、意境悠远的玉人摘梅图随即跃然纸上。循着这悠远意境，我们缓步向前，只见"江国，正寂寂……夜雪初积"这唯美凄冷的江国夜雪之景荡人心弦。于是，我们跃进诗情词意的烟雨江南，寻觅千古文人的江南梦，在梦忆江南中体验复归自然原始同一的欢悦与自由。走进"江南文化"的历史长河，追溯其形成与演变，领略其"柔性、崇文、开放包容"的处世态度、文化追求与文化特性。历经千百年的积淀传承，江南文化已成为长三角地区的共有基因和精神纽带。

词中有画，画中有词，宋词意境之美令人陶醉。在这一天的学习过程中，连玉明委员、郭媛媛委员、王苏委员和各位委员共读宋词，品人生悲喜、悟人生哲理，戚建国、于守国、张连起、张嘉极、贺丹、祁志峰等委员先后踊跃发言，频频为导读点赞。戚建国委员与我们分享了《习近平用典》之 223《在全国党校工作会议上的讲话》等文中引用的"芳林新叶催陈叶，流水前波让后波"的现实意义。张连起委员分享了《张连起：冬奥之约 新春之会》一文，感叹如期顺利召开的北京冬奥会，如约而来的各国各地区运动员和贵宾，向世界传递出"更团结"和"一起向未来"的强烈信号。于守国委员称赞："每日小结很精心，每日晨诵很精彩——晨曦即诵，声情并茂。""午读很精彩，学后仿入境——'读书使人神观飞跃'。"

"读书勤乃有，不勤腹空虚。"委员们始终保持初心，自觉将读书学习作为一种政治责任、精神追求和生活方式，以词为介，在晨读暮思中积极展开浸润人心的"文学之旅""哲思之旅""交流之旅"，不断汲取文化食粮和精神力量，努力在共读共学共研中提高自身的思想水平和履职能力。

卜算子·咏梅

陆　游

驿外断桥边，寂寞开无主。已是黄昏独自愁，更着风和雨。

无意苦争春，一任群芳妒。零落成泥碾作尘，只有香如故。

点点是离人泪

——宋词共学札记之四十七

（2022 年 2 月 25 日）

　　"玉堂昼掩文书静，铃索不摇钟漏永。"昨天是全国政协书院"国学"读书群宋词导读读书计划实施的第四十七天，我们继续翻开墨香古卷，静读共赏了苏轼的《水龙吟·次韵章质夫杨花词》与姜夔的《疏影》，发现古人十分善于用泪抒写或喜或悲、或乐或忧的情感，也十分青睐借助温馨与悲凉并存的黄昏之景镕想炼情。于是，在"点点离人泪"的牵引下，我们走进古代"泪"文学，品"泪"中的百态人生，体会中华汉字的文化魅力；又被"夕阳无限好，只是近黄昏"的感伤美学所打动，不禁驻足"篱角"，探究汉文化中黄昏意象的隐喻与中华民族的日暮情思。

　　在《水龙吟·次韵章质夫杨花词》中，苏轼借暮春之际"抛家傍路"的杨花,化"无情"之花为"有思"之人,"直是言情,非复赋物",幽怨缠绵而又空灵飞动地抒写了带有普遍性的离愁。词中柳絮的际遇,绾合着思妇的际遇。跟随着思妇的点点泪珠,我们在"宋词里的中国"展开一场"泪文学"探寻之旅。泪为心声,更表心志,其原型意象可追溯至湘妃泪竹、鲛人泣珠等,在漫长的文学发展历程中,这些以泪言情的原型意象反复为文人雅士所认同和运用,并通过艺术手法将个人的心绪和普遍情感的传达融于一体,在作品不断的丰富和升华中,逐渐衍化为极富悲剧色彩和浪漫格调的特定意象,形成精妙的心理图式和情感符号,达到凝练、含蓄、深邃的文学效果。

在《疏影》这首精彩传神的咏梅词中,姜夔化用杜甫、王建的诗意手法,把远嫁边塞、一生无法回归汉邦的王昭君故事神话化,将眷恋家国的昭君之魂与独自迎寒绽放的梅花之魂合而为一,凄美的境界跃然纸上,带有厚重的悲剧意蕴。全词用事虽多,但熔铸绝妙,运气空灵,变化虚实十分自如。透过词中"黄昏"这一意象,我们漫溯至中国古典诗词的长河,一探古人对黄昏的偏爱之情。作为一天中最特殊的时刻,时间意义的悲凉和空间意义的温馨构成了黄昏意象的独特美学,无数文人墨客在夕阳黄昏下吟唱,使其成为一个极富文化内涵,又具有永恒艺术生命力的抒情意象,渗入中华民族文化和心理的深层。

在这一天的学习过程中，连玉明委员、郭媛媛委员、王苏委员和各位委员共读宋词，领略中华文化的博大精深，张嘉极、于守国、张政、常信民、张喆人、贺丹、金李、祁志峰等委员先后踊跃发言，频频为导读点赞。张政委员分享并解读了吕坤《呻吟语》中两则含意深刻、富有哲理的语录笔记——"畏则不敢肆而德以成，无畏则从其所欲而及于祸。""防欲如挽逆水之舟，才歇手便下流。力行如缘无枝之树，才住脚便下坠。是以君子之心，无时而不敬畏也。"让我们更加深刻认识常怀敬畏之心，方能行有所度、有所止。以古为鉴，启迪干部一定要慎独律己，要知敬畏、存戒惧、守底线，敬畏党、敬畏人民、敬畏法纪，要小木鱼常敲、毛毛雨常下，不能在"月黑风高无人见"的自欺欺人中乱了心智，不能在"你知我知天知地知"的花言巧语中迷了方向，不能在"富贵险中求"的侥幸心理中铤而走险，不能在"法不责众"的错误认识中恣意妄为。张喆人委员在学习宋词导读感悟后有感而发，赞叹道："'宋词导读'精彩，受益匪浅。"于守国委员在今天的宋词学习后，也不禁感叹"晨诵带着清香，午读伴着阳光，暮思洒着月色"。委员们的互动交流言为心声，皆抱诚守真，用心用情，同心同向，让我们每天收获新的感动和力量。

"立身以力学为先，力学以读书为本。"读书群内学习氛围日益浓郁，委员们坚持把读书学习作为思想活力之源泉、修身养性之根本、工作生活之共习，孜孜不倦读宋词、品经典，学出文化自信、学出政协气质、学出使命担当。

武陵春

李清照

　　风住尘香花已尽，日晚倦梳头。物是人非事事休，欲语泪先流。

　　闻说双溪春尚好，也拟泛轻舟。只恐双溪舴艋舟，载不动，许多愁。

庭院深深深几许

——宋词共学札记之四十八

（2022 年 2 月 26 日）

"日长深院里，时听读书声。"在这被风簇拥着的初春，芬芳绚丽的宋词园圃里依旧"书声琅琅"，不知不觉间，已悄然度过了全国政协书院"国学"读书群宋词导读读书计划实施的第四十八天。在昨日的学习中，我们共读了欧阳修的《蝶恋花》与周邦彦的《花犯》，感受两首词中各有千秋的孤寂落寞之绪，于"宋词里的中国"开启一场庭院文化之旅，沿着宋词的绵延情思，览中国传统庭院之美、寻庭院文学之踪、品庭院中人之愁。走进纷飞的雪中，聆听古人在雪中吟唱的离合悲欢，领略"雪"所带来的文学魅力。

"庭院深深深几许？杨柳堆烟，帘幕无重数。"六一居士（欧阳修晚年自号）短短几句曲尽其妙，一座无比幽深的庭院即浮现眼前。于是，我们推开层层帘幕，缓缓来到《宋词里的深深庭院》，循着"幽院""闲院""花院""柳院"等庭院的风采身姿，感受庭院与宋词意境的融合之美。在历史长卷中，庭院起初只由四周的墙垣界定，受"天人合一"哲学思想的影响，中国古人寻求人与天地、人与自然协同共生的最佳场所，将其发展为具有观赏性的，以建筑、柱廊和墙垣等为界面的，对外封闭对内开放的建筑空间，并赋予其丰富的文学、文化内涵，无论是人生宇宙观，还是对文学、艺术、哲学、生活，乃至建筑的种种见解和认知，全都可以在一方庭院中得以诠释，并由此幻化出"庭院美学"。

"更可惜、雪中高树，香篝熏素被。"清真居士（周邦彦号）笔下这雪压梅花的皓白之景唯美冷清，不禁让人驻足停留。踏着"雪"的足迹，我们发现中国文人青睐雪的高洁之姿，素有咏雪的雅好，或观雪赏梅，或寄书留念，或感叹人生，并将"雪"意象与"松""竹""梅""雁""灯"等其他意象组合起来，在更加广阔的艺术表现空间下，形成张力十足、独具特色的审美意象群，为中国文学创作出一系列描绘"雪"意象的佳作。雪滋万物，亦养心灵。我们以宋词为媒，打开一扇咏雪诗词的学习之窗，读那意在"雪"外的深远情致，赏"万千雪景"的古典文化风韵，探隐于"雪"后的时代风貌。

我们还按照第八期委员读书活动"国学"读书群读书计划，开展了第六期"深研"栏目，邀请全国政协委员、北京画院院长、中国美协策展委员会副主任兼秘书长、北京美协副主席吴洪亮教授，作题为《展览中的词与园》的专题讲座。吴洪亮教授以展览为"窗"，结合苏州拙政园、沧浪亭等古典园林建筑及自身工作，从学科外延间的互渗进而相融的视角切入，聚焦"与谁同坐""沧浪之水""苔石梅窗"三个主题，对展览中的词与园进行深入浅出的赏析和解读，带我们回溯一些人类文明更根本的共性，为我们分享了中国园林艺术蕴含的哲理观念、文化意识与审美情趣，传播了中国文化中的智慧。通过讲座，让我们了解到，无论是填词还是造园，创作者都在试图全方位地调动人们的"眼、耳、鼻、舌、身、意"一起参与到审美情境的建构中来，词与园分享着同一套审美准则。中国的哲学思辨始终与日常的物质生活和审美生活紧密相连，宋词与园林那份诗意空间的背后是"出世"与"入世"矛盾中的物化，它不仅是安放"身"，更重要的是安放"心"的地方，儒学与道学之间的异同，都在这方芥子须弥的小天地中循环。词与园作为中华文明灿烂长卷中的绚丽华章，凝聚着深邃的中国传统文化基因，至今依然熠熠生辉、影响深远。

在这一期"深研"专题讲座中，委员们围绕"拙政园是靠什么细节构成它的美感和意境""'境界'二字在宋词和园林中所表达的含义，有哪些相同点，又有哪些不同之处"等话题进行了深入交流，吴洪亮教授就有关问题一一解答。针对吴洪亮教授的讲座与解答，霍建起委员连连称赞"威尼斯展桥的概念非常好，和中国的桥相呼应""研究很深入，很有价值"，并感叹道："其实，园林和诗词是混搭的，你中有我，我中有你！"李学梅委员听了吴洪亮教授的精彩分享后，也赞叹道："讲得太精彩了，好美的园林和诗词。特别是拙政园、沧浪亭，让我这个从小在苏州长大的人倍感亲切。"

词之语言，如清水一泓，沁人心脾。在这一天的学习过程中，连玉明委员、郭媛媛委员、王苏委员和各位委员共读宋词，叶小文、戚建国、霍建起、于守国、李学梅、哈斯塔娜、祁志峰、骆芃芃等委员先后踊跃发言，对共读内容给予高度赞许。于守国委员在学习今天的导读内容后，不禁发出"三堂辅导课很投入很精彩很生动，学后很受益"的赞叹。

"书卷多情似故人，晨昏忧乐每相亲。"连日来，委员们学习热情高涨，携手遨游在词海，深学细悟，在交流互动中各抒己见、取长补短、互励互勉。我们相信，随着读书活动的持续推进，大家一定会在政协书香的陪伴下开拓更广的思维天地，做到博古通今、学思用贯通、知信行统一，走深走实履职脚步。

玉楼春

宋　祁

　　东城渐觉风光好，縠皱波纹迎客棹。绿杨烟外晓寒轻，红杏枝头春意闹。

　　浮生长恨欢娱少，肯爱千金轻一笑。为君持酒劝斜阳，且向花间留晚照。

睡起流莺语

——宋词共学札记之四十九

（2022 年 2 月 27 日）

"杨花绕书暖风多。晴云点池波。"天朗气清，惠风和煦，又是一天与春共读宋词的好时光，至此，全国政协书院"国学"读书群宋词导读读书计划已经实施了四十九天。在昨日的学习中，我们跟随"飘坠柳花"的脚步穿梭于词海，共读了章楶的《水龙吟》与叶梦得的《贺新郎》，透过"春衣"二字在"宋词里的中国"开展一场关于宋代闺怨词的"文学探寻"，寻觅"闺怨"的文化成因及文学变迁。沿着"满地苍苔"，走进中国古代苔文化，深入了解苔意象下的古人生活及其精神世界。

在《水龙吟》中，"兰帐玉人睡觉，怪春衣、雪沾琼缀"两句一出，词中主人公由柳絮转为"玉人"，其后皆写闺中少妇的情思变化。在闺中少妇点点愁绪的感染下，我们不禁回溯中国古诗词的漫漫长河，一睹万千闺怨诗词的神采风韵。我们发现，在中国传统文化的深层结构中，闺怨作为女子内心生发出的一种愁闷情结，代表了一种望眼欲穿的等待，是失望中的希望和希望中的失望。在众多闺怨诗词中，"春衣"常用以映照和深化乡愁闺怨的情感内涵。宋代词人的心思较为细腻敏感，在物候变化和时代更迭中，更易产生深深的"闺怨"情结，他们对闺怨词的创作，既有对前人写作风格的承继，也有对宋代社会环境和政治环境的有感而发，宋代闺怨词为我们留下了诸多璀璨的文化明珠，是中国文学史上不可忽视的华章。

"睡起流莺语，掩苍苔房栊向晚，乱红无数。"我们被叶梦得《贺新郎》这首词开篇的幽寂之景吸引驻足，跟随词中的"点点青苔"来到古代苔文学，通过青苔的文学意象、青苔的审美特征、青苔的人格象征，感悟青苔蕴含的文化魅力。中国古代苔文化的构成，既包括苔自身的植物文化，也包括苔与文学、艺术相融而衍生出的精神文化。受儒家"比德"思想的影响，中国古代文人不仅重视对苔的外在审美特征进行发掘，也重视去深入探寻苔的习性品质与人类人格品德之间的相通相似之处，将苔拟人化，并赋予其相应的人格象征含义，用以表达人的情感与哲思。历经千年，苔文化的内涵在长期递相沿袭中不断被丰富，发展成为中国传统文化中的一道亮丽风景。

"风轻雅字如琴曲，妙律旋回入梦声。"在这一天的学习过程中，连玉明委员、郭媛媛委员、王苏委员和各位委员共读宋词，戚建国、叶小文、刘晓冰、赵梅、张嘉极、于守国、祁志峰等委员先后踊跃发言，对共读内容给予高度赞许。于守国委员和祁志峰委员在学习今天的宋词后，一致称赞："谢谢三位老师全天精彩生动辅导，点赞致敬！"

连日来，读书群内书香四溢，委员们积极围绕学习内容交流心得、碰撞思想、相互启发、凝聚共识，不断提升履职水平和建言资政质量，努力为社会发展建睿智之言、献务实之策。

解连环·孤雁

张 炎

楚江空晚，怅离群万里，恍然惊散。自顾影、欲下寒塘，正沙净草枯，水平天远。写不成书，只寄得、相思一点。料因循误了，残毡拥雪，故人心眼。

谁怜旅愁荏苒，谩长门夜悄，锦筝弹怨。想伴侣、犹宿芦花，也曾念春前，去程应转。暮雨相呼，怕蓦地、玉关重见。未羞他、双燕归来，画帘半卷。

钿车罗帕

——宋词共学札记之五十

（2022 年 2 月 28 日）

　　纵然词短，奈何情长，五十天的宋词共读温柔了五十天的岁月，纵然时短，注定意蕴悠远绵长。第五十天，也是宋词导读计划第一阶段的最后一天，我们继续打开历久弥香的宋词，通过周邦彦《解语花·上元》中的"花市光相射""都城放夜""千门如昼"等景象，来到元宵夜灯月交辉、丽人多姿的欢乐场景，在"从舞休歌罢"的叹息中感受词人情怀衰谢的抑郁之情。品读张炎《甘州》中荡气回肠的"词气"，跟随词人的笔触，领略一幅冲风踏雪的北国羁旅图。于"宋词里的中国"揭秘古人的罗帕情结，解读罗帕意象在宋词中的特殊性及其所蕴含的深刻情感；探寻"潺潺流水"背后深层而丰富的民族文化积淀，感受"水"与文化相融带来的哲思之美。

在《解语花·上元》中，"都城放夜""千门如昼""嬉笑游冶"等都是上元应有之景，但清真居士笔触的重点却在"钿车罗帕，相逢处，自有暗尘随马"，由上片的眼前风物回顾当年，在波动而克制的情绪中，终流露出年华老去，"旧情衰谢"的无可奈何之感。望着远走的钿车，我们拾起地上的罗帕，走进千古宋词，从"罗帕的历史由来""罗帕描写的经典场面""罗帕的情感表达特点"等方面感受古人与罗帕的眷眷深情。古代手帕的材质，多以绢、罗或布制成，而采用罗类丝绸织成的面料，就称之为罗帕。在宋代文人们的精心营造下，罗帕或作为表现女子之美的点睛之笔，或成为人内心情感流露和审美理想展现的重要道具，拥有极其动人的美感和丰富的内涵。

"向寻常野桥流水，待招来不是旧沙鸥。"我们被《甘州》中的惆怅落寞之绪所感染，不禁止步于这"野桥流水"，与词人一同在余晖斜照中独自悲伤。循着"潺潺流水"，我们感受水与人类的生命交织之美。中华文化自诞生伊始，就受到水的洗礼。中华儿女缘水而居、得水而安、治水而兴的生命轨迹与由来已久的水文化、水文明、水精神一道，生生不息地流传了五千多年。"流水淘沙未暂停，前波未灭后波生"，流水昭示了宇宙自然运行的不停顿性，也揭示了人类历史发展延续的规律，中华民族及其文化精神的生命亦是如此。面向未来，源远流长的中华文化必将绽放更加绚丽多姿的风采。

在这一天的学习过程中，连玉明委员、郭媛媛委员、王苏委员和各位委员共读宋词，张嘉极、戚建国、张连起、于守国、赵梅、顾犇、祁志峰等委员先后踊跃发言，对共读内容给予高度赞许。其中，戚建国委员与我们分享了《习近平用典》之225《在第二届世界互联网大会开幕式上的讲话》等文中引用的"天下兼相爱则治，交相恶则乱"，并对其现实意义进行解读，让我们更加深刻认识到，当今的网络命运共同体，与古老的中国文化精神也是契合的，只有坚持休戚与共、互信互助的理念，摈弃零和博弈、赢者通吃的旧观念，才能建立起更为完善的全球互联网治理体系，有效维护好网络空间秩序。顾犇委员在学习《流水潺潺：中国古诗词中独具特色的美学意象》后称赞道："独特的话题。"在今天宋词学习的尾声，于守国委员有感而发："三位老师五十个昼夜深研精讲，九位专家十二场精彩生动辅导，众多我等求学委员诵读思忙，启示多多收获多多感悟多多！"

截至今日，全国政协书院"国学"读书群宋词导读第一阶段（1月10日—2月28日）的读书计划圆满收官，在这五十天的学习中，委员们跨越时间、空间的距离，在全国政协书院这样一所高质量的大学校里，以共读促共学，聚共识促共进。期待下一个五十天里，我们将继续与宋词相约，走进"宋词纵横谈"，继续词风雅韵传古意，言志抒怀开新思！

双双燕·咏燕

史达祖

　　过春社了，度帘幕中间，去年尘冷。差池欲住，试入旧巢相并。还相雕梁藻井，又软语商量不定。飘然快拂花梢，翠尾分开红影。

　　芳径，芹泥雨润。爱贴地争飞，竞夸轻俊。红楼归晚，看足柳昏花暝。应自栖香正稳，便忘了、天涯芳信。愁损翠黛双蛾，日日画阑独凭。

多少襟情言不尽

——宋词共学札记之五十一

（2022 年 3 月 11 日）

春风浩荡满目新，砥砺奋进正当时。在全国两会胜利闭幕之际，寄托着伟大复兴的中国梦祈愿，伴随着催人奋进的新时代号角，我们又相聚在全国政协书院"国学"读书群，开启了宋词导读读书计划第二阶段的崭新篇章。在昨天的共读共学中，我们在习近平总书记论文化自信精神的指引下，继续打开历久弥香的宋词，重温了辛弃疾的《水龙吟·登建康赏心亭》与秦观的《满庭芳》，感受词人沉郁悲慨的爱国情怀和凄凉婉转的人生际遇，并再次跟随词人足迹，登高望远、登楼而赋，一窥流传千年的香囊文化。我们还透过"宋词纵横谈"，用畅谈之通达、闲谈之雅韵、漫谈之延展、美谈之赏鉴，在纵横间探究宋词"一代之文学"的产生发展、演变历程与时代影响。

我们深入学习了"习近平论文化自信"专题之1、之2《在新进中央委员会的委员、候补委员学习贯彻党的十八大精神研讨班开班式上的讲话》《在中央党校建校80周年庆祝大会暨2013年春季学期开学典礼上的讲话》等文中引用的"千磨万击还坚劲，任尔东西南北风""学者非必为仕，而仕者必为学"，并结合原典和释义，让我们更加深刻认识到，只有加强学习，才能增强工作的科学性、预见性、主动性，才能使领导和决策体现时代性、把握规律性、富于创造性，避免陷入少知而迷、不知而盲、无知而乱的困境，才能克服本领不足、本领恐慌、本领落后的问题。

百代青宋，独擅者风流。我们通过第一期"宋词纵横谈"，共同走进百代青宋的历史长河中，聚焦词人群体的更迭、政治环境的变化、抒情范式的变革、代表词人的贡献、千古宋词的影响，共读共谈"宋词的产生与发展史"。通过纵横间构建的宋词导读广阔天地，让我们深刻了解到，宋词作为"一代之文学"，是两宋文化的杰出代表和象征，在宋代三百余年的发展历程中，宋词从庙堂走向江湖，历经"因革期、开创期、新变期、辉煌期、深化期、收束期"六个发展分期，从诗余小令发展成为一代文学。同时也催生了六代流芳百世、影响千古的词人群体和名家，其中，尤以柳永、苏轼、周邦彦、辛弃疾、姜夔五大词家，对词体、词格、词艺、词事、词技的变革和影响最甚，推动宋词成为与楚骚、汉赋、六朝骈文、唐诗、元曲等并列的"一代之文学"，深远地影响着中国文学的发展。

在这一天的学习过程中，连玉明委员、郭媛媛委员和各位委员共读宋词，张连起、叶小文、戚建国、黄廉熙、张嘉极、王济光、祁志峰、于守国、高洁等委员踊跃发言，对共读内容给予高度赞许。其中，叶小文委员分享《望海楼札记》指出："随着今年政府工作报告强调要'深入推进全民阅读'，政协委员读书，正逢其时，正当先锋，正作表率。"戚建国委员持续分享《习近平用典》之226，并结合原典、释义对现实意义作了解读。王济光委员有感于全国两会圆满闭幕，当场填词《水调歌头·两会杂感》回顾参会点滴，充分彰显政协委员活学活用的热情态度和履职尽责的使命担当。祁志峰委员在学习第1期"宋词纵横谈"《多少襟情言不尽，写向蛮笺曲调中——宋词的产生与发展史》后，称赞道："讲的精彩、深刻。"

又是一年春好时，政协书院书飘香。在一天的学习中，委员们以共读促共谈，聚共识促共进，在一轮轮"键对键"的交流互动中，在一次次"屏连屏"的云端共学中，品味一代文学之悠长，感受国学经典之厚重。在浓浓的书香氛围中感受宋词之美、享受学词之乐，在馥郁的书香芬芳中汲取精神滋养、点亮智慧灯塔，不断凝聚奋进共识、提高履职素质。

渔家傲

范仲淹

塞下秋来风景异，衡阳雁去无留意。四面边声连角起。千嶂里，长烟落日孤城闭。

浊酒一杯家万里，燕然未勒归无计。羌管悠悠霜满地，人不寐，将军白发征夫泪。

杨柳岸晓风残月

——宋词共学札记之五十二

（2022 年 3 月 12 日）

"阳春布德泽，万物生光辉。"三月的中华大地春和景明，万物复苏，带上全国两会的精神再出发，我们共同度过了全国政协书院"国学"读书群宋词导读读书计划实施的第五十二天。在昨天的共读共学中，我们在习近平总书记论文化自信精神的指引下，继续沉浸在宋词的妙不可言中，回味了范仲淹的《苏幕遮》与王安石的《桂枝香·金陵怀古》，感受词人萦绕不去、纠缠不已的怀乡之情和羁旅之思，并再次跟随词人笔触，且看宋词里的秋意正浓，一同以典故为钥，打开通往诗词国度的大门，感受五千年历史文明古国的文化魅力、文化张力和人文厚度。我们还透过"宋词纵横谈"，走进兼具婉约蕴藉与豪放恢宏的宋词艺术之海，一同感受千古宋词的多样之美，更加深沉的文化自信油然而生。

我们深入学习了"习近平论文化自信"专题之3、之4《在全国宣传思想工作会议上的讲话》《在中央党校建校80周年庆祝大会暨2013年春季学期开学典礼上的讲话》《在同全国道德模范代表座谈时的讲话》等文中引用的"知之者不如好之者，好之者不如乐之者""一勤天下无难事"，并结合原典和释义，让我们更加深刻认识到，兴趣是激励学习的最好老师。领导干部应该把学习作为一种追求、一种爱好、一种健康的生活方式，做到好学乐学。有了学习的浓厚兴趣，就可以变"要我学"为"我要学"，变"学一阵"为"学一生"。

词胜于宋，体非一格。我们在第二期"宋词纵横谈"《歌"杨柳岸晓风残月"，唱"大江东去"——宋词艺术风格与主要流派》中，共同走进了婉约蕴藉与豪放恢宏并存的百代青宋，感受千古宋词的多样之美，既在井水处歌咏柳词，也随东坡居士登临怀古，感慨大江已东去。我们有感于李清照之言"乃知词别是一家"，发现诗词有别，正如王国维所言："词之为体，要眇宜修；能言诗之所不能言，而不能尽言诗之所能言。诗之境阔，词之言长。"通过纵横谈与交叉赏，让我们深刻了解到，词以抒写难以言状的愁绪作为主要内容，决定了其基本风格特征自然走向"婉约"，苏轼词格的新变催生了豪放派的崛起。最早把"豪放"和"婉约"两词相对并举以区别词的风格、流派的是明人张綖。从此宋词分为婉约、豪放两派，并以此来评论词人，撰述词史，影响至今。

在这一天的学习过程中，连玉明委员、郭媛媛委员、王苏委员和各位委员共读宋词，戚建国、黄廉熙、张嘉极、张连起、于守国等委员踊跃发言，对共读内容给予高度赞许。其中，戚建国委员继续分享《习近平用典》之227，并结合原典、释义对现实意义作了解读。张连起委员分享了"连起来看"，通过分析王维《山中与裴秀才迪书》一信中关于春景的生动描绘，延伸到习近平总书记2017年春节团拜会上引用"草木蔓发，春山可望"做开场白，带给人以希望和力量，真可谓"'典'亮春天"。读书贵在一个"勤"字，为了不错过精彩的导读内容，王苏委员坦言："昨天忙于学校事务，今天爬楼学习"，可见即便工作再忙，委员们也要挤出时间，积极参与到共读共学中。

为深化与地方政协读书群的联动，深入推动全国政协读书群与地方政协读书群共读共谈宋词，聚共识促共进，本期宋词导读内容在同步推送湖南政协"潇湘新咏"读书群后，同样引起了湖南省政协委员们的广泛关注和强烈反响。其中，湖南省金鑫委员在共读范仲淹的《苏幕遮》后感慨道："明月楼高休独倚，酒入愁肠，化作相思泪！反复品读，愈觉得个中滋味万千，欲罢不能！"有感于导读内容的精彩纷呈，廖瑞芳委员感谢全国政协国学读书群"连日提供的精神大餐！"葛飞委员同样由衷称赞："满屏都是书香！"

读书启心智、书香润情操。宋词导读读书计划第二阶段开启以来，读书群内学习氛围和热度持续升温，委员们不仅沉浸在宋词之美中抒发感慨与情怀，也聚焦"宋词纵横谈"构建的广阔对话空间，展开深入研论和交流，以真知灼见照亮彼此心间，以知识力量温暖启迪人生，读书俨然已成为委员们的一种生活方式、一种精神追求。

凤凰台上忆吹箫

李清照

　　香冷金猊，被翻红浪，起来慵自梳头。任宝奁尘满，日上帘钩。生怕离怀别苦，多少事、欲说还休。新来瘦，非干病酒，不是悲秋。

　　休休，这回去也，千万遍阳关，也则难留。念武陵人远，烟锁秦楼。惟有楼前流水，应念我、终日凝眸。凝眸处，从今又添，一段新愁。

按拍声声慢

——宋词共学札记之五十三

（2022 年 3 月 13 日）

"迟日江山丽，春风花草香。"在这个草长莺飞、暖风醉人的日子里，以奋进姿态不负春日好韶光，我们继续徜徉在千年宋韵中，共同度过了全国政协书院"国学"读书群宋词导读读书计划实施的第五十三天。在习近平总书记论文化自信精神的指引下，我们重温了辛弃疾的《破阵子·为陈同甫赋壮词以寄之》和柳永的《望海潮》，感佩于词人流露出的豪情壮志、雄姿英发，一同走进千古文人侠客梦，穿过诗词里的"刀光剑影"，在苏堤春晓、曲院风荷、断桥残雪、雷峰夕照中探寻西湖历史文脉，领略自然之美、人文之美、生活之美。

我们深入学习了"习近平论文化自信"专题之 5、之 6

《在同全国道德模范代表座谈时的讲话》《给北京大学考古文博学院 2009 级本科团支部全体同学回信》等文中引用的"千里之行，始于足下""得其大者可以兼其小"，并结合原典和释义，让我们更加深刻认识到，做学问要从大的根本处着眼，学好了根本的大道理，才可兼及旁枝末节。我们要把个人的进步和国家、民族的发展结合起来，把人生理想融入国家和民族的事业中，投身于实现国家和民族的中国梦，唯有如此，方能实现个人的人生理想。

词之千思百绪，万变不离词牌其宗。我们通过第三期"宋词纵横谈"《吹紫玉萧，唱黄金缕，按拍声声慢——宋词中的词牌》，从词牌的产生发展、词牌的起源分类、词牌的继承创新等方面，探究"词即曲中词、曲即词中曲"的美妙和深奥。通过共读共学，我们深入了解到，词牌之于宋词，就像华美花钿之于美人，是点睛之笔却不会喧宾夺主。词牌种类繁多，词作内容也包罗万象，但作为词之格式，词的创作却始终万变而不离词牌其宗。每一个词牌背后，都有着独特的故事。词牌不仅是词之格式名称，也是词人借以抒怀的参照，更是词人们跨越时空传承的"知己"和"知音"。词牌传承至今，蕴藏着中华民族千百年来对于美的体悟与传承，其背后的多般情怀与文化内涵，在岁月长河的千载沉淀中，愈显风姿。

在这一天的学习过程中，连玉明委员、郭媛媛委员和各位委员共读宋词，祁志峰、戚建国、张嘉极、王苏、刘晓冰、刘莉沙、于守国、陈海佳等委员踊跃发言，纷纷点赞。其中，戚建国委员持续分享《习近平用典》之228，并结合原典、释义对现实意义作了解读。于守国、陈海佳、祁志峰三位委员有感于精彩的导读内容，异口同声"为全天精彩生动辅导点赞致敬"。张嘉极委员赋诗"一花开五色，艳丽美四射。周日侵晨时，窗外鸟叫瑟。时值惊蛰后，春光即乍泄。"以表春日心境。可见，随着春回大地，委员们言为心声、语为心境，一边沉浸在宋词的妙不可言中，一边也徜徉在春天的风和日丽里。

在湖南政协"潇湘新咏"读书群，本期宋词导读内容同样引起了委员们的关注和赞许，特别是结合读书群当日读诗双主题，委员们读罢古诗词中的柳树桃花，再走进"宋词里的中国"，在纵横交错中体认诗词文化的博大精深。正如黄自荣委员所言："古人放怀山水，纵情诗歌，赋比兴，风雅颂，凿金石，调宫商，究平仄，押韵脚，星星点点，字字行行，仰观日月，俯瞰山河，求仁问道，状景抒情，喜怒哀乐，古今中外，有人拍案叫绝，有人抚掌称奇，哭过笑过，爱过恨过，来过去过，雁也过，感谢你！美丽桃花陪你一起来过！"这既是自我的感慨，也是大家的共识。

"茶亦醉人何须酒，书自香我何须花。"一杯茶，一本书，便是静谧的光阴；一首诗，一阕词，道尽人生的真谛。连日来，委员们沉浸在宋词纵横间构筑的广阔天地中，践行读书不是独善的个人之事，而是兼济的政治之责，自觉把读书与履职结合，资政与共识并重，通过共读共赏宋词，共谈共论宋韵，启人心智，撼动心灵，丰富人生，切实提升建言资政水平。

永遇乐

李清照

　　落日熔金，暮云合璧，人在何处？染柳烟浓，吹梅笛怨，春意知几许。元宵佳节，融和天气，次第岂无风雨。来相召、香车宝马，谢他酒朋诗侣。

　　中州盛日，闺门多暇，记得偏重三五。铺翠冠儿，捻金雪柳，簇带争济楚。如今憔悴，风鬟霜鬓，怕见夜间出去。不如向、帘儿底下，听人笑语。

月有阴晴圆缺

——宋词共学札记之五十四

（2022 年 3 月 14 日）

　　书香政协,润泽心灵,我们共同度过了全国政协书院"国学"读书群宋词导读读书计划实施的第五十四天。在习近平总书记论文化自信精神的指引下，我们重温了苏轼的《蝶恋花》和李清照的《渔家傲》，有感于词中"墙里""墙外"的故事，再次跟随古代文人的思想轨迹，探寻神鸟意象的象征、寄托与演变，共同展开了一场中国墙的探索之旅，在最美中国墙里遇见我们的国、我们的家、我们的家国历史和家国文化。我们还透过"宋词纵横谈"的广阔天地，聚焦"宋词的主题类型"，于风雅之间看千种风情，品词人的柔情与离愁、哀婉与壮怀，感受宋词的美感与境界、入世与超然，俯仰宋词千古风流。

文化自信，是更基础、更广泛、更深厚的自信。我们深入学习了"习近平论文化自信"专题之7、之8，深刻认识到，提高国家文化软实力，要努力展示中华文化独特魅力。提高国家文化软实力，要努力提高国际话语权。我们还延伸学习了《在同各界优秀青年代表座谈时的讲话》一文中引用的"功崇惟志，业广惟勤""苟日新，日日新，又日新"，结合原典和释义，更加深刻明白，领导干部和广大青年一定要坚定理想信念。取得伟大的功绩，在于志向远大。理想指引人生方向，信念决定事业成败。没有理想信念，就会导致精神上"缺钙"。

词由情起，悲欢离合写尽宋人千古风流。我们通过第四期"宋词纵横谈"，共同走进宋词的千种风情中，从风花雪月到离愁别绪，从寓情于景到壮怀激烈，细品个中滋味，聆听余韵悠远，一窥宋词主题类型的价值流变与人文精神。通过共读共谈，让我们深入了解到，兴于瓦栏教坊的宋词更具主观描写性质，所以在众多的主题类型中，皆离不开一个"情"字。在词的发展和演变中，两万余首宋词大致可归纳为祝颂、情思、景物、离愁、咏怀五大主题类型。宋词自诞生起，就带着浓厚的时代特色与生活气息，词人名家将充沛的情感寄托于这些主题类型之中，将人生与词作紧紧交织交融在一起，造就了千古宋词的独特美学、艺术境界、文化意象和人文情愫。

词之语言，如桃花源头清水一泓，沁人心脾。在这一天的学习过程中，连玉明委员、郭媛媛委员和各位委员共读宋词，戚建国、王苏、丁金宏、张嘉极、常信民、祁志峰、李学梅、张连起、于守国等委员踊跃发言，对共读内容给予高度赞许。在联动湖南政协"潇湘新咏"读书群同步推送本期宋词导读内容后，同样引起委员们的广泛关注和好评。委员们一边分享解读含"田"或"地"的诗词，感慨"为什么我的眼中常含泪水，因为我对这土地爱得深沉"，一边共读共谈"宋词的主题类型"，感悟"人有悲欢离合，月有阴晴圆缺"，通过"键对键"的频繁互动，"屏连屏"的热情交流，在宋词艺术之海中，陶冶着情操，滋养着心灵，体悟着人生。

九层之台，起于累土；千里之行，始于足下。随着全国政协书院"国学"读书群宋词导读读书计划的深入开展，委员们坚持"为资政建言读书、在资政建言中读书"，在互思互学中互相勉励，在共读共论中凝聚共识，用有温度、有情怀、有能量的语言，让读书日渐成为履职工作的"新常态"、日常生活的"新内容"、跨界交流的"新渠道"。

唐多令

刘 过

安远楼小集，俌觞歌板之姬黄其姓者，乞词于龙
洲道人，为赋此《唐多令》。同柳阜之、刘去非、石民瞻、
周嘉仲、陈孟参、孟容。时八月五日也。

芦叶满汀洲，寒沙带浅流。二十年重过南楼。
柳下系船犹未稳，能几日，又中秋。

黄鹤断矶头，故人曾到否？旧江山浑是新愁。
欲买桂花同载酒，终不似，少年游。

知否，知否？

——宋词共学札记之五十五

（2022 年 3 月 15 日）

伴随着琅琅宋词声、浓浓书香情，我们共同度过了全国政协书院"国学"读书群宋词导读读书计划实施的第五十五天。在习近平总书记论文化自信精神的指引下，我们重温了姜夔的《点绛唇·丁未冬过吴松作》与周邦彦的《解连环》，感受了词人们"风也多情，雨也多情"的万千思绪。我们受"拟共天随住"的想法所触动，一同走近中国隐士，感悟隐士人格魅力，读懂中国隐逸文化。我们被"对花对酒，为伊泪落"的悲切情思所感染，一同领略盛开在诗意中国里的那些花儿，看她们如何开落古今，摇曳出中华优秀传统文化的绝代风华。我们还透过"宋词纵横谈"，聚焦宋词叙事特征、叙事作品、叙事流变，一窥宋词的叙事艺术，探究宋代词人对词体创作的创新和发展。

民无魂不立，国无魂不强。我们深入学习了"习近平论文化自信"专题之9、之10，并延伸学习了《给中央民族大学附属中学全校学生的回信》《在欧美同学会成立100周年庆祝大会上的讲话》文中引用的"学如弓弩，才如箭镞""先天下之忧而忧，后天下之乐而乐"，结合原典和释义，深刻认识到，培育和弘扬社会主义核心价值观必须立足中华优秀传统文化。牢固的核心价值观，都有其固有的根本。抛弃传统、丢掉根本，就等于割断了自己的精神命脉。博大精深的中华优秀传统文化是我们在世界文化激荡中站稳脚跟的根基。

以一二语勾勒提掇，犹如有千钧之力。我们通过第五期"宋词纵横谈"《知否，知否？应是绿肥红瘦——宋词的叙事艺术》，从宋词叙事的典型特质、宋词叙事的个性表现和宋词叙事的艺术价值等维度，赏味宋词叙事开阖有致、情蕴绵长之特征，品读宋词叙事即事寓情、回环往复之美感，探索宋词叙事发于直露艳美、转而含蓄情美的审美流变。通过纵横谈与交叉赏，我们深入了解到，隐藏在词作作品抒情表征之下的宋词叙事，为词人情感抒发奠定了重要基础。柳永、周邦彦、李清照、辛弃疾、吴文英等宋词叙事艺术表达的代表人物，或以赋为词，或以诗为词，或以文为词，抑或保持词体本色，无论其采用了何种创作手段和叙事表达，其作品在抒情过程中夹杂的叙事成分，都呈现出一种具有鲜明生活质感的宋词叙事之美。而不同词人在其作品中彰显出的叙事个性，则共同构成了宋词叙事的艺术特色。

诗品人生百味，词咏情怀千古。在这一天的学习过程中，连玉明委员、郭媛媛委员、王苏委员和各位委员共读宋词，戚建国、赵梅、贺丹、王林旭等委员踊跃发言，对共读内容纷纷点赞。在湖南政协"潇湘新咏"读书群，导读内容也是引发频频共鸣。委员们一边纵情于中华山水诗歌中，感慨"山不在高，有仙则名。水不在深，有龙则灵"的深厚哲理，一边徜徉于宋词妙不可言里，称赞"知否，知否？应是绿肥红瘦"的精笔绝妙。还有委员有感而发："文章是案头之山水，山水是地上之文章"。更有委员赋诗"秦汉盛唐诗圣出，宋词零碎意传神。若非婉约伤心我，最是豪情打动人。"以表学习古典诗词心得。通过一轮轮山与水的交融，诗与词的互鉴，委员们读出了心声，品出了心意，谈出了心境。

古典诗词作为中华优秀传统文化思想观念、人文精神、道德规范的重要载体，是世界了解中华文明的一扇窗口。连日来，借助全国政协书院"国学"读书群搭建的平台和通道，委员们在古典诗词中纵论天下、沟通古今，在书香氛围里思接千载、视通万里，积极把古典诗词的学习传播与赓续文化根脉、讲好中国故事相结合，自觉在推动中华优秀传统文化创造性转化和创新性发展中贡献自身力量。

念奴娇

姜　夔

　　余客武陵，湖北宪治在焉。古城野水，乔木参天。余与二三友，日荡舟其间，薄荷花而饮，意象幽闲，不类人境。秋水且涸，荷叶出地寻丈，因列坐其下，上不见日，清风徐来，绿云自动。间于疏处，窥见游人画船，亦一乐也。揭来吴兴，数得相羊荷花中。又夜泛西湖，光景奇绝。故以此句写之。

　　闹红一舸，记来时尝与鸳鸯为侣。三十六陂人未到，水佩风裳无数。翠叶吹凉，玉容消酒，更洒菰蒲雨。嫣然摇动，冷香飞上诗句。

　　日暮，青盖亭亭，情人不见，争忍凌波去？只恐舞衣寒易落，愁人西风南浦。高柳垂阴，老鱼吹浪，留我花间住。田田多少，几回沙际归路。

横看成岭侧成峰

——宋词共学札记之五十六

（2022年3月16日）

"莺初解语，最是一年春好处。"莺是春的象征，二月闻莺，春光正浓，莺声正美。伴随着婉转悦耳的莺声，在明媚的春光中，我们共同度过了全国政协书院"国学"读书群宋词导读读书计划实施的第五十六天。我们在习近平总书记论文化自信精神的指引下，继续浸润在宋词的豪壮与柔情之中，重温了苏轼的《念奴娇·赤壁怀古》与姜夔的《扬州慢》，一同感受苏轼在赤壁怀古抒情的壮志，姜夔在扬州抚今追昔的哀思，并对这两首词所蕴含的文化现象，即"梦""冬至"作了解读，领略中华优秀传统文化的独特魅力。我们还透过"宋词纵横谈"，聚焦"宋词的形式之美"，从摇曳多姿的分片结构、参差多变的长短句式、抑扬顿挫的节奏来感受宋词抒情的沉郁顿挫、体貌的要眇宜修。

文化是一个国家、一个民族的灵魂。通过深入学习"习近平论文化自信"专题之11、之12，我们深刻认识到，实现中国梦，是物质文明和精神文明均衡发展、相互促进的结果。没有文明的继承和发展，没有文化的弘扬和繁荣，就没有中国梦的实现。同时，我们还延伸学习了《在欧美同学会成立一百周年庆祝大会上的讲话》《在中共十八届三中全会第二次全体会议上的讲话》等文中引用的"先天下之忧而忧，后天下之乐而乐""不患寡而患不均"，并结合原典和释义，让我们更加深刻认识到，改革必须依靠人民，改革成果必须由人民共享。推进任何一项重大改革，都要站在人民立场上把握和处理好涉及改革的重大问题，都要从人民利益出发谋划改革思路、制定改革举措。

别是一家，反成其美。在第六期"宋词纵横谈"《横看成岭侧成峰，远近高低各不同——宋词的形式之美》中，我们有感于宋词抑扬顿挫、错落有致的长短句式之美，发现词能"达曲折之意，传婉转顿挫之神"的关键正是在于词体形式的声情并茂、摇曳多姿。词的分片结构可开辟新境或转换时空，题序可弥补词体叙事缺憾，长短句精巧奇丽极尽错综跌宕之美，领字除了承上启下还能串联意象，随律押韵为词制造出多种多样的声律美感。形式与内容创新共同造就了一种诗意盎然、缠绵悱恻，观之使人感慨万千，读之令人沉醉难舍的词境。同时，形式上的天然优势，有力推动了宋词的诗化，打破了"诗志词情"的分工和"诗庄词媚"的界限，题材领域的开拓和风格的创新，带来方法技巧、遣词造句的雅化，致使词在宋代终成正果，遂成"一代之文学"。

我们还按照第八期委员读书活动"国学"读书群读书计划，开展了第七期"精学"栏目，邀请北京大学中文系教授、博士生导师张鸣，作题为"旧时月色：姜夔《暗香》《疏影》词的情感书写"的专题讲座。张教授分析了《暗香》和《疏影》先写歌词再谱写乐曲的独特创作方式，从词序解读两首词写作的缘由和命名由来，并通过逐一赏析词句，深入剖析了两首词采用的艺术手法以及所蕴含的情感主题。《暗香》一词没有具体的外在视觉形象，它的着眼点在于内在的精神情趣，重在借咏梅抒发相思怀人的情愫。而《疏影》着重以各种典故刻画梅花优美的姿态、形貌以及惹人怜惜的特点，把梅花人格化、精神化。两首作品虽艺术方法有别，但主题上明显互有关联。《疏影》中的梅花所象征之人，正是《暗香》所追忆的那位曾"几番"与作者月下赏梅的"玉人"。从总的情感因素而言，两首词都是通过咏梅，书写一段旧日的爱情经历。

在这一期"精学"专题讲座中，委员们进一步围绕姜夔

《暗香》《疏影》两首词进行深入交流。张连起委员分享了夏承焘《姜白石词编年笺校》卷三对这两首词创作缘由的探究，并评价道："清空、骚雅。姜夔善于'从众多的典故中汲取其共同意义，把具体的情感升华为空灵模糊的意趣'，怪不得张炎在《词源》中极口称道此词，说'前无古人，后无来者，自立新意，真为绝唱'！"陈霞委员则赞叹："把姜夔这两首吟梅佳作分析得细致入微，里面的美感引人入胜，让人一下被那种美好的情感打动。"张鸣委员还分享了自己所演唱的《暗香》和《疏影》，让大家更为直观地感受到了宋词自度曲的独特艺术魅力，王苏委员不禁感叹："姜夔《暗香》《疏影》这两首曲子，做的非常之现代呀！"

在这一天的学习过程中，连玉明委员、郭媛媛委员、马东平委员和各位委员共读宋词，祁志峰、于守国、戚建国、王苏、贺丹、李学梅、张连起、陈霞、赵延庆等委员踊跃发言，对共读内容给予赞许。在联动湖南政协"潇湘新咏"读书群同步推送本期宋词导读内容后，同样引起委员们的广泛关注和好评，有委员感慨"柳永的靡曼谐俗，苏轼的清雄旷逸，周邦彦的精美典丽，李清照的清新流畅，辛弃疾的沉郁顿挫，吴文英的密丽幽邃，所有的细腻感官感受、幽隐心灵体验、曲折情感历程，种种体验都能在宋词找到。堕情者醉其芬馨，飞想者赏其神骏。宋词怎能不让人心折。"

鸟欲高飞先振翅，人求上进先阅读。只有不断读书、不断进步，才能与日益发展的社会相适应，只有把多读书、读好书作为一种常态，在书香中陶冶自己、提升自我，拓宽视野，增长知识，才能更好地资政建言。连日来，委员们专注学习、深入交流，不断增进思想共识，提升思想境界，努力把学习的收获转化为做好政协工作的过硬本领。

采桑子

欧阳修

　　群芳过后西湖好，狼籍残红。飞絮濛濛，垂柳阑干尽日风。

　　笙歌散尽游人去，始觉春空。垂下帘栊，双燕归来细雨中。

自作新词韵最娇

——宋词共学札记之五十七

（2022 年 3 月 17 日）

"俯仰终宇宙，不乐复何如？"春雨如酥，夹杂着清爽的风，以读书浸润心灵，以宋词感悟人生，俯仰之间纵览宇宙，还有什么比这个更快乐呢？转眼间，我们共同进入了全国政协书院"国学"读书群宋词导读读书计划实施的第五十七天。我们在习近平总书记论文化自信精神的指引下，继续沉浸在宋词的书香之中，重温了李清照的《醉花阴》与苏轼的《卜算子·黄州定惠院寓居作》，一同感受李清照思念丈夫孤独与寂寞的心情，苏轼以孤鸿自比高旷洒脱、绝去尘俗的境界，并一同回顾传承千年的重阳节，在光阴的故事中寻觅中国古代的计时智慧。我们还透过"宋词纵横谈"，聚焦"宋词的音韵之美"，聆听不同风格的宋词乐曲音韵节奏，感受宋词长短句错落、奇偶音节错落、韵位错落的形式呈现出的缱绻动态之美。

中华优秀传统文化是中华民族历经磨难而生生不息的历史积淀与思想宝库。通过深入学习"习近平论文化自信"专题之13、之14，我们深刻地认识到，每一种文明都延续着一个国家和民族的精神血脉，既需要薪火相传、代代守护，更需要与时俱进、勇于创新。同时，我们还延伸学习了《在中共十八届三中全会第二次全体会议上的讲话》《在联合国教科文组织总部的演讲》等文中引用的"大鹏之动，非一羽之轻也；骐骥之速，非一足之力也""一花独放不是春，百花齐放春满园"，并结合原典和释义，让我们更加深刻地认识到，不论是中华文明，还是世界上存在的其他文明，都是人类创造的成果。推动文明交流互鉴，可以丰富人类文明的色彩，让各国人民享受更富内涵的精神生活、开创更有选择的未来。

词随乐动，乐演词风。在第七期"宋词纵横谈"《听"饶君拨尽相思调"，叹"自作新词韵最娇"——宋词的音韵之美》中，我们共同走进大宋风华，聆听不同风格的宋词乐曲音韵节奏，从宋词长短句变化、韵句运用、韵位错落、乐器使用以及词乐演唱等方面，感受宋词音韵的节奏之美，品读词乐的声调之美。我们从姜夔的《白石道人歌曲》中聆听遗失千年的淡雅之曲，从柳三变《曲玉管》"双拽头"节奏律动中体会三变词的悱恻缠绵，从东坡《昵昵儿女语》和稼轩《青玉案》婉转曲调里，感受豪迈壮志中的优雅多情，易安居士"寻寻觅觅"更唱出了千年宋词的丝丝愁绪。"词是曲中词"，词乐将摇曳动态的词结构与音乐的表现方式融合，共同谱写了穿越时空的大宋之歌，带来了词乐传承、音乐创新、文化传播、艺术融合和精神传递，从而使词体文学进入了一种前所未有的音乐美新境界，推动宋词不断延续和发展。

在这一天的学习过程中，连玉明委员、郭媛媛委员、李学梅委员和各位委员共读宋词，于守国、张嘉极、戚建国、丁金宏、贺丹、祁志峰等委员踊跃发言，对共读内容给予高度称赞。其中，戚建国委员持续分享《习近平用典》之232，并结合原典、释义对现实意义作了解读。在湖南政协"潇湘新咏"读书群，导读内容引发频频共鸣。委员们一面以"雪"为主题，纵情分享千百年来诗词里的"雪"，感受文人墨客的爱雪之情；一面共读共学宋词，感受宋词多样的音韵之美，或俯仰自如、长吁短叹，或荡气回肠、铿锵有力，或百媚千娇、幽怨暗生，或气概万千、豪气千秋。更有委员慨叹道："诗词或古文的一大魅力就在于它的心理唤起作用，文人们把自己的悲欢离合揉进笔墨，淋漓尽致地表达出来。尤其是那些极尽哀伤的古诗词，即使被时间反复冲刷，哀伤的韵味也不会被冲淡一丝一毫。"

学习就是进步，书香最为修身。线上读书活动的开展有利于委员们增长知识水平、提高自身文化修养，是委员们顺应互联网发展趋势，有效提高协商能力和履职水平的重要手段。委员们聚焦宋词之美展开深入研讨和交流，回味词句的意蕴与情感的深厚，感叹传统文化的发展与辉煌。通过共读共学、好学乐学，为更好地凝聚共识，履行建言献策职责提供了智力支持。

一剪梅·舟过吴江

蒋 捷

　　一片春愁待酒浇。江上舟摇，楼上帘招。秋娘渡与泰娘桥，风又飘飘，雨又萧萧。

　　何日归家洗客袍？银字笙调，心字香烧。流光容易把人抛，红了樱桃，绿了芭蕉。

金风玉露一相逢

——宋词共学札记之五十八

（2022 年 3 月 18 日）

　　"东风和气满楼台，桃杏拆，宜唱喜春来。"春风和煦，吹满楼台，桃杏的花苞儿刚刚裂开，这种情景正该高唱"喜春来"。春天是充满希望的季节，也是读书的好时节。春日里，捧书、阅卷、品茗，醉在花阴深处，岂不美哉。时光流转，我们共同进入了全国政协书院"国学"读书群宋词导读读书计划实施的第五十八天。我们在习近平总书记论文化自信精神的指引下，继续徜徉在宋词美丽的光影中，重温周邦彦的《瑞龙吟》与辛弃疾的《青玉案·元夕》，一同感受周邦彦故地重游时物是人非、情随境迁的意绪，辛弃疾在灯火阑珊处不同流俗、自甘寂寞的心境，并跟随诗词的记载，与古人在春日踏青中同乐，重溯中国灯文化的发展脉络，领略中国灯会的瑰丽奇伟。我们还透过"宋词纵横谈",聚焦"宋词的意象之美",透过丰富多彩的宋词意象,感受词人丰富的情感变化和人生体悟。

文化兴国运兴,文化强民族强。通过深入学习"习近平论文化自信"专题之 15、之 16,我们深刻认识到,社会主义核心价值观把涉及国家、社会、公民的价值要求融为一体,既体现了社会主义本质要求,继承了中华优秀传统文化,也吸收了世界文明有益成果,体现了时代精神。同时,我们还延伸学习了《在中法建交五十周年纪念大会上的讲话》《在德国科尔伯基金会的演讲》等文中引用的"穷则独善其身,达则兼济天下""己所不欲,勿施于人",并结合原典和释义,让我们更加深刻地认识到,中国一心一意办好自己的事情,既是对自己负责,也是为世界作贡献。

意象之美,词之精魂。在第八期"宋词纵横谈"《金风玉露一相逢,便胜却人间无数——宋词的意象之美》中,我们聚焦"春""江""花""月""夜"这五种宋词中出现频率较高的主体意象,感受宋词精妙绝伦的意象之美。意象是心灵主体和生命情调与客体自然景象的融合,作为宋词极为重要的一种表现形式,纷繁复杂的意象构成了宋词独特的意境,让人身临其境,是词之精髓。意象在宋词的字里行间随处可见,用各色"化身"表达着词人丰富的情感与坚韧的志向。

正如刘勰在《文心雕龙·神思》篇中所言"独照之匠，窥意象而运斤"，这些意象作为历代词人手中妙笔生花的重要工具，承载了词人各种各样的人生感悟，凝结成为独特优美的文化符号，是中华诗词文化深沉的积淀。

在这一天的学习过程中，连玉明委员、郭媛媛委员和各位委员共读宋词，于守国、戚建国、金李、张连起、丁金宏、王苏、祁志峰等委员踊跃发言，对共读内容给予高度赞许。其中，戚建国委员持续分享《习近平用典》之233，并结合原典、释义对现实意义作了解读。当南国一派春意盎然，京华正漫天飞雪，张连起委员触景生情与我们分享了李商隐的《喜雪》一诗。王苏委员在学习"宋词纵横谈"后也不禁感叹："'绿杨烟外晓寒轻，红杏枝头春意闹。'好美！"郭媛媛委员也将对宋词的体悟娓娓道来："是的，宋词应该是这样，字有限，意无限；情曲折，境空淼。可以让人休憩了心神，放进去田园！"在湖南政协"潇湘新咏"读书群同步推送本期宋词导读内容后，持续引起委员们的广泛关注和热议。委员们在以多种形式分享"友情"诗词，感受古今友人真挚情感的同时，也一同沉浸在宋词之美，感受宋词的妙不可言，更有委员不禁发出赞叹："周邦彦的《瑞龙吟》层层递进，情景交融，缜密又缠绵。好美的宋词！"

赏中华诗词，寻文化之根，铸民族之魂。中国是一个诗词的国度，中华诗词以其独特的魅力传承千年，经久不衰。品读经典宋词，共沁雅韵书香。连日来，读书群内学习热情高涨，委员们畅谈对宋词学习的思考与感悟，相互交流、相互启发。通过多读书、读好书、善读书，不仅有利于委员们加强思想政治引领、更好凝聚共识，更有利于增强履职本领、提高建言质量。

再次将张连起委员分享的李商隐《喜雪》一诗共享在此，与群友共赏：

《喜雪》

朔雪自龙沙，呈祥势可嘉。

有田皆种玉，无树不开花。

班扇慵裁素，曹衣讵比麻。

鹅归逸少宅，鹤满令威家。

寂寞门扉掩，依稀履迹斜。

人疑游面市，马似困盐车。

洛水妃虚妒，姑山客漫夸。

联辞虽许谢，和曲本惭巴。

粉署闱全隔，霜台路正赊。

此时倾贺酒，相望在京华。

江城子·密州出猎

苏　轼

老夫聊发少年狂，左牵黄，右擎苍。锦帽貂裘，千骑卷平冈。为报倾城随太守，亲射虎，看孙郎。

酒酣胸胆尚开张，鬓微霜，又何妨！持节云中，何日遣冯唐？会挽雕弓如满月，西北望，射天狼。

两处闲愁

——宋词共学札记之五十九

（2022年3月19日）

"绿树交加山鸟啼，晴风荡漾落花飞。"郁郁葱葱的绿树间，交加着鸟儿的啼叫欢鸣，万里晴空下款款的春风将花瓣吹拂得四处飞舞。在春风里，我们共同进入了全国政协书院"国学"读书群宋词导读读书计划实施的第五十九天。在习近平总书记论文化自信精神的指引下，我们继续沉醉在宋词的书卷之香，重温苏轼的《洞仙歌》与欧阳修的《生查子·元夕》，一同感受苏轼因叙花蕊夫人生发"流年暗中偷换"的怅然沉思，欧阳修以巧妙构思写元夜时物是人非之感，并将目光瞄准璀璨星空，体验古人探索宇宙的奇幻之旅，也一起探寻元宵节的起源和发展，感受古时浓郁的节日氛围。我们还透过"宋词纵横谈"，聚焦"宋词的阴柔之美"，感受词风的香艳婉媚、词格的柔美钟秀、词律的细腻精致。

　　向上向善的文化是一个国家、一个民族休戚与共、血脉相连的重要纽带。通过深入学习"习近平论文化自信"专题之17、之18，我们深刻认识到，国无德不兴，人无德不立。如果一个民族、一个国家没有共同的核心价值观，莫衷一是，行无依归，那这个民族、这个国家就无法前进。同时，我们还延伸学习了《青年要自觉践行社会主义核心价值观——在北京大学师生座谈会上的讲话》等文中引用的"非学无以广才，非志无以成学""四维不张，国乃灭亡"，并结合原典和释义，让我们更加深刻地认识到，中华优秀传统文化的丰富哲学思想、人文精神、教化思想、道德理念等，可以为人们认识和改造世界提供有益启迪，可以为治国理政提供有益启示，也可以为道德建设提供有益启发。

　　香而弱,性情中所寓之柔气。我们在第九期"宋词纵横谈"《一种相思，两处闲愁——宋词的阴柔之美》中，共同走进蕴含阴柔之美的宋词世界。在中华民族审美意识发展史上，中国古代的各种文艺形式中，词是阴柔美的唯一载体形式。相较于过去偏重美刺的诗教传统，词的柔情曼声不啻一种民族审美心理的调剂。而词的阴柔之美则集中表现在书写优美丰富的女性特质中，是以艳为本色的俗艳深挚，是浅语皆有致的闲雅哀婉，是浸柔美风神的自然清丽，是皆雍容妙丽的妖冶幽艳，是哀悲中有骨的阴柔刚健。微风细雨、残月疏星、飞花流水、幽壑清溪等柔美幽约的意象，加上情感上的锐感灵思、伤离恋别，营造出宋词千姿百态的婉约幽隽之境。

我们还按照第八期委员读书活动"国学"读书群读书计划，开展了第七期"深研"栏目，邀请故宫博物院研究馆员、器物部主任吕成龙委员，作"略谈宋瓷中的汝瓷之美"专题讲座。立足多年专注古陶瓷的研究经历和工作经验，吕成龙委员围绕汝瓷和汝窑的基本情况、汝窑的发现经过、北宋朝廷"弃定用汝"的原因、汝窑青瓷的特点、后仿汝窑（釉）瓷器的鉴定要点等五个方面，以图文并茂的形式为我们全面解析了汝瓷的历史渊源和美学特征。汝窑瓷器烧造于北宋徽宗时期，汝瓷的淡天青色釉满足了以徽宗为代表的道家在颜色方面的审美需求。因此，自明代晚期以来，在文人雅士的品评中，汝窑被推为五大名窑——汝、官、哥、定、均（钧）之首，汝釉也成为中国瓷釉中的楷模，对后世影响深远。总体来看，汝窑青瓷的特点大致可归纳为：造型秀丽、香灰色胎、淡天青色釉、芝麻挣钉、冰裂纹等。由于汝窑烧造时间短，致使传世器物不多，早在南宋时人们对汝窑青瓷已发出"近尤难得"之感叹。

在这一期"深研"专题讲座中，委员们纷纷为汝瓷的精美所倾倒，发出一阵阵惊呼与赞叹，爱"瓷"之心溢于言表。

张妹芝委员感慨："汝窑的作品釉面温润如玉，色泽典雅纯正，每次欣赏到汝窑精品真是为它陶醉啊。"王苏委员感叹道："'雨过天青云破处，这般颜色做将来。'汝窑的美就如李白的诗中所写：'清水出芙蓉，天然去雕饰'。"郭媛媛委员总结道："讲座让我们对宋瓷有了较为系统、全面的了解。吕老师的讲解也让我们对汝瓷之珍、汝瓷之美、汝瓷之优、汝瓷之贵……有了深入的体会、感受！热爱、珍爱汝瓷之情呼之欲出！"与此同时，委员们也围绕"汝瓷的实用功能""汝窑为何如此贵重""学习瓷器鉴定要从哪些方面入手"等话题进行了热烈的交流互动，吕成龙委员就相关问题一一作答。在委员们热情而极富意趣的探讨中，充满了对宋瓷的热爱，展现了委员们对中国传统文化学贯古今的学识与见地。

在这一天的学习过程中，连玉明委员、郭媛媛委员、李学梅委员和各位委员共读宋词，戚建国、张连起、侯桂芬、肖凯旋、阿拉坦仓、刘晓冰、张嘉极、怀利敏、吴洪亮、张东俊、张妹芝、王苏、丁元竹、霍建起、王林旭、祁志峰、刘莉莎、李前光、徐丽桥、栗桂莲、陈红彦、王勇、于守国等委员先后踊跃发言，对共读内容给予高度赞许。其中，肖凯旋委员不禁感叹："学国学，增智识，收获很大！"阿拉坦仓委员也赞叹道："宋词是继唐诗之后的又一个中国文化奇迹！"在联动湖南政协"潇湘新咏"读书群同步推送本期宋词导读内容后，也持续引起委员们的关注和好评。

"学者非必为仕，而仕者必为学"。学习是人民政协的优良传统和永恒主题，也是推动政协工作实现创新发展的动力源泉。学宋词、赏宋瓷，委员们不仅感受到宋人独特的艺术审美情趣和细腻丰富的情感，也以此领略到宋代文人的精神风貌与思想神韵。透过共读共学、共思共议，线上读书活动犹如一所没有围墙的大学校，有助于委员们养成"学思践悟"的良好习惯，进而更好地资政建言、凝聚共识，推动政协工作高质量发展。

六州歌头

张孝祥

　　长淮望断，关塞莽然平。征尘暗，霜风劲，悄边声。黯销凝。追想当年事，殆天数，非人力。洙泗上，弦歌地，亦膻腥。隔水毡乡，落日牛羊下，区脱纵横。看名王宵猎，骑火一川明。笳鼓悲鸣，遣人惊。

　　念腰间箭，匣中剑，空埃蠹，竟何成！时易失，心徒壮，岁将零。渺神京。干羽方怀远，静烽燧，且休兵。冠盖使，纷驰骛，若为情！闻道中原遗老，常南望、翠葆霓旌。使行人到此，忠愤气填膺，有泪如倾。

为伊消得人憔悴

——宋词共学札记之六十

（2022 年 3 月 20 日）

"春分雨脚落声微，柳岸斜风带客归。"春分时节，落雨飘洒，雨声细微，杨柳岸斜风轻拂，远方的客人随风而归。北方的春天要来得晚一些，而此时的南方已是草长莺飞、花红柳绿了。转眼间，我们共同进入了全国政协书院"国学"读书群宋词导读读书计划实施的第六十天。我们在习近平总书记论文化自信精神的指引下，继续徜徉在宋词的艺术之海，重温周邦彦的《少年游》与辛弃疾的《清平乐·村居》，一同感受周邦彦以纤笔淡语将一片柔情融化在知音相得的融暖氛围中，辛弃疾以白描的手法描绘出一幅栩栩如生的江南乡村图景，并一同细细品味香文化背后所蕴含的中华民族的性格与精神情感，又走进宋代农户家日常生活中，再现当年男女老少各司其职、安居乐业的生活情境。我们还透过"宋词纵横谈"，聚焦"宋词的雅与俗"，从这场宋词发展史的激辩中，感悟宋词俗雅共存的盛世繁荣。

坚定文化自信，是事关国运兴衰、事关文化安全、事关民族精神独立性的大问题。通过深入学习"习近平论文化自信"专题之19、之20，我们深刻认识到，弘扬中华文化，不仅自己要从中汲取精神力量，而且要积极推动中外文明交流互鉴，讲述好中国故事、传播好中国声音，促进中外民众相互了解和理解，为实现中国梦营造良好环境。同时，我们还延伸学习了《在北京大学师生座谈会上的讲话》等文中引用的"学而不思则罔，思而不学则殆""格物致知、诚意正心、修身齐家、治国平天下"，并结合原典和释义，让我们更加深刻地认识到，由个人到家、国、天下，由身修到家齐、国治、天下平，这是一个具有内在逻辑联系的过程。社会要取得大同与和顺，人们就必须自觉修身，由"明德"而"新民"，进而实现社会的"至善"。

雅郑不辨，更何论焉。我们在第十期"宋词纵横谈"《既品"斜阳却照深深院"，怎唱"为伊消得人憔悴"——宋词里的雅与俗》中，一起走进宋代词史里那场激烈的雅俗对抗，从发展过程、语言风格、题材内容、审美趣味、音乐词律五个方面，看宋人在雅俗之争中你来我往，各有攸当。在文学史上没有不变的雅与俗，也没有纯粹的俗与雅，宋词存在崇雅与从俗的兼容共存。北宋时期晏殊、欧阳修蕴藉清秀的雅词与柳永通俗市井味浓的俗词并举，苏轼词"以文为诗"的高雅，黄庭坚"不拘一格"的直白。南宋时期，康与之浅白近俗的俚词与姜白石含蓄别致的"骚雅"词共存。纵览两宋词坛，有着雅俗并存、共同发展的明显特点。千年前宋代词坛文人们对雅与俗的争论，既反映了宋代文人审美多样化的艺术追求，也影响了民间说话、杂剧、散曲等多种艺术形式的发展。

在这一天的学习过程中，连玉明委员、郭媛媛委员、马东平委员和各位委员共读宋词，张嘉极、戚建国、张东俊、李瑞宇、祁志峰、于守国等委员先后踊跃发言，对共读内容给予高度赞许。正值春分时刻，戚建国委员分享了"最忙碌"的春分诗"夜半饭牛呼妇起，明朝种树是春分"，并有感而发："一个时节有一个时节的劳动，唯有如此，方有田园的稻香麦美，方有人间的生生不息。种瓜得瓜，种豆得豆。春天你播种下什么，秋天就会收获什么。"在联动湖南政协"潇湘新咏"读书群同步推送本期宋词导读内容后，也持续引起委员们的关注和好评。委员们以"风景"为题，在诗词中观四时之景，感春花秋月、夏雨冬雪之多姿，叹大好河山、锦绣中华之壮丽，忘情于山水间，沉醉于读书之妙。

以读书滋养初心，以学习汲取力量。连日来，读书群内书香飘飘，委员们在交流中增进共识，在互动中凝聚力量。通过线上读书活动，推动读书学习常态化、在线化、移动化，有利于委员们增长知识存量，扩展视野领域，不断推动阅读走向深入，也促使委员们将读书更好地融入履职工作，切实形成人人参与、多读善思、共同进步的良好局面。

再次将戚建国委员分享的宋琬《春日田家》一诗共享在此，与群友共赏：

《春日田家》

野田黄雀自为群，山叟相过话旧闻。

夜半饭牛呼妇起，明朝种树是春分。

水调歌头

苏　轼

丙辰中秋，欢饮达旦，大醉，作此篇，兼怀子由。

明月几时有？把酒问青天。不知天上宫阙，今夕是何年。我欲乘风归去，又恐琼楼玉宇，高处不胜寒。起舞弄清影，何似在人间！

转朱阁，低绮户，照无眠。不应有恨，何事长向别时圆？人有悲欢离合，月有阴晴圆缺，此事古难全。但愿人长久，千里共婵娟。

位卑未敢忘忧国

——宋词共学札记之六十一

（2022 年 3 月 21 日）

"春路雨添花，花动一山春色。"随着春天的气息越来越浓，我们与宋词的一字一句已邂逅良久，昨日，我们共同度过了全国政协书院"国学"读书群宋词导读读书计划实施的第六十一天。我们在习近平总书记论文化自信精神的指引下，重温了贺铸的《青玉案》和周邦彦的《兰陵王·柳》，一同回味"愁"在古代文人笔下丰富而生动的表现和"柳"在古人送别的习俗与文化，探寻其中的丰富文化内涵和审美意蕴。我们还透过"宋词纵横谈"，聚焦宋代爱国词人与爱国词，于纵横之间感受词人书写的一部部感天动地的奋斗史诗，体味人世间最深层、最持久的爱国情感。

中华优秀传统文化是中华民族的文化根脉。我们深入学习了"习近平论文化自信"专题之21、之22《在纪念孔子诞辰2565周年国际学术研讨会暨国际儒学联合会第五届会员大会开幕会上的讲话》，深刻认识到科学对待优秀文化的重要，要着力加强研究阐发、普及教育、实践养成、保护传承等体系建设，带动优秀传统文化春风化雨、引领风尚。我们还延伸学习了《积极树立亚洲安全观共创安全合作新局面——在亚洲相互协作与信任措施会议第四次峰会上的讲话》文中引用的"山积而高，泽积而长"。结合原典和释义，让我们更加深刻认识到坚持和积累的重要，激励我们做事情要注重点滴的积累，从小做起，积少成多，不管是国与国之间的交往，还是一个地区乃至全球的发展，只要不断努力，积小胜为大胜，积跬步以至千里，就一定能达到既定的目标。

家国情怀浸润字里行间，千载之下，犹见其凛然正气。我们通过第十一期宋词纵横谈《位卑未敢忘忧国，事定犹须待阖棺——宋词中的家国情怀》，共同走进爱国词人的家国大义，浸润史书典籍中的"家国"情结，氤氲诗词歌赋里的"家国"情怀。品殷殷家国情怀的不同表现形式中五位词人的爱国之情，感悟文人志士朱敦儒的儒性爱国，抗战武将李纲的气壮山河，忧国忧民张元幹的报国之情，豪迈雄放陆游的家国之情，雄阔郁勃辛弃疾的热血豪情。赏拳拳赤子之心的独特风貌，词中深厚诚挚忧国之情、与国休戚的使命和责任、报国无门的忧愤、家国多元情怀、恢复河山的战斗精神将宋代爱国词人家国情怀展现得淋漓尽致。议宋代爱国词的文学与社会价值，一起仰望历史的天空，看家国情怀熠熠生辉，一起跨越时间的长河，感受绵绵不断家国情怀。

在这一天的学习过程中，连玉明委员、郭媛媛委员和各位委员徜徉在宋词的海洋里共读共学，感受古人深沉的家国情怀，戚建国、王苏、郭长刚、崔田、王树理、贺丹、于守国等委员先后踊跃发言。其中，戚建国委员持续分享"习近平用典"之236，并结合原典、释义对现实意义作了解读。王苏委员两度引用共读内容中的经典诗词表达自己对共读学习的感悟。在联动湖南政协"潇湘新咏"读书群同步推送本期宋词导读内容后，引发委员们关注、思考与互动，并以"长江""山水"为主题，在诗词中来一场心灵的远游，欣赏语言文字的精妙与美，感受构图均衡色彩优美的山水风景画，探究诗词中所表现的中国文化的心灵境界。

春风作伴不亦"阅"乎，以书相约、倾心悦读，以书为友、与书为伴、以书为鉴，在读书学习中走向未来，让一缕书香伴你我同行。政协书院群贤毕至书香四溢，融会贯通凝聚共识，品味宋词，从纵横谈中感受家国情怀，于当代社会树立理想砥砺前行。委员们翻开书页、身体力行，闻书香、筑同心，围绕不同话题进行读书交流，催生出丰富的智慧结晶，以读书学习提升懂政协的精神境界、增强会协商的过硬本领、培育善议政的文化氛围。

雨霖铃

柳　永

　　寒蝉凄切，对长亭晚，骤雨初歇。都门帐饮无绪，留恋处，兰舟催发。执手相看泪眼，竟无语凝噎。念去去千里烟波，暮霭沉沉楚天阔。

　　多情自古伤离别，更那堪、冷落清秋节！今宵酒醒何处？杨柳岸、晓风残月。此去经年，应是良辰好景虚设。便纵有千种风情，更与何人说？

忠厚传家久

——宋词共学札记之六十二

（2022 年 3 月 22 日）

料得今年花更好，且煮春茶静读书。恰逢春茶飘香季，碧波荡漾，山间隐翠，浸润在宋词的淡淡书香与春茶的阵阵茗动中，我们一起度过了全国政协书院"国学"读书群宋词导读读书计划实施的第六十二天。在习近平总书记论文化自信精神的指引下，重温秦观的《鹊桥仙》、柳永的《八声甘州》，再次品味秦观"两情若是久长时，又岂在朝朝暮暮"这一婉约蕴藉、富于哲理的爱情观，与柳永于潇潇暮雨的江边，登临纵目、望极天涯，体会他思乡怀人的浓浓愁绪。相约于"宋词里的中国"，我们聆听"衣带渐宽终不悔，为伊消得人憔悴"的动人情话，探寻坚贞不渝的绝世爱情；体验两宋文人士大夫们羁旅行役中的百结愁肠，领略宋代以水路为主的交通特色。透过"宋词纵横谈"，聚焦"宋词中的家风传承"，在宋词的海洋里寻觅"家风"踪迹，体悟最美宋词载道化人的智慧与魅力。

中华民族在几千年历史中创造和延续的中华优秀传统文化，是中华民族的根和魂。通过深入学习"习近平论文化自信"专题之23、之24，我们深刻认识到，当代中国是历史中国的延续和发展，当代中国思想文化也是中国传统思想文化的传承和升华，要认识今天的中国、今天的中国人，就要深入了解中国的文化血脉，准确把握滋养中国人的文化土壤。同时，我们还延伸学习了习近平总书记《弘扬和平共处五项原则 建设合作共赢美好世界——在和平共处五项原则发表60周年纪念大会上的讲话》等文中引用的"万物并育而不相害，道并行而不相悖""穷则变，变则通，通则久"，让我们进一步认识到，近代中国由盛到衰的一个重要原因，就是封建统治者夜郎自大、因循守旧，畏惧变革、抱残守缺，跟不上世界发展潮流。改革开放是决定当代中国命运的关键一招，也是实现中华民族伟大复兴的关键一招。

"政术今犹诵，家风久益彰。"家是最小国，国是千万家。家风的"家"，是家庭的"家"，也是国家的"家"。我们于第十二期"宋词纵横谈"《忠厚传家久，诗书继世长——宋词中的家风传承》中，找寻与"诗教"对应的宋人"词教"

传统,从宋词中的"典故载家风""诗书传家风""耕读耀家风"三个层面,在两万余首宋词间上下求索,感受两宋时期上至文人士大夫、下至平民老百姓的谆谆家训、朗朗家风,传承孝亲仁善之训、歌咏教子立志之风、吟唱夫妇和睦之道,追寻流淌在中华民族精神和血液中的历史认同感。宋词是中国文学史上最具独特魅力的文学艺术之一,词人们有意无意地将家风文化和家族精神融入平仄词章,将祖先德行和对子孙的谆谆教诲编织为乐谱,用特有的音律与结构,诉说中华民族的文道与精神,吟唱歌咏、千载传承。延续千年的中华民族家风文化如春风化雨润物无声,引导、影响、塑造着一代又一代的中华儿女。

在这一天的学习过程中,连玉明委员、郭媛媛委员、李学梅委员和各位委员共读宋词,戚建国、叶小文、张嘉极、常信民、马东平、孙寿山、王苏、于守国等委员先后踊跃发言,对共读内容给予高度赞许。戚建国委员分享了习近平总书记《在全国党校工作会议上的讲话》等文中引用的"凡观物有疑,中心不定,则外物不清;吾虑不清,则未可定然否也",让我们深刻认识到,做好党校工作的根本,首先就是要解决信念的问题,高扬党的理想信念旗帜、坚持党校姓党的原则。对共产主义的信仰、对党校姓党的贯彻,并不是空喊口号、高调表态,而应该体现在党校工作的各个方面。叶小文委员分享了蒋定之的《天仙子——春日遣兴》(十则)之三、之四,让我们在诗词中感受春日里惠风和畅、满目青翠的浪漫气息。于守国委员为导读点赞,感慨道:"春风作伴不亦'阅'乎。"在联动湖南政协"潇湘新咏"读书群同步推送本期宋词导读内容后,引起委员们的热烈关注和好评。委员们围绕"革命、战争"的学习主题,分享经典名作,歌咏家国情怀,讴歌报国精神,于言志抒怀的诗词中,领略英雄风姿。

"东篱若许尘踪到,佳品须当尽讨论。"读书群里,彦士鸿集,委员们共读共学情韵兼胜、曲折婉转的宋词,品味宋代神韵,听浅浅吟唱的千年教诲,悟万古流芳的家风家训,分享读书心得,碰撞思想火花,一字一句与缕缕书香相交融,凝结为思想之力、智慧之光,为委员更好地参政议政提供有力支撑。

现将叶小文委员分享的蒋定之的《天仙子——春日遣兴》(十则)之三、之四共享于此,与群友共赏:

《天仙子·春日遣兴之三》

新得宽余联袂行,竹西亭下杜鹃迎。软语唤我一声声,雨已去,晚风晴,春涨江头潮已平。

《天仙子·春日遣兴之四》

料峭春寒烟水横，柳态非是一夜生。经岁方得绿绦成，风乍起，万千情，人过钓塘步亦轻。

江城子·乙卯正月二十日夜记梦

苏 轼

十年生死两茫茫，不思量，自难忘。千里孤坟，无处话凄凉。纵使相逢应不识，尘满面，鬓如霜。

夜来幽梦忽还乡。小轩窗，正梳妆。相顾无言，惟有泪千行。料得年年肠断处，明月夜，短松冈。

西园春色才桃李

——宋词共学札记之六十三

（2022 年 3 月 23 日）

"读书不觉已春深，一寸光阴一寸金。"不知不觉间，已至仲春，料峭的寒意逐渐消散，空气中弥漫着恣意张扬的生命力。在宋词的日夜陪伴中，我们阅尽宋代万千风景，一起度过了全国政协书院"国学"读书群宋词导读读书计划实施的第六十三天。在习近平总书记论文化自信精神的指引下，重温晏殊的《浣溪沙》，于伤春惜时中，聆听词人对宇宙人生的深思，体悟绵柔词句中蕴含的人生哲理。再读李清照的《如梦令》，与词人外出郊游、饮酒赏景，体会千古才女青春时期的野逸之气和生活情趣。遨游于"宋词里的中国"，细品宋代文人墨客化用唐诗之妙，感知从唐诗到宋词的演变。循着词人对儿童生活的描绘、儿童形象的塑造、儿童情趣的表现，在童年童趣中探寻哲理与慰藉。我们透过"宋词纵横谈"，将目光转向"宋词中的雅聚乐集"，与宋代文人雅士共赴盛会、把酒言欢、谈文论画，感受宋人闲适的文化生活风尚。

中华优秀传统文化是中华民族的突出优势，是我们在世界文化激荡中站稳脚跟的根基。通过深入学习"习近平论文化自信"专题之25、之26，我们深刻认识到，我国传统思想文化根源在社会生活本身，是人们思想观念、风俗习惯、生活方式、情感样式的集中表达。古代思想文化对今人仍然具有很深刻的影响。我们要对传统文化进行科学分析，对有益的东西、好的东西予以继承和发扬，对负面的、不好的东西加以抵御和克服，取其精华、去其糟粕，而不能采取全盘接受或者全盘抛弃的绝对主义态度。同时，我们还延伸学习了习近平总书记《在十八届中共中央政治局第十八次集体学习时的讲话》等文中引用的"物之不齐，物之情也""国将兴，必贵师而重傅；贵师而重傅，则法度存"，让我们进一步认识到，各国国情不同，每个国家的政治制度都是独特的，都是由这个国家的人民决定的，都是在这个国家历史传承、文化传统、经济社会发展的基础上长期发展、渐进改进、内生性演化的结果。

"呦呦鹿鸣，食野之苹。我有嘉宾，鼓瑟吹笙。"奏瑟吹笙、霓裳歌舞、焚香品茗、赏玩古董等雅事历来就是古代文人往来的聚会活动。我们于第十三期"宋词纵横谈"《西园春色才桃李，蜂已成围蝶作团——宋词中的雅聚乐集》中，看宋代文人以日常交游为基础，以诗词唱酬为纽带，悠游园林、游玩赏花，随物感兴、切磋音律，研究诗赋、啸咏吟唱，感受宋人精致化、诗意化、个性化的文人理想和平淡、尚韵、超逸的文人趣味。在我国文学的发展中，"君子以文会友"、文人同声相求、同类相聚的活动源远流长，文人雅集作为尚雅之人以雅情行雅事的聚会，在北宋蓬勃发展的文化氛围下发生频繁，到达理想的极致。这是宋人崇尚的雅化生活范式，也是一种诗意生存的精神传统和崇雅避俗的人生观与艺术观，其中蕴藏着高雅脱俗的审美态度，久经历史积淀和人文阐释，成为中华民族宝贵的文化遗产。

我们还按照第八期委员读书活动"国学"读书群读书计划，开展了第八期"精学"栏目，邀请中南民族大学文学与新闻传播学院教授、数字人文资源研究中心主任，四川大学文科讲席教授，中国词学研究会会长、中国李清照辛弃疾学会会长、中国韵文学会副会长、中国宋代文学学会常务副会长王兆鹏教授，作"宋词的韵律美和画面感"专题讲座。我们了解了"一句之内平仄相间，一联之间平仄相对，二联之间平仄相粘"的律诗平仄规则和"韵字须平声、韵位在偶句、韵部不能变"的押韵规则，规则之间相互关联、彼此照应，形成律诗和谐而有参差变化的韵律美，契合中国文化"和而不同"的精神。与律诗有所不同，词的平仄具有差异化、个性化，节奏更鲜明，变化更多样。讲座中，王兆鹏教授还运用镜头还原法，带领我们一起欣赏了欧阳修的《南乡子》、周邦彦的《少年游》,观看了宋代词人笔下的"微电影"和"独幕剧",感受了"一句一镜头，一词一电影"的宋词画面之美。

"精学"专题讲座中，委员们沉醉于宋词的音律节奏和镜头美感，走进诗词的艺术世界，共话诗词之韵、宋词之美。听过王兆鹏教授用湖北的楚调吟唱苏轼的《江城子》和《定风波》后，张连起委员不禁感叹："别开生面，风调悠扬，直击心扉。"谈及周邦彦的《少年游》时，张首映委员称赞道："讲得有根有据，入情入理，行家高手，境界全出。"龙墨委员有感于精彩讲座，不吝赞美之词，发出"讲座很精彩，声情并茂，镜头感画面感极强"的感慨。受讲座内容的启发,张连起委员还分享了"格式＋声调＋韵＝宋词的音韵美，这三者的有机结合谱写出了富有韵律和画面感的伟大作品"的观点。此外，委员们还就"词的节奏美的形成""律诗的判断标准"进行了讨论，一问一答间，思想力量在群里汇聚，文化厚度得以彰显。

在这一天的学习过程中，连玉明委员、郭媛媛委员、马东平委员和各位委员共读宋词，戚建国、叶小文、阿拉坦仓、张嘉极、张萍、贺丹、龙墨、张连起、张首映、陈霞、赵梅、王苏、骆芃芃、于守国、祁志峰等委员先后踊跃发言，为导读点赞，分享思辨之乐，感受传统文化中的文化自觉与文脉传承。戚建国委员分享了习近平总书记《在第十八届中央纪律检查委员会第六次全体会议上的讲话》等文中引用的"反听之谓聪，内视之谓明，自胜之谓强"，让我们深刻地认识到，批评和自我批评是我们党政治生活的一个重要法宝。对于克服政治生活庸俗化、随意化、平淡化现象，这也是一个必胜的武器。阿拉坦仓委员学习"习近平论文化自信"专题后，感叹道："发扬传统文化，从而更好地促进文化认同！"叶小文委员分享了蒋定之的《天仙子——春日遣兴》（十则）之五、之六，感怀新冠疫情，歌咏春日景致。

在联动湖南政协"潇湘新咏"读书群同步推送本期宋词导读内容后，引发一阵讨论热潮。委员们围绕"春"的学习主题，沐浴在寓情于景、情景交融的诗词佳句中，纵情山水，陶冶情操、提升品位，享受春日好时光，目光所及皆为"满园深浅色，照在绿波中"的盎然春色和"惟有青青草色齐"的生机勃勃。

"独学而无友，则孤陋而寡闻。"最幸福的事莫过于有志同道合的朋友一起读书论道，相互切磋砥砺。读书群里，群英荟萃，委员们品诗赏词、热烈交流，翰墨书香、满园流芳，赞宋词之美，集古人之智，畅谈对文化、美学、艺术的理解，传承中华优秀传统文脉，以文化自信激发奋进力量。

现将叶小文委员分享蒋定之的《天仙子——春日遣兴》（十则）之五、之六共享于此，与群友共赏：

《天仙子·春日遣兴之五》

本是月中北国行，无奈新冠不消停。且喜绿码尚分明，疫未绝，待清零，内外兼修国自宁。

《天仙子·春日遣兴之六》

古巷新亭坐水滨，近人春色已十分。笑语隔岸不时闻，带雨过，一番新，杨柳含烟到柴门。

临江仙·夜登小阁忆洛中旧游

陈与义

忆昔午桥桥上饮，坐中多是豪英。长沟流月去无声。杏花疏影里，吹笛到天明。

二十馀年如一梦，此身虽在堪惊。闲登小阁看新晴。古今多少事，渔唱起三更。

玉粉轻黄千岁药

——宋词共学札记之六十四

（2022 年 3 月 24 日）

"杏花寒食佳期近。一帘烟雨琴书润。"杏花盛开，寒食节近，帘外烟雨朦胧、春山如黛，读书群内琴音袅袅、书香阵阵，我们奔赴一场春意盎然的诗词雅集，一起度过了全国政协书院"国学"读书群宋词导读读书计划实施的第六十四天。在习近平总书记论文化自信精神的指引下，重温周邦彦的《琐窗寒》与吴文英的《风入松》，一同感受周邦彦"桐花半亩，静锁一庭愁雨"背后对年华暗逝的无限感叹，对家人、故友的无尽思念，品味梦窗（吴文英号）"听风听雨过清明"意境下的伤春愁绪与思念之情。相约于"宋词里的中国"，倚门看少女"含羞整翠鬟，得意频相顾"的纯情之态，倾倒在"秀靥"艳比花娇、"丹脸匀红香在臂"的女性美之中；

探寻"一"字的演变、妙用及其美感，感受"一"字背后所体现的文化内涵。透过"宋词纵横谈"，聚焦"宋词里的药趣影踪"，跟随宋代文人士大夫的足迹，捕捉医药词作背后的趣闻事迹，品读蕴藏在词作中的人生智慧和理想抱负。

文化是民族的精神命脉，文艺是时代的号角。通过深入学习"习近平论文化自信"专题之 27、之 28，我们深刻认识到，中华优秀传统文化是中华民族的精神命脉，是涵养社会主义核心价值观的重要源泉，也是我们在世界文化激荡中站稳脚跟的坚实根基。增强文化自觉和文化自信，是坚定道路自信、理论自信、制度自信的题中应有之义。同时，我们还延伸学习了习近平总书记《在庆祝中国人民政治协商会议成立 65 周年大会上的讲话》等文中引用的"为者常成，行者常至""独学而无友，则孤陋而寡闻"，让我们进一步认识到，对人类社会创造的各种文明，无论是古代的中华文明、希腊文明、罗马文明、埃及文明、两河文明、印度文明等，还是现在的亚洲文明、非洲文明、欧洲文明、美洲文明、大洋洲文明等，我们都应该采取学习借鉴的态度，都应该积极吸纳其中的有益成分，使人类创造的一切文明中的优秀文化基因与当代文化相适应、与现代社会相协调，把跨越时空、超越国度、富有永恒魅力、具有当代价值的优秀文化精神弘扬起来。

"莫负花溪纵赏，何妨药市微行。"花溪好风景，西蜀好时节。在第十四期"宋词纵横谈"《玉粉轻黄千岁药，雪花浮动万家春——宋词里的药趣影踪》中，我们品读词人寄情百药、造境抒怀的一首首词作，通过药闻纪事、药味百态、药话人生三个方面，与仲殊在人声鼎沸的闹市中感受成都药市中心的繁华；与苏轼以草铺地而坐，喝松黄汤，饮万家春酒，诗词相酬答，忘情山水；与陈亚在形象生动的中药意蕴中，品味妙趣横生的抒情药名词作，感受宋代文人的款款深情……宋词与中药都是中国历史上光辉夺目的明珠，当二者产生化学反应，在词人巧夺天工的妙手下，中医文化与传统诗词完美嫁接，词情雅韵与医药常识相互交融，时而轻柔，时而激昂，读起来别有一番情趣。

在这一天的学习过程中，连玉明委员、郭媛媛委员、王苏委员和各位委员共读宋词，戚建国、叶小文、骆芃芃、金李、常信民、张嘉极、祁志峰、于守国等委员踊跃发言，对共读内容给予高度赞许。戚建国委员分享了习近平总书记《在网络安全和信息化工作座谈会上的讲话》等文中引用的"行生于己，名生于人"，让我们深刻地认识到，人过留名，雁过留声。获得社会认可，争取个人荣誉，是人之常情。好名声取决于他人评价，但归根结底是先从修身养德做起。叶小文委员分享了蒋定之的《天仙子——春日遣兴》（十则）之七、之八，作者以词记录北京春雪之事，抒发愁绪盈胸无法排遣的孤寂之感，让我们再次领略词作抒情之妙。于守国委员为导读工作点赞，并发出"读书不觉已春深"的感叹。

在联动湖南政协"潇湘新咏"读书群同步推送本期宋词导读内容后，委员们纷纷点赞，热烈讨论。借由"莲"和"花"这两个古诗词中颇受欢迎的意象，各位委员置身姹紫嫣红的芬芳世界，欣赏"接天莲叶无穷碧，映日荷花别样红"的美丽景色，在陆游的《卜算子·咏梅》中，赞扬梅花傲然不屈的品质，感受陆游孤傲高洁的人格，看百花齐放，品诗词美韵。

晨起书声琅琅，暮落收获累累。读书群里，委员们突破时空的限制，如身临宋代的繁华药市，与苏轼、仲殊、陈亚等词人对话交流，品读他们的千古名作，洞察世间万物，品味人生百态；从色彩斑斓的美学之作中汲取民族精神的源头活水，提高文学修养；从浓郁的笔墨芬芳中萃取真知灼见，更好地履职尽责。

现将叶小文委员分享蒋定之的《天仙子——春日遣兴》（十则）之七、之八共享于此，与群友共赏：

《天仙子·春日遣兴之七》

（晚间，友人微信相告北京大雪。余闻之即自语自书，小记此事以备考。承前首依韵写之。）

暮雪纷飞无意闻，料峭春寒酌一樽。节物移时与谁论。灯火夜，到清晨，银界回天日又新。

《天仙子·春日遣兴之八》

雨后云霞色最深，春寒虽浅亦困人。风势渐小暖家门。兰玉在，暗香闻，向晚南望恰似君。

贺新郎·别茂嘉十二弟

辛弃疾

绿树听鹈鴂，更那堪、鹧鸪声住，杜鹃声切。啼到春归无寻处，苦恨芳菲都歇。算未抵、人间离别。马上琵琶关塞黑，更长门、翠辇辞金阙。看燕燕，送归妾。

将军百战身名裂，向河梁、回头万里，故人长绝。易水萧萧西风冷，满座衣冠似雪，正壮士、悲歌未彻。啼鸟还知如许恨，料不啼清泪长啼血。谁共我，醉明月？

为有源头活水来

——宋词共学札记之六十五

（2022 年 3 月 25 日）

"诗家清景在新春，绿柳才黄半未匀。"偶见的湿润嫩绿，初露容颜的鹅黄，是古代文人雅士创作灵感的来源。倾心于莺飞草长的春日，宋代词人以饱蕴深情的语言、细腻的笔触描绘了一幅幅春天的画卷，我们沉醉其中，度过了全国政协书院"国学"读书群宋词导读读书计划实施的第六十五天。在习近平总书记论文化自信精神的指引下，我们畅游在宋词的殿堂，再次品读了陈亮的《水调歌头·送章德茂大卿使虏》和辛弃疾的《鹧鸪天·鹅湖归病起作》，在言辞慷慨、充满激情的词作中，感受词人不甘屈辱的正气与誓雪国耻的豪情。陪同辛弃疾病后登楼观景，体会他"烈士暮年，壮心不已"的怨愤和沉郁。徜徉于"宋词里的中国"，深挖宋词中的情感价值和思想意蕴，了解宋人积极的人生观，感受他们身处逆境而不惊、不乱、不绝望的哲人风度；走进宋代的家具世界，寻觅宋人独一无二的文学气质和文化底蕴，体悟文人墨客隐含在家具用品中的隐逸之心。通过"宋词纵横谈"，聚焦"宋词中的理学和理趣"，我们从全新的角度认识和欣赏宋词，感受宋词中所蕴含的多元审美。

在历史长河中，中华民族形成了伟大民族精神和优秀传统文化，这是中华民族生生不息、长盛不衰的文化基因。通过学习"习近平论文化自信"专题之 29、之 30，我们深刻认识到，中华优秀传统文化是中华民族的精神命脉。要努力从中华民族世世代代形成和积累的优秀传统文化中汲取营养和智慧，延续文化基因，萃取思想精华，展现精神魅力。同时我们还延伸学习了习近平总书记《在庆祝中华人民共和国成立 65 周年招待会上的讲话》等文中引用的"浩渺行无极，扬帆但信风""文章合为时而著，歌诗合为事而作"，结合原典和释义，让我们进一步认识到，衡量一个时代的文艺成就最终要看作品。推动文艺繁荣发展，最根本的是要创作生产出无愧于我们这个伟大民族、伟大时代的优秀作品。

"出新意于法度之中，寄妙理于豪放之外。"在程朱理学的影响下，宋词跳出了"花间"套路，脱去了"艳科"外衣，错落有致的长短句尽显高雅的审美趣味。我们在第十五期"宋词纵横谈"，通过《问渠那得清如许，为有源头活水来——宋词中的理学和理趣》，一起感受理学和宋词情理交融的多元审美，探究理学如何影响宋词、解读理学元素与宋词、品味理学滋润下的宋词。北宋初的词承袭花间、南唐遗风，词风尚媚，仍未脱离"艳科"的范畴。从北宋中期至南宋，在理学的浸润下，宋词迎来了脱胎换骨，成了文人之词、骚雅之词、诗家之词和理学之词。雅化后的宋词，有着坚守本心的超然物外，有着包罗万象的浩然之气，有着哲人探索世界的格物致知……最终演化为"清空高雅""中有意趣"的诗化之词，也完成了向传统诗教的回归。

在这一天的学习过程中，连玉明委员、郭媛媛委员、王苏委员和各位委员共读宋词，张嘉极、叶小文、戚建国、赵梅、郑福田、于守国等委员先后踊跃发言，对共读内容给予高度赞许。戚建国委员分享了习近平总书记《在全国党校工作会议上的讲话》等文中引用的"才者，德之资也；德者，才之帅也"，让我们深刻地认识到，领导干部的德与才，是辩证统一的两个方面，二者缺一不可。品德好了，才有忠于事业、为民服务的恒久动力；能力强了，才有胜任本职工作的专业技能。叶小文委员分享了蒋定之的《天仙子——春日遣兴》（十则）之九、之十，作者途经苏北，有感于今日胜往昔之变，兴奋之情溢于言表，落笔以记之，让我们感受到祖国的蓬勃发展。张嘉极委员分享了林雄《摄红叶春花》及图片，呈现了一幅柳绿花红、欣欣向荣的迷人画卷。

在联动湖南政协"潇湘新咏"读书群同步推送本期宋词导读内容后，委员们纷纷点赞，并开展了热烈讨论。围绕"爱国""忧民"的学习主题，各位委员在共学共读中，抒发"位卑未敢忘忧国""生平未报国，留作忠魂补"的爱国情怀，歌颂"人生自古谁无死，留取丹心照汗青"的赤胆忠心，叹咏"粉骨碎身浑不怕，要留清白在人间"的高洁品格。

"高斋晓开卷，独共圣人语。"委员们在氛围浓厚的线上书斋缓缓打开书卷，徜徉宋词，与古圣贤来了一场心灵对话，广泛研讨交流，进行思想碰撞，分享学习收获，展现了良好的文化涵养和学识，拓宽视野，凝聚共识，形成了良好的学习风气。"不积跬步，无以至千里；不积小流，无以成江海"，通过持续的学习，各位委员不断地从中华优秀传统文化中汲取营养，把读书与实际相结合，聚焦履职能力的提升，做"书香政协""书香社会"建设的有力推动者。

现将叶小文委员分享蒋定之的《天仙子——春日遣兴》（十则）之九、之十与张嘉极委员分享的林雄《摄红叶春花》共享于此，与群友共赏：

蒋定之：

《天仙子·春日遣兴之九》
过宿迁黄泛区漫赋

春入长淮柳色新，西堤风暖水连云。如今沙去了无痕，黄泛区，亦翻身，垄上耕勤家不贫。

《天仙子·春日遣兴之十》
为叶嘉莹先生题咏

笔势清奇九十春，诗界昆仑第一人。国粹亲授话乾坤。持典雅，乐耕耘，三尺讲台笑语真。

万里转蓬天下闻，情系华夏一寸根。梅影鹤韵国风存。掬岁月，在津门，圣哲为心百岁身。

林雄：

《摄红叶春花》
一花开五色
艳丽美四射
周日侵晨时
窗外鸟叫瑟
此值惊蛰后
春光初乍泄

303

汉宫春·梅

晁冲之

潇洒江梅，向竹梢稀处，横两三枝。东君也不爱惜，雪压霜欺。无情燕子，怕春寒、轻失花期。惟是有、南来归雁，年年长见开时。

清浅小溪如练，问玉堂何似，茅舍疏篱。伤心故人去后，冷落新诗。微云淡月，对孤芳、分付他谁。空自倚、清香未减，风流不在人知。

熟读深思子自知

——宋词共学札记之六十六

（2022 年 3 月 26 日）

"时在中春，阳和方起。"草木蔓发，春山可望，处处充斥着生的豪情与不屈不挠的生长，在这充满生机的春日里，我们继续品读宋韵文化，共同度过了全国政协书院"国学"读书群宋词导读读书计划实施的第六十六天。在习近平总书记论文化自信精神的指引下，我们重温了李清照的《一剪梅》和姜夔的《齐天乐》，浸润于词中的沉挚情感与悲鸣幽恨，再次追随古代文人的万千思绪，感受古人泛舟中的悲喜哀乐，探寻流传千年的蟋蟀文化。我们还透过"宋词纵横谈"，走进宋朝文人志士的精神世界，在悠悠历史长河及时代更迭中，了解宋词所蕴含的教育观念及其所带来的社会价值。

文化是凝聚民族精神的纽带，深深熔铸在民族血脉之中，始终是国家发展和民族振兴取之不尽、用之不竭的力量源泉。通过深入学习"习近平论文化自信"专题之31、之32《在哲学社会科学工作座谈会上的讲话》《在文艺工作座谈会上的讲话》等文中引用的"龙文百斛鼎，笔力可独扛""世事洞明皆学问，人情练达即文章"，并结合原典和释义，让我们更加深刻认识到，文艺事业是党和人民的重要事业，源于人民、为了人民、属于人民，是社会主义文艺的根本立场，也是社会主义文艺繁荣发展的动力所在。文艺创作要把握传承和创新的关系，学古不泥古、破法不悖法，让中华优秀传统文化成为文艺创新的重要源泉，把文艺创造写到民族复兴的历史上、写在人民奋斗的征程中，描摹出波澜壮阔的壮美画卷。

男儿欲遂平生志，六经勤向窗前读。我们在第十六期"宋词纵横谈"《旧书不厌百回读，熟读深思子自知——从宋词看宋代的教育理念》中，共同走进了书香墨韵及百花齐放的宋世，领略宋人寓于兼具宏阔与杳渺词作中的教育理念。宋代"文教兴国"的策略与"取士不问家世"的科举选拔制度，鼓励人们读书应举，广泛吸收读书人参与宋朝政治，从而激发了宋人读书求学的热情，推动了宋代社会的教育发展。这一态势催发了书生士子的攻读、劝学、游学等习尚，文人以己之心将此记录下来，形成词苑中浩浩汤汤举业之风景。通过对宋词梳理，对宋人的学习、教育方法进行分析，感悟到了宋人勤学苦读、劝勉读书、珍惜时间、游学风尚、读书自洽五个方面的教育理念。这些理念为净化社会风气和完善读书人的自身修养提供了许多有益的启示，其影响历久弥新并延续至今。

我们还按照第八期委员读书活动"国学"读书群读书计划，开展了第八期"深研"栏目，邀请中国文艺评论家协会副主席、哈尔滨师范大学教授、首都师范大学特聘教授、博士生导师傅道彬委员，作题为"半是风云，半是风月——宋词与宋代文人的情感世界"的专题讲座。傅道彬委员从政治上的"风云"豪气以及生活中的"风月"情话两个方面来感触宋代文人异常丰富的情感世界。范仲淹、苏轼、辛弃疾等词人忧念苍生、系怀民众挥洒豪情放歌，发出国破家亡的悲愤之音，抒发着慷慨悲壮之情；细腻柔肠的柳永、李清照、陆游等人表露真挚执着的深情，刻画出一幅幅离愁别恨苦相思的画面。我们感受到的不仅有宋代文人心系国家命运、黎民生计的大爱情怀，还有他们对于个人情感和小家的吟唱。我们借由品读宋词，感受宋代文人那半是"风云"、半是"风月"的心灵律动，与古人的感情产生微妙共鸣，体会到蕴含其中的丰富、深厚而又能沟通古今的人生意蕴，以获得感发人心的力量。

在这一期"深研"专题讲座中，委员们浸润于宋词的艺术美感与乐音旋律，感叹于宋代文人的细腻心思与真挚情深。王苏委员受感于诗词中生命深处的自然流淌，不禁频频感叹道："好美！寻找文化自信从学'宋词'开始。"随后，郭媛媛委员也感慨道："'田园将芜胡不归'？而学习国学、宋词，就是为这样一个能寄放心神的精神家园吧：归去来兮！因有、为在，我们随时可以放达！"高洁委员学习后在表示感谢的同时，也结合当下对珍惜遇见、珍爱生命提出了自己的思考与感悟。杨小波委员在学习讲座内容后，分享了自己的辅导笔记，让大家对本次讲座有了更为深刻的认识与体会。

在这一天的学习过程中，连玉明委员、郭媛媛委员和各位委员共读共学宋词，戚建国、叶小文、刘晓冰、张连起、怀利敏等委员踊跃发言，对共读内容给予高度赞许。其中，戚建国委员分享了《习近平用典》之241《在党的新闻舆论工作座谈会上的讲话》引用的"忠信谨慎，此德义之基也；虚无谲诡，此乱道之根也。"从解读、原典、释义等角度，让我们深刻了解到新闻保持真实性的重大意义。叶小文委员与我们分享了"蒋定之诗词政协篇"的第一则，展现政协委员与词为友，通过写词抒发自己工作的体会与感悟。张连起委员与我们分享"春风如贵客，一到便繁华"，让我们在出自不同朝代的六首诗词中感受春风、追逐春意。在联动湖南政协"潇湘新咏"读书群同步推送本期宋词导读内容后，委员们积极关注、纷纷加入讨论，聚焦"习近平总书记诗作及引用诗词汇总"主题，在吟咏佳作的同时，感悟用典之精妙广博、意境深远，感叹诗词这一深厚文化家底的魅力，感受文化自信厚积薄发的力量。

"细嗅书香，风雅自来。"沉浸于宋之文苑，使胸中脱去尘浊，灵动多变的长短句道尽淡泊心境与崇尚博学的文化心理。全国政协书院"国学"读书群宋词导读读书计划开展以来，委员们有感于群里氛围之浓厚以及宋词韵律之美妙，通过文字碰撞思想火花，把读书与履职结合、资政与共识并重，坚持"为资政建言读书、在资政建言中读书"，切实提升履职尽责水平。

再次将杨小波委员分享的读傅道彬委员《半是风云，半是风月——宋词与宋代文人的情感世界》专题辅导笔记之一共享在此，与群友共赏：

合乐诗体，灵活多变。
长短句式，词为体裁。

思想情感，曲折复杂。
内心世界，幽约表白。

起于隋唐，历经五代。
至宋全盛，大放异彩。

名家辈出，名篇无数。
多种风格，多个流派。

抒情功能，淋漓尽现。
心灵天地，彻底打开。

宋人情感，大千世界。
宋词艺术，绝美精彩。

思恋情人，辗转反侧。
忧念苍生，挥洒情怀。

政治豪气，怒发冲天。
风月情话，流淌徘徊。

一半"风云"，一半"风月"。
词人一身，兼集不排。

大江东去，淘尽风流。
小窗梳妆，相顾感慨。

风鹏正举，豪健气魄。
帘卷西风，寄怨语哀。

造物心肠，英雄等闲。
锦书难托，山盟虽在。

死心如铁，手补天裂。
众里寻他，那人却在。

国家命运，小家生计。
儿女情长，英雄气概。

人心之动，物使之然。
感物而动，形于声来。

诗词歌赋，自然流淌。
沉沉声韵，悠悠天籁。

蝶恋花·早行

周邦彦

月皎惊乌栖不定，更漏将阑，辘轳牵金井。唤起两眸清炯炯，泪花落枕红绵冷。

执手霜风吹鬓影，去意徊徨，别语愁难听。楼上阑干横斗柄，露寒人远鸡相应。

举目则秋千巧笑

——宋词共学札记之六十七

（2022 年 3 月 27 日）

在古人眼中，春天是踏青、荡秋千的季节，常有"蹴鞠屡过飞鸟上，秋千竞出垂杨里"等佳句频出，在三月秋千节中，我们一起见证宋词的"绵绵情长"，不经意间已进入了全国政协书院"国学"读书群宋词导读读书计划实施的第六十七天。我们在习近平总书记论文化自信精神的指引下，继续沉浸于书海，品宋词之韵，重温了李清照的《念奴娇》与张孝祥的《念奴娇·过洞庭》，共同感受李清照断肠心事难以寄，满怀思念著此词；又与张孝祥一道，将自身化为那月光、湖水，一起飞向理想的澄澈之境，并走进宋人的寒食节和人文荟萃的洞庭湖，一同感受传承千载的中华传统文化，领略自然馈赠的洞庭风光。我们还透过"宋词纵横谈"，一同回顾了宋词语境下的体育变革，与古代文人先贤一道，感受跨越千年的体育之美，透过体育文化，感受宋代繁荣的文明发展。

文化自信是一个国家、一个民族发展中最基本、最深沉、最持久的力量，通过深入学习"习近平论文化自信"专题之33、之34，我们认识到，中华优秀传统文化是我们发展中国特色哲学社会科学的重要宝藏，是我们对于自己文化深沉持久自信心的来源。另外，我们还延伸学习了《在文艺工作座谈会上的讲话》中引用的"闭门觅句非诗法，只是征行自有诗""求木之长者，必固其根本；欲流之远者，必浚其泉源"，并结合原典和释义，让我们更为深刻地认识到，追本溯源来看，博大精深的中华优秀传统文化就是我们最深厚的软实力，更是我们文化自信的坚实根基和突出优势。中华优秀传统文化作为民族之根、民族之魂，是我们必须继承、守护和光大的瑰宝，让后代子孙能够亲眼看到、触摸到、感受到中华民族在漫长岁月中沉淀的文化底蕴和经久不衰的传统文化，意义重大、责任重大。

"流水不腐，户枢不蠹，动也。"我们在第十七期"宋词纵横谈"《举目则秋千巧笑，触处则蹴鞠疏狂——宋词语境下的体育变革》中，看到了宋代体育运动的百花齐放、看到了借运动以抒怀的百家争鸣、看到了从宫廷到市井的雅俗共赏、看到了从马球到秋千的刚柔并济、看到了围栏蹴鞠的意气风发、看到了龙舟争渡的热闹非凡。"穿杨电激,飞球戏马,策垂星流。"生动地再现了击球者高超的骑术和打球技艺;"泪眼问花花不语,乱红飞过秋千去",借秋千表达了无可奈何的感伤;也有"欢声震地,惊退万人争战气。金碧楼西,衔得锦标第一归。"仿佛亲临龙舟比赛现场,喧闹非凡,更是一场文化自信的呈现与传承。通过学习宋词,既感受到了宋代体育活动的空前繁荣,也领悟到了宋词与体育活动的勾连,由衷感受到古代先贤对生活的敏锐感知和贴切感怀,以情入景,触景生情。

在这一天的学习过程中,连玉明委员、郭媛媛委员和各位委员共读宋词,杨小波、戚建国、于守国、叶小文、王苏、张嘉极、祁志峰等委员先后踊跃发言,对共读内容给予高度赞许的同时,各位委员还在品读经典宋词中,谈感悟、讲收获、延展学。其中,杨小波委员受感于宋词的学习,与我们分享了专题辅导笔记之二、之三、之四、之五,并表示:"跟读跟读。傅教授一讲,相当一个宋词概论,精华多多,生吞活剥,无知无畏。"让我们对前一天的宋词学习有了更为深刻的回味与领悟,委员们纷纷为其点赞。其中,郭媛媛委员有感而发:"叹服!小波主任这融宋词之史与诗、人与文、情与志、韵与律、感与思等聚于一体的诗句,是功底、熟谙、才华,也是独到体悟、见解、认识的杰出篇章!宋词解读,当有人作为文之主体的鲜活和丰富，当有人生体验与诗词的互动融入，当有不同背景的一再读出，此则，系列四句见也！感谢！"戚建国委员持续分享《习近平用典》之242，并结合原典、释义对现实意义作了解读。于守国委员点赞宋词导读活动并感叹"不积跬步，无以至千里""文化自信是更基本、更深沉、更持久的力量"。叶小文委员与大家分享了"蒋定之诗词政协篇"的第二则以及《望海楼札记》。祁志峰委员共读学习后表示："谢谢精彩分享'宋词纵横谈'，期待明天继续分享。"通过委员们的互动与分享，让我们看到了大家乐于以经典作伴、以圣贤为友，勤于学习经典、分享思辨。

在联动湖南政协"潇湘新咏"读书群同步推送本期宋词导读内容后，委员们频频点赞，并以读词引共鸣、以交流促进步、以讨论聚共识。其中，李微微委员在感谢分享精彩导读宋词的同时，与委员们分享了学史、学诗、学伦理的感悟，并表示："读书群里学习委员们的导读、交流，不断有新收获、新感悟、新动力，体会到在学史、读诗、阅伦理中悟生活真谛，长新的本领、增使命担当的重要，帮助遵循总书记要求的'一定要善于学习，善于重新学习'。"金鑫委员在表达对导读学习感谢的同时，还与我们分享了共读感悟。他表示："感谢带我们共读《念奴娇·过洞庭》，张孝祥是南宋前期词坛的一颗璀璨明星，继承苏东坡的旷达豪放，后又影响辛弃疾的创作。史册载他为人直率坦荡，气魄豪迈，作词时笔酣兴建，顷刻即成，这文人，是最善于表达情绪的一类，所思所写，都透露出远大的抱负与崇高的理想。尽管都被生活——锉钝锋利的棱角，却也抵挡不了矢志不渝的琢磨与追求。就像这夜洞庭之景，天光与水色，物境与心境，昨日与今夕，都在美好的理想中交融，在生命前路仿佛黯淡无光时，生生辟开那光明澄澈的障外一角。于是冰清与豪迈倾泻而下，指引前行的路。"姚如男委员不禁感叹道："感谢分享，随着您的导读，为我们打开了宋词这张最美的画卷，让我们触摸到宋人的生活、情怀、志向，仿佛清明上河图一般。"委员们跟随学习宋词的步伐，感受浓厚而直抵人心的传统文化魅力，实现在学中思、在思中悟、在悟中行。

善读者，言之有文，行之甚远。宋词之美，犹如一盏千年的美酒，愈久弥香，中华文化同样在传承千载后，历久弥新。随着宋词导读读书计划的不断推进，委员们热情不减、交流不断，在读书中，不断感受着文明的力量，为建言献策提供文化支撑和智慧源泉。

望海潮

秦 观

　　梅英疏淡，冰澌溶泄，东风暗换年华。金谷俊游，铜驼巷陌，新晴细履平沙。长记误随车。正絮翻蝶舞，芳思交加。柳下桃蹊，乱分春色到人家。

　　西园夜饮鸣笳。有华灯碍月，飞盖妨花。兰苑未空，行人渐老，重来是事堪嗟。烟暝酒旗斜，但倚楼极目，时见栖鸦。无奈归心，暗随流水到天涯。

车中幸有司南柄

——宋词共学札记之六十八

（2022 年 3 月 28 日）

三月花香扑面来，融融春日好读书。昨日我们陶醉于字字珠玉的宋词之中，度过了在全国政协书院"国学"读书群共同学习的第六十八天。在习近平总书记论文化自信精神的指引下，我们重温了晏几道的《鹧鸪天》和《临江仙》，感受宋代"夜宴"文化中文人们把酒言欢、吟诗作赋的风雅，体会古人的席间礼制，品味雍容华贵的古代女性衣着，从词句之中一窥传承千年光彩照人的古代服饰之美。我们还透过"宋词纵横谈"，于宋词的字字珠玑之中，寻找宋代科学技术发展的"蛛丝马迹"，于细微之处见知著，探寻宋代辉煌的科学技术成就以及对于当代科学技术发展的启迪。

文化兴则国运兴，文化强则民族强，通过深入学习"习近平论文化自信"专题之35、之36，我们深刻认识到强调文化自信，首先要认识到优秀传统文化的风骨神韵、革命文化的刚健激越、先进文化的繁荣兴盛，它们共同铸就了我们坚定文化自信的强大底气。这种自信，是我们民族披荆斩棘、生生不息、意气风发、高歌猛进的强大精神支撑。同时，我们还延伸学习了《在文艺工作座谈会上的讲话》等文中引用的"以古人之规矩，开自己之生面""昨夜西风凋碧树。独上高楼，望尽天涯路""衣带渐宽终不悔，为伊消得人憔悴""众里寻他千百度，蓦然回首，那人却在，灯火阑珊处"，并结合原典和释义，让我们更加深刻地认识到，传承发展中华优秀传统文化，绝不是照单全收、简单复古，而应采取马克思主义的态度与方法，取其精华，去其糟粕，有鉴别地加以对待，有扬弃地予以继承。

欲为生民销战伐，首凭科技占优先。我们通过第十八期宋词纵横谈《车中幸有司南柄，试与迷途指大方——从宋词看宋代的科技发展》，在宋词丰满的感情浸润之中，我们透过字里行间，感受宋代辉煌的科技历史。从老农骑坐的田间秧马，新年孩童手中的烟火爆竹，到士子案头的累累纸张，我们深深感受到宋代科技进步对古代人民的意义所在。有人曾经说过："科学事物，必须不断研究，认真实验，得寸进尺地深入、扩展，通过韧性的战斗，才可能获取光辉的成就。"

宋代科技的进步，正是在古代先民一步一个脚印，脚踏实地、日积月累的探寻之中，才达到了当时世界的顶尖水平。

所谓"书卷常开，灯火不熄"。在这一天的学习过程中，连玉明委员、郭媛媛委员和各位委员共读宋词，委员们学以致用、以用促读，学习热潮一浪高过一浪，戚建国、叶小文、赵梅、常信民、王林旭、张嘉极、王苏、赵雨森等委员先后踊跃发言，其中，戚建国委员继续同大家分享《习近平用典》之243，并结合原典、释义对现实意义作了解读。叶小文委员继续与大家分享"蒋定之诗词政协篇"的第三则与《转吴为山诗》，让我们从诗词中既了解到委员履职的过程与感受，又领略了诗词中的多种感情色彩。赵雨森委员在学习本期内容并领略宋代科技魅力后感慨道："精彩，受益匪浅！"

在联动湖南政协"潇湘新咏"读书群同步推送本期宋词导读内容后，委员们纷纷发表学习体会、热情交流。同时，委员们以"爱国主义"为主题，寻觅古诗词中的爱国主义元素，感受字里行间的浩然正气，以及古人心中澎湃激荡的爱国热情。其中，范波委员表示感谢并说道："感谢您对宋代历史文化经济科技人文社会等多方面的介绍。宋代的经济科技发展水平居世界前列，总量占当时世界的60%，可惜北宋和南宋朝野重文轻武，面对蒙古铁骑的进攻，无招架之力，以至灭国殃民。学史鉴今，我们今天一定要居安思危，崇文尚武，加速国防现代化，建立一支世界一流的军队，抵制欧美国家的疯狂打压，保国安民，造福百姓，实现中华民族伟大复兴！"黄靓委员感叹道："这三大境界说明：做学问要耐得住寂寞、经得起磨砺方才有可能大成！"刘爱军委员在品读宋词后表示："读宋词，我体会到了东坡的豪放、易安的婉约、子瑾的淡泊。进而随着他们的心情去追寻历史的足迹。"金鑫委员连连点赞导读内容并表示："宋词独树一帜、别具一格，从中国文化发展史的角度看，宋代留给世人的最大文化遗产就是'宋词'，可以说宋词为宋代人争了颜面，也为中国文坛长了志气。"

笃行而致远，惟实且励新。近日来，全国政协书院"国学"读书群宋词导读读书计划持续不断开展，委员们品读宋词的婉约细腻抒发感想情怀，在"宋词纵横谈"构筑的宋史科技天地中以古为鉴，通过共读共论，委员们将学习宋代科研精神的"挖山不止"，融入建言资政工作中，锻炼提升建言献策能力。

水龙吟·春眼

陈　亮

闹花深处层楼，画帘半卷东风软。春归翠陌，平莎茸嫩，垂杨金浅。迟日催花，淡云阁雨，轻寒轻暖。恨芳菲世界，游人未赏，都付与、莺和燕。

寂寞凭高念远，向南楼、一声归雁。金钗斗草，青丝勒马，风流云散。罗绶分香，翠绡封泪，几多幽怨？正销魂，又是疏烟淡月，子规声断。

湖海倦游客

——宋词共学札记之六十九

（2022年3月29日）

"春日读书洗墨砚，南风吹来绿窗花。"沐浴着明媚的春光，我们继续翻开宋词，在和煦春风里细细品读，不知不觉间来到了全国政协书院"国学"读书群宋词导读读书计划实施的第六十九天。我们在习近平总书记论文化自信精神的指引下，重温了周邦彦的《西河·金陵怀古》和《大酺》，与词人一同在金陵"佳丽地"怀古伤今，又在春雨行旅中感受其寂寞愁闷之情，并漫寻历史，走进中国古代的广告传播和邮亭文化，细品中华民族的审美趣味，学习古人的集体智慧。我们还透过"宋词纵横谈"，聚焦"从宋词看宋代交通工具发展"，跟随词人的笔触乘轿泛舟，一窥宋代交通工具的发展与演进，感受千年前的出行风尚与交通文化，领略宋代交通繁盛之姿。

文化是一个国家、一个民族生命力、凝聚力、创造力的重要源泉。我们深入学习了"习近平论文化自信"专题之37、之38，深刻认识到中华民族生生不息绵延发展、饱受挫折又不断浴火重生，都离不开中华文化的有力支撑。弘扬中华文化，要把优秀传统文化中具有当代价值、世界意义的文化精髓提炼出来、展示出来，积极推动中外文明交流互鉴，讲好中国故事，让中华文化展现出永久魅力和时代风采。同时，我们还延伸学习了《在文艺工作座谈会上的讲话》等文中引用的"远人不服，则修文德以来之""诗文随世运，无日不趋新"。结合原典和释义，让我们更加深刻地认识，"和"与"合"是中华文明对外交流互鉴的哲学基础。在处理不同民族、不同国家的关系上，中国始终以"协和万邦"为交往原则，以"天下大同"为追求目标，重视"文以化之"、以德服人的柔性力量。

廿里长街八码头，陆多车轿水多舟。在第十九期"宋词纵横谈"《湖海倦游客，江汉有归舟——从宋词看宋代的交通工具发展》中，我们走近宋词里的各类交通工具，从"乘车踏青"到"轿儿担担"，从"蹇驴缓跨"到"平原放马"，再到"行舟荡漾"，循着词人出行活动踪迹，感受词中交通工具蕴藏的涓涓情思，并由词入史，一览宋代交通工具繁盛之姿。"争道谁家，绿柳朱轮走钿车"生动再现了西湖毂击肩摩的游览盛况；"辔摇铁衔，蹴踏平原雪"含蓄寄托了往日繁华难再之情；"飞絮送行舟，水东流"渲染抒发了游子挥之不去的离愁别绪。日常生活中，各类交通工具的广泛使用对宋人旅游出行、物资运输均产生了积极影响。纵观历史，宋代交通工具上承唐代下启后世，呈现出种类多、数量多、平民化、制作水平相对较高、装饰相对奢华等特点，既层次丰富又体系完善，在整个古代可谓是灿烂煊赫。

在这一天的学习过程中，连玉明委员、郭媛媛委员、李学梅委员和各位委员共读宋词，于守国、祁志峰、戚建国、叶小文、张嘉极、王苏、金李、赖明等委员先后踊跃发言，对共读内容给予高度赞许。戚建国委员继续为我们分享了《习近平用典》之244，从原典、释义等角度进行了深入解读，并引起委员互动与交流，郭媛媛委员表示："'不要人夸颜色好，只留清气满乾坤！'自动、自发，苦干实干！梅花品格，为人风骨，做事追求！"叶小文委员持续分享"蒋定之诗词政协篇"第四则与吴为山诗三首的同时，还与我们分享了漫谈时事要点。张嘉极委员分享了当下热点话题，对于建言资政具有重要价值与启迪。王苏委员通过引用学习内容对共读活动表示赞赏。在联动湖南政协"潇湘新咏"读书群同步推送本期宋词导读内容后，碰撞激发了委员们思想的火花，频频点赞互动。其中，李培其委员学习后表示："感谢您的精彩分享，学宋词感受中国传统文化，读书履职在路上！"同时，委员们聚焦"尊师重教"主题，品读与尊师重教有关的古诗词，学古人智慧，效先人礼仪，领悟尊重老师、尊重知识、尊重教育的重要性。

进学致和，行方思远。读书是永恒不变的进步阶梯，只有坚持多读书、读好书，以学促用，在书香中不断丰富知识、开阔眼界、活跃思想，才能更好地提升资政建言质效。连日来，委员们专注学习、深入交流，在共读共学、共思共议中启发智慧、凝聚共识，努力把学习的收获转化为做好政协工作的过硬本领，真正做到学以致用、学用相长。

摸鱼儿·东皋寓居

晁补之

买陂塘、旋栽杨柳，依稀淮岸江浦。东皋嘉雨新痕涨，沙觜鹭来鸥聚。堪爱处。最好是、一川夜月光流渚。无人独舞。任翠幄张天，柔茵藉地，酒尽未能去。

青绫被，莫忆金闺故步。儒冠曾把身误。弓刀千骑成何事？荒了邵平瓜圃。君试觑。满青镜、星星鬓影今如许！功名浪语。便似得班超，封侯万里，归计恐迟暮。

万物静观皆自得

——宋词共学札记之七十

（2022 年 3 月 30 日）

"读书切戒在慌忙，涵泳工夫兴味长。"沉浸于诗词文化的意蕴之美，我们反复咀嚼、品味，感受到了诗词的音韵美、语言美、意境美。在这样的美的熏陶中，我们来到了全国政协书院"国学"读书群宋词导读读书计划实施的第七十天。在习近平总书记论文化自信精神的指引下，我们重温了张炎的《高阳台·西湖春感》与吴文英的《唐多令》，在西湖漫游中，感受西湖的苏堤柳满、红衣绿扇、湖光万顷，寻觅中华文化的自然之美、人文之美、艺术之美，并透过"谜"文化，感受中华优秀传统文化的迷人之处。我们还透过"宋词纵横谈"，聚焦"宋代生态"，领略宋代自然的山水风光、鸥鹭闲眠、田园风光、时节更替、花草精神，感受山水之美、田园之美、节令之美，并从中体悟宋代礼赞生命、惜生爱物、物我平等、天人合一、自由自适的生态观。

没有高度的文化自信，没有文化的繁荣兴盛，就没有中华民族伟大复兴。我们深入学习了"习近平论文化自信"专题之39、之40，深刻认识到，文化是一个社会发展进步最深层、最基础、最可依靠的力量，是深深根植在一个社会、一个民族中的精神血脉。站在新的历史起点，只有树立高度的文化自信，才能锻造出坚持坚守的定力、奋起奋发的勇气、创新创造的活力，让国家和民族的精神大厦巍然耸立。同时，我们还延伸学习了《携手追寻中澳发展梦想 并肩实现地区繁荣稳定——在澳大利亚联邦议会的演讲》等文中引用的"大海之阔，非一流之归也""以心相交者，成其久远"，并结合原典和释义，让我们更加深刻地认识到，海纳百川，有容乃大，人类命运共同体的构建需要各个国家包容普惠、共同发展。在国际关系中，各国只有"以诚相交，以心相交"，敞开心扉、真诚合作、优势互补、互惠共赢，才能携手共进，筑起更大的同心圆，为推动构建人类命运共同体注入强大动力。

湿翠湖山收晚烟，月华如练水如天。我们通过第二十期"宋词纵横谈"《万物静观皆自得，四时佳兴与人同——从宋词看宋代生态理念的演进》，共同走进宋代山水，从湖泊名山、田园风景、节令风情、动物植物等自然事物中感受宋代自然之美，并感悟宋代"与天地合其德，与日月合其明，与四时合其序"的天人合一生态理论。通过共读共谈，我们深入了解到，在对人与自然的关系上，宋人认为"人位乎中"，肯定人的主体地位，但同时尊崇万物平等，"人在天地之间，与万物同流"，因此，宋人礼赞自然、尊重自然、爱护自然。在人与自然和谐的生态观中，宋人倡导返璞归真、回复本性、任性自由，充分享受与天地万物同呼吸、共命运的自由和喜悦，这种天人合一、天人协调的生态思想构成了社会主义生态文明观的精神养料，指导、规范着我们今天的生产、生活行为。

我们还按照第八期委员读书活动"国学"读书群读书计划，开展了第九期"精学"栏目，邀请中南民族大学文学与新闻传播学院教授、数字人文资源研究中心主任，四川大学文科讲席教授，中国词学研究会会长、中国李清照辛弃疾学会会长、中国韵文学会副会长、中国宋代文学学会常务副会长王兆鹏教授，作题为"宋词中的智慧"的专题讲座。王兆鹏教授以鉴赏宋词为切入点，通过讲故事的口吻，带我们见词、见人，一起窥探宋词中超凡的宇宙人生大智慧、超越人生苦难的智慧、化解人生尴尬的智慧以及超前的环保智慧。学习宋词中蕴含着的人生真谛让我们在走进中华文化、培养情趣、增强自身文学素养的同时，也得到了宋词隔着时光给予我们的人生指引。

在这一期"精学"专题讲座中，委员们深受宋词中蕴含的超越自然、社会和自我的重重限制而获得身心自由的人生智慧所打动，分别围绕"辛弃疾的生态智慧"以及"苏东坡的人生智慧"向老师提问并相互交流。其中，王树理委员提问："王兆鹏教授你好。听了你的授课很受启发，在辛弃疾脍炙人口的词作中，有许多展现祖国大好河山抑或田园风光的篇目，尤其是他独到的填词风格，展现了崇尚自然、呐喊和呼吁保护、热爱美好环境的思想，透露出深刻的哲学思想，像《鹊桥仙·赠鹭鸶》一词，就把物我欣然一处的神韵写出来了。辛弃疾的环保智慧，在宋代是一个独特的存在还是别有思想渊源？"王兆鹏教授回答："宋人有很自觉的生态意识，只是词里表现不多。前面有先生讲到宋人的生态意识，可以参看。"王亚民委员接着问道："我喜欢苏东坡的'人生有味是清欢'，他一生活得那么通透、明白，可否请王会长简单几语，概括苏东坡的人生智慧？"王兆鹏教授回复道："您的'通透'二字就可以概括。他把人生所有的悲欢离合都看成是周而复始的一个过程，悲去欢来，离后有合，所以不必为悲、为离而伤心，也不必为欢为合过分得意。"王苏委员学习讲座内容后感叹道："人生'无风雨'，固然可贵，'也无晴'更是一种境界。能做到'宠辱皆忘'，才算真正步入人生的化境，才是真正的达观者。爬楼学习很是受益！感谢王兆鹏老师的精彩讲座！"

在这一天的学习过程中，连玉明委员、郭媛媛委员、马东平委员和各位委员共读宋词，祁志峰、于守国、戚建国、叶小文、张嘉极、常信民、王苏、王树理、王亚民、张东俊等委员先后踊跃发言，并纷纷对宋词导读活动表示高度赞许。于守国委员为精彩生动的导读点赞并说道："诗文随世运，无日不趋新。"戚建国委员继续为大家分享了《习近平用典》之245，从原典、释义等方面进行解读，对人类命运共同体进行了深刻阐释。叶小文委员继续分享了"蒋定之诗词政协篇"第六则《沁园春》，张嘉极委员分享了当下热点话题，这些都对我们具有重要价值与启迪。王苏委员被宋词中的城市之美所打动，表示："江南忆，最忆是杭州。山寺月中寻桂子，郡亭枕上看潮头。何日更重游？得等疫情结束。"随后又表示："何处合成愁？疫情尚未走！"在联动湖南政协"潇湘新咏"读书群同步推送本期宋词导读内容后，委员们纷纷表示感谢，并就学习内容展开热烈讨论。其中，袁火林委员说道："感谢您的分享，内容丰富，认真学习！"金鑫委员感叹道："感谢分享！看西湖印象，领略千年文化。"同时，委员们聚焦"母爱"主题，在众多讴歌母亲和母爱的诗词中，了解"孟母三迁""岳母刺字"等数之不尽颂扬母爱的经典故事，在互动交流间弘扬中华美德、感恩母爱深情。

书卷多情似故人，晨昏忧乐每相亲。随着宋词导读读书计划的深入开展，委员们以读书为乐、以诗词为友，在诗词文化的浸润中把读书收获转化为履职尽责的工作成果。

永遇乐·京口北固亭怀古

辛弃疾

千古江山，英雄无觅孙仲谋处。舞榭歌台，风流总被雨打风吹去。斜阳草树，寻常巷陌，人道寄奴曾住。想当年，金戈铁马，气吞万里如虎。

元嘉草草，封狼居胥，赢得仓皇北顾。四十三年，望中犹记，烽火扬州路。可堪回首，佛狸祠下，一片神鸦社鼓。凭谁问，廉颇老矣，尚能饭否？

丹青写出在霜缣

——宋词共学札记之七十一

（2022 年 3 月 31 日）

　　走进宋词的时光里，我们与宋词深深浅浅地对话，不经意间已度过了全国政协书院"国学"读书群宋词导读读书计划实施的第七十一天。在习近平总书记论文化自信精神的指引下，我们重温了陆游的《钗头凤》和辛弃疾的《摸鱼儿》，与词人共同走进"中国古代文学的爱情悲剧"和古代文人笔下的"风风雨雨"，感受令人肝肠寸断、心灵震撼的爱情，以及"风雨"中文人的内心与情怀。我们还透过"宋词纵横谈"，聚焦"宋词的艺术媒介传播"，跟随词人一起题壁寄情、题画抒怀、题扇寻乐，一起领略宋词艺术媒介传播方式的发展与变革，探寻了解传播方式对宋词发展的影响。

　　中华民族素有文化自信的气度，正是有了对民族文化的自信和自豪，才历经磨难而生生不息、发展壮大。我们深入学习了"习近平论文化自信"专题之41、之42，深刻认识到面向未来，就是要紧紧围绕"两个一百年"奋斗目标和中华民族伟大复兴的中国梦，在继承优秀传统文化和吸收有益外来文化的基础上，不断推进文化创新发展，推动文化由"大"变"强"，使中国特色社会主义文化屹立于世界民族文化之林。同时，我们还延伸学习了"莫道桑榆晚，为霞尚满天""慈母手中线，游子身上衣。临行密密缝，意恐迟迟归。谁言寸草心，报得三春晖。"结合原典和释义，让我们更加深刻地认识中华传统文化是重视家庭、重视亲情的，不论时代发生多大变化，我们都应当注重家庭建设，注重家教和家风，让家庭成为国家发展、民族进步、社会和谐的基点。

在学习宋词之际，我们还了解了"雨霖铃"词牌背后的故事，体会到在潇潇凄冷的雨声中，唐玄宗"既守不住大唐的荣耀，亦护不了心爱的女人杨贵妃"的悲戚。马嵬兵变后，杨贵妃缢死，在平定叛乱之后，玄宗北还，一路戚雨沥沥，风雨吹打在皇銮的金铃上，玄宗因悼念杨贵妃而作此曲。众多《雨霖铃》词牌作品中，唯柳永篇最为有名。

我们透过第二十一期"宋词纵横谈"《丹青写出在霜缣，佳人特地裁团扇——宋词的艺术媒介传播》，在题壁、题画、题扇挥毫间见识了词人的不羁与洒脱、自由与浪漫。随着宋代社会、政治的变化以及印刷技术的发展，宋词的传播从口头传播转向了书面传播，逐步衍化出更多的艺术媒介传播途径，如题画、题壁、题扇等。历史之轮滚滚向前，宋词的传播方式及其转变，对宋词之体系形成以及其风格演变产生了极大的影响，使得宋词由音乐文学逐步变为文人抒情言志的新体诗歌，其题材、风格之趋向多元化，其"雅化"程度越趋浓重。

在这一天的学习过程中，连玉明委员、郭媛媛委员、李学梅委员和各位委员共读宋词，戚建国、叶小文、马秀珍、张嘉极、徐海斌、侯桂芬、骆芃芃、祁志峰等委员先后踊跃发言，其中，戚建国委员继续同大家分享《习近平用典》之246，并结合原典、释义对现实意义作了解读。叶小文委员继续与大家分享"蒋定之诗词政协篇"的第七则——《水调歌头·万户千家走》，马秀珍、徐海斌、侯桂芬、骆芃芃、祁志峰等五位委员对分享的导读内容纷纷赞许，在宋词学习中感叹着宋代词人对音韵和谐的追求和对艺术之美的执着，在互动中亦表达出对宋词学习的坚持与共读所获。在联动湖南政协"潇湘新咏"读书群同步推送本期宋词导读内容后，委员们学习热情高涨，表达出对宋词学习浓厚的兴趣，其中，陈海霞委员说："唐诗豪迈奔放、端庄大气，而宋词则婉约多情、清丽淡雅，词如美人"。同时，委员们聚焦"女性"

主题，分享了大量描写女性之美、颂扬女性独立解放的古诗词，岁月流金，巾帼争辉，广大女性在时代进步与个人奋斗中相互激励，在伟大的新征程中续写自由、独立、解放的新篇章。

学宋词更多的是要学会运用，把学宋词、用宋词的过程变成重拾民族文化自信、重构民族文化自觉的过程。随着宋词导读活动的持续推进，委员们在共读共学中强化政治引领，学以致用、以学促用，在互动交流中不断增进思想共识，全面增强履职本领。

如梦令

李清照

　　昨夜雨疏风骤，浓睡不消残酒。试问卷帘人，却道海棠依旧。知否，知否？应是绿肥红瘦。

古来画师非俗士

——宋词共学札记之七十二

（2022年4月1日）

"早宿半程芳草路，犹寒欲雨暮春天。"暮春时节，乍暖还寒，天气虽然阴雨绵绵，但全国政协书院"国学"读书群的气氛依然热情高涨。在这样浓烈的氛围中，我们来到了全国政协书院"国学"读书群宋词导读读书计划实施的第七十二天。在习近平总书记论文化自信精神的指引下，我们重温了秦观的《踏莎行·郴州旅舍》与辛弃疾的《祝英台近·晚春》，在"驿寄梅花，鱼传尺素"与"更谁劝啼莺声住"中领略了古人书信文化与咏莺文化之美，感受古人内心的炙热与哀愁。我们还透过"宋词纵横谈"，以词入画，体会宋画与宋词在审美、题材、技法、布局、意境方面的共融共通，感受宋代山水画尚意重趣、层次丰富、气韵生动、澄怀味象、平远尚淡的意蕴美。

文化兴国运兴，文化强民族强。我们深入学习了"习近平论文化自信"专题之43、之44，深刻认识到坚定文化自信，离不开对中华民族历史的认知和运用，要坚持不忘本来、吸收外来、面向未来，传承文化精髓，弘扬美学精神，激发优秀传统文化在新时代的生命力。要弘扬和传承中华民族家庭美德、家教文化、优良家风，推动形成爱国爱家、相亲相爱、向上向善、共建共享的社会主义家庭文明新风尚。同时，我们还延伸学习了《在庆祝"五一"国际劳动节暨表彰全国劳动模范和先进工作者大会上的讲话》《致全国青联十二届全委会和全国学联二十六大的贺信》等文中引用的"民生在勤，勤则不匮""士不可以不弘毅，任重而道远"，并结合原典和释义，让我们更加深刻地认识到，中华民族是勤于劳动、善于创造的民族，而青年人是国家的栋梁、民族的希望，要主动肩负起时代和人民所赋予的责任，敢于正视时代赋予的使命，立足实际、脚踏实地、艰苦奋斗，成长为中国迈向未来的中坚力量。

我们学习了"虞美人"词牌背后的文化经典，在霸王别姬的故事中，感受虞姬的忠贞不渝、刚烈勇敢，以及虞姬项羽感人至深的生死之恋。相传虞美人花与美人虞姬有关。楚汉相争，西楚霸王兵败乌江，听四面楚歌，自知难以突出重围，便劝所爱的虞姬另寻生路。虞姬执意追随,拔剑自刎,香消玉殒。虞姬血染之地,长出了一种鲜红色的花,后人便把这种花称作"虞美人"。后人钦佩美人虞姬节烈可嘉,创制词曲时,便常以"虞美人"三字作为曲名,以诉衷肠。"虞美人"因此逐渐演化为词牌名。代表作有李煜的《虞美人》和孙光宪的《虞美人》等。

诗画本一律,天工与清新。我们通过第二十二期"宋词纵横谈"《古来画师非俗士,妙想实与诗同出——宋词意象中的宋画意蕴美》,共同走进宋词与宋画,从审美、题材、技法、布局、意境等方面感受宋词与宋画的意蕴之美、笔墨之美、画面之美,体验到宋画从容、典雅、朴实又不失雄浑磅礴的气势,领略到宋画气韵生动、澄怀味象、平远尚淡的美学境界。通过共读共谈,我们深入了解到,宋代绘画与宋词有着相通的艺术精神和美学追求,这种相通主要表现在对"韵"的共同美学追求上。宋人认为写词作画要有"韵味",即要有高雅的情思,心胸澄明、心无尘俗;要含蓄隽永,讲究笔外之意与言外之意;要营造生动形象的意象,传达物体内在的生命气韵。在这样审美观的影响下,宋画在技法上追求用笔简洁、淡墨轻岚,在布局上强调虚实相生、层次丰富,在意境上讲究天真平淡、平远旷荡,创造出了独属于宋代山水画的黄金时代,给后人留下无尽宝贵文化财富。

在这一天的学习过程中，连玉明委员、郭媛媛委员和各位委员共读宋词，戚建国、叶小文、刘晓冰、张嘉极、常信民、怀利敏、李掖平、王苏、祁志峰等委员先后踊跃发言，对共读内容一致赞许。其中，戚建国委员继续同大家分享《习近平用典》之 247《在庆祝"五一"国际劳动节暨表彰全国劳动模范和先进工作者大会上的讲话》引用的"民生在勤，勤则不匮"，并结合原典、释义对现实意义作了解读。叶小文委员继续与大家分享"蒋定之诗词政协篇"之第八则——《摘红英·阑灯烁》，看到了"多读书、读好书、善读书"的委员实践。怀利敏委员感慨道："责任越重、道路越远，越要宽宏坚毅"，李掖平委员心有深感，说道："虞美人、念奴娇、眼儿媚、如梦令，几乎每个词牌都美得令人'窒息'，惜叹那种情致和情韵的远去，谨祈愿不会永远不再"，并引发王苏委员、祁志峰委员、郭媛媛委员等的称赞和共鸣。

在联动湖南政协"潇湘新咏"读书群同步推送本期宋词导读内容后，委员们互相交流学习心得、赏析文学作品、表达所学所悟。其中，舒兴华委员说："当下青年的状态就是国家未来的状态，百年前先贤们所期盼的国家，就是现在的样子。我们青年对未来的美好憧憬，绘就成大好山河、强盛的中华民族"。另外，委员们聚焦"青春"主题，还分享了大量与青春活力相关的诗词，青春本不分年岁，只要初心不忘，精神不毁，志向不灭，纵使走出半生，归来仍是少年！

　　数卷残书香篆息，园花落尽到荼蘼。带着书香气息的书卷，就像是花园里开到尽头的花朵，美丽动人。读宋词就仿佛在采撷一朵朵花，花团锦绣，盈满襟怀，让人赏心悦目、身心愉快。随着宋词导读读书计划的不断推进，委员们在幽幽书香中坚持把读书与履职结合、资政与共识并重，不断提高自身能力和水平，为更好地履职尽责提供源头活水。

天仙子

张　先

时为嘉禾小倅，以病眠，不赴府会。

水调数声持酒听，午醉醒来愁未醒。送春春去几时回？临晚镜，伤流景，往事后期空记省。

沙上并禽池上暝，云破月来花弄影。重重帘幕密遮灯，风不定，人初静，明日落红应满径。

颜公变法出新意

——宋词共学札记之七十三

（2022年4月2日）

小桃灼灼柳鬖鬖，春色满江南。桃花盛开，垂柳依依，绿色已经铺满了整个春天，蓦然回首，我们已经度过了全国政协书院"国学"读书群宋词导读读书计划实施的第七十三天。在习近平总书记论文化自信精神的指引下，我们继续与宋词为伴，重温了史达祖的《绮罗香·咏春雨》与秦观的《千秋岁》。史达祖没有一处说出"雨"字，却句句不离春雨，融情景于一家，会句意于两得；秦观由春景春情引发，由昔而今，由喜而悲，抒发了贬徙之痛、飘零之苦。还在"宋词里的中国"一同追溯古代文人的咏物与伤春之传统，感受古人抒情言志的艺术。此外，我们还透过"宋词纵横谈"，共同领略了宋词与尚意书风的邂逅，探讨了宋词与宋代书法的美学共性特征，透过宋代书法大家的词与书法作品，看到更加"鲜活"的宋代词人性格和文人形象。

中国书法之所以能成为世界艺术之林中之独响，并且能够成为中国文化精髓的代表，核心是中国书法艺术与中国文化相表里，与中华民族精神成一体。通过深入学习"习近平论文化自信"专题之45、之46，我们深刻认识到文化自信体现在方方面面，认识到要注重传承优良传统，发扬特别能吃苦、特别能战斗、特别能攻关、特别能奉献的载人航天精神，认识到《辞海》和《大辞海》是大型综合性词典，全面反映了人类文明优秀成果，系统展现了中华文明丰硕成就，为丰富人民精神世界、增强人民精神力量作出了积极贡献。我们还延伸学习了"天地英雄气，千秋尚凛然""靡不有初，鲜克有终"，并结合原典和释义，让我们更加深刻地认识到：一个有希望的民族不能没有英雄，一个有前途的国家不能没有先锋；认识到实现中华民族伟大复兴，需要一代又一代人为之努力，中华民族创造了具有五千多年历史的灿烂文明，也一定能够创造出更加灿烂的明天。

读宋词之际，我们还了解了"沁园春"词牌里的故事，"沁园"即沁水公主园，词牌源于汉朝窦宪倚势变相强夺沁水公主田园之典故，后人作词以咏其事，此调因而得名"沁园春"。《沁园春》词牌经考证最早当出现于晚唐。现在传世的最早《沁园春》词当数张先的《沁园春·寄都城赵阅道》,以苏轼的《沁园春·孤馆灯青》为正体,历史上的代表作有毛泽东的《沁园春·雪》等。

诗不求工字不奇,天真烂漫是吾师,我们在第二十三期"宋词纵横谈"《颜公变法出新意,细筋入骨如秋鹰——宋词与尚意书风的邂逅》中,回顾了宋代书法的沿革和变迁,从崇尚复古"尚法"到推陈出新"尚意",是宋代文人平易自然、朴实无华的写照。在宋书法名家的笔下,有苏轼《寒食帖》和《满庭芳》的凛然豪放,有黄庭坚《花气熏人帖》和《菩萨蛮》的奇峭劲倔,有米芾《蜀素帖》和《水调歌头·中秋》的随性自由,有蔡襄《陶生帖》和《好事近》的停蓄锋锐,有陆游《行书自作诗卷》和《谢池春》的壮志豪情,可谓"诗书一体",各有千秋。

在这一天的学习过程中,连玉明委员、郭媛媛委员、李学梅委员和各位委员共读宋词,戚建国、叶小文、刘晓冰、张东俊、张连起等委员先后踊跃发言,其中,戚建国委员继续同大家分享《习近平用典》之248《在庆祝中国人民政治协商会议成立 65 周年大会上的讲话》引用的"为者常成,行者常至",并结合原典、释义对现实意义作了解读。叶小文委员继续与大家分享"蒋定之诗词政协篇"第八则——《采桑子·余音犹耳催人去》。张东俊委员感叹领读之精彩,说道："一代又一代人的接续奋斗，一定要有'功成不必在我、功成必定有我'的高尚情怀。"张连起委员读《宋词与尚意书风的邂逅》后感慨道："在艺术氛围相当浓厚的宋代，米芾、黄庭坚、苏轼和蔡襄，无疑是书法技术的集大成者，他们用手中的健笔，在转折顿挫中筑起了一道壮丽的文化峰峦。"同时，也在读书群内分享点评了米芾书法的作品特点等。在联动湖南政协"潇湘新咏"读书群同步推送本期宋词导读内容后，委员们依旧热情高涨、踊跃讨论，其中，吴凌频委员说道："岳麓山下三月天，正是读书好时节。读好书、多读书、多交流，互学互鉴、共同提高，争取学有所思、学有所悟、学有所得"。另外，委员们聚焦"坚毅"主题，还分享了大量与坚毅品质相关的诗词，其中，陈鹏委员有感而言："说到坚毅，当属'红军不怕远征难，万水千山只等闲'，两万五千里的考验，走出新中国的坚毅，走出中华儿女的骨气"。

读书，亦读亦书，书法自古以来便锤炼着文人的"张弛有度"。看宋一朝，词和书法无一不彰显汉字的独特魅力和源远流长的中华文明，随着宋词学习的不断推进，委员们从更加多元的角度、更加立体的维度学习宋词和宋代历史，在深厚的文化底蕴中，以史为镜，其言必有章。

六丑·蔷薇谢后作

周邦彦

正单衣试酒，恨客里、光阴虚掷。愿春暂留，春归如过翼。一去无迹。为问花何在，夜来风雨，葬楚宫倾国。钗钿堕处遗香泽，乱点桃蹊，轻翻柳陌。多情为谁追惜。但蜂媒蝶使，时叩窗槅。

东园岑寂。渐蒙笼暗碧。静绕珍丛底，成叹息。长条故惹行客。似牵衣待话，别情无极。残英小，强簪巾帻。终不似一朵，钗头颤袅，向人敧侧。漂流处、莫趁潮汐。恐断红、尚有相思字，何由见得。

溜溜清声归小瓮

——宋词共学札记之七十四

（2022 年 4 月 3 日）

　　近清明。翠禽枝上销魂。临近清明时分，枝头上翠鸟的叫声婉转动人，不经意间已进入了全国政协书院"国学"读书群宋词导读读书计划实施的第七十四天。我们在习近平总书记论文化自信精神的指引下，继续在宋词的海洋中"取一瓢饮"，重温了陆游的《卜算子·咏梅》与李清照的《武陵春》，通过陆游赞梅的精神，看到了他青春无悔的信念以及对自己爱国情操及高洁人格的自许；通过李清照第一人称的自述和深沉忧郁的旋律，看到了一个孤苦凄凉环境中流荡无依的才女形象，在"宋词里的中国"再次回顾古人的爱梅史和闲愁史，感受梅花意象蕴含的文人风骨，探究唐宋文人载不动的"闲愁"和关于人生况味的种种意绪。另外，我们还通过"宋词纵横谈"，一同走进宋代所营造"至雅""至简"的美学意境，看到宋词和宋瓷这一对"精灵"，在宋代跳跃出了让人流连忘返的"天青色之仙境"。

今天，我们通过深入学习"习近平论文化自信"专题之47、之48，认识到没有中华优秀传统文化、革命文化、社会主义先进文化的底蕴和滋养，信仰信念就难以深沉而执着；认识到文物保护的重要性，要加强文物保护和利用，加强历史研究和传承，使中华优秀传统文化不断发扬光大，要增强文化自信，在传承中华优秀传统文化基础上发展社会主义先进文化，加快建设社会主义文化强国。我们还延伸学习了"仁义忠信，乐善不倦""民惟邦本，本固邦宁"，并结合原典和释义，更加深刻地认识到中国人民历来重友谊、负责任、讲信义，中华文化历来具有扶贫济困、乐善好施、助人为乐的优良传统；认识到人民才是国家的根基，根基牢固，国家才能安定。

读宋词之余，我们还深入学习"念奴娇"词牌里的故事，"念奴"得名于唐代天宝年间一名叫念奴的歌女，相传宾客吵闹，音乐奏不下去之时，玄宗命高力士呼念奴出来唱歌，大家才会安静下来。据说《念奴娇》词调就由她而兴，意在赞美她的演技。名篇有苏轼的《念奴娇·赤壁怀古》《念奴娇·中秋》等。

雨过天青云破处，这般颜色做将来。我们在第二十四期"宋词纵横谈"《溜溜清声归小瓮，温温玉色照瓷瓯——宋词中至雅至简的宋瓷美学》中，了解到宋代文人雅士亦对瓷"情有独钟"，在以文为业、以砚为田的读书生涯中，书房既是中国古代文人追求仕途的起点，更是他们寻找自我的归途，宋瓷对文人来说，不仅仅是书房装饰、词中点缀，更代表了其"雅"的美学追求和"简"的艺术取向，在至雅至简中快意人生。

在这一天的学习过程中，连玉明委员、郭媛媛委员、王苏委员和各位委员共读宋词，戚建国、叶小文、王苏、张东俊、于守国等委员先后踊跃发言，对共读内容给予高度赞许。其中，戚建国委员继续同大家分享《习近平用典》之249《共同构建人类命运共同体——在联合国日内瓦总部的演讲》引用的"单则易折，众则难摧"，并结合原典、释义对现实意义作了解读。叶小文委员继续与大家分享"蒋定之诗词政协篇"第九则。张东俊委员和于守国委员共同为领学之精彩点赞致敬，并说道："民惟邦本，本固邦宁。"在联动湖南政协"潇湘新咏"读书群同步推送本期宋词导读内容后，委员们纷纷参与讨论，将群内学习氛围推向高潮。其中，陈思圻委员感慨道："读史书使人明智，读诗书使人灵秀。"同时，委员们以"奋斗"为主题，还分享、学习、讨论了大量与奋斗相关的诗词，其中，范咏梅委员说道："每个人都有自己的理想，要实现理想，只有靠努力奋斗才能获得，人生需要奋斗。"团结就是力量，奋斗开创未来。团结奋斗，彰显着一种精神、一种气质、一种境界。

花瓷清响，余韵绕梁，在当代回望宋朝的"词"与"瓷"，依旧惊叹宋一代文人和工匠所达到的巅峰。宋瓷和宋词是在特定的历史环境和条件下形成的，都富有强烈的时代特征，体现着当时的"文人气质"，在新的时代背景下，我们更要在建言资政中彰显时代气质，把握时代脉搏，向全球讲好中国故事，展示中华魅力。

满庭芳·夏日溧水无想山作

周邦彦

　　风老莺雏，雨肥梅子，午阴嘉树清圆。地卑山近，衣润费炉烟。人静乌鸢自乐，小桥外、新绿溅溅。凭栏久，黄芦苦竹，疑泛九江船。

　　年年。如社燕，飘流瀚海，来寄修椽。且莫思身外，长近尊前。憔悴江南倦客，不堪听、急管繁弦。歌筵畔，先安簟枕，容我醉时眠。

重楼翠阜出霜晓

——宋词共学札记之七十五

（2022 年 4 月 4 日）

"伊川桃李正芳新，寒食山中酒复春。"又是一年寒食节令，春色正浓，我们有幸品尝到宋词这盏醉香宜人的千年佳酿，在花香酒香中度过了全国政协书院"国学"读书群宋词导读读书计划实施的第七十五天。在习近平总书记论文化自信精神的指引下，我们重温了宋祁的《玉楼春》与张炎的《解连环·孤雁》，循着词人的笔触体验春之愉悦欢快、雁之孤寂高洁，并在"宋词里的中国"深入探析"古代文人的乐春之情"和"古诗词中的雁意象文化"。此外，我们还透过"宋词纵横谈"，共同走近各式各样的词中建筑，探寻建筑入词之风尚，领略古人对于心物交感、人与建筑合一的审美追求的执着，感受宋词与建筑交汇相融产生的独特艺术美学与文化美感。

文化的优秀、国家的强大、人民的力量，就是我们文化自信的强大底气，文化自信的水之源木之本。通过深入学习"习近平论文化自信"专题之49、之50，我们深刻认识到中华文化既是历史的，也是当代的；既是民族的，也是世界的。不忘本来才能开辟未来，善于继承才能更好创新。在全面建设社会主义现代化国家新征程中，我们要更加自觉、更加主动地推动中华优秀传统文化同当代社会相适应、同现代化进程相协调，要守正创新、固本培元，用刚健厚重先进质朴的社会主义先进文化滋养民族气质、引领社会风尚，不断汇聚实现中华民族伟大复兴的精神力量。我们还延伸学习了"善治病者，必医其受病之处；善救弊者，必塞其起弊之原""凡治国之道，必先富民"，并结合原典和释义，让我们更加深刻地认识到：面对世界百年未有之大变局，一个有远见的国家往往以"治本"谋长远添动力，既会准确辨识当前的突出矛盾、做好自己分内的事，又会与国际积极展开友好合作、共同应对挑战。认识到中国民本思想源远流长、博大精深，传承至今始终"以人民为中心"，坚持让发展成果更多惠及全体人民，不断满足新时代"人民对美好生活的向往"。

在学习宋词的同时，我们还深入了解并学习了"水调歌头"词牌里的故事。"水调歌头"源于《水调》曲，又名"元会曲""凯歌""台城游""水调歌"等，为隋炀帝凿汴河时所制，相传是因联想到运河开凿过程中发生的无数悲戚故事，炀帝才在兴致勃勃下扬州的旅途上，创作出这样一首忧伤悲戚的曲调。直到北宋，《水调》仍传唱不已，但在历史的流变中，渐渐地，《水调》的曲调发生了很大的变化，由最初的凄凉怨慕渐变为昂扬酣畅，极潇洒而豪放，名篇有宋代苏轼的《水调歌头·明月几时有》，宋代陈亮的《水调歌头·送章德茂大卿使虏》等。

"了却意中事，卜筑快幽情。"我们在第二十五期"宋词纵横谈"《重楼翠阜出霜晓，异事惊倒百岁翁——从宋词看宋代的建筑美学》中，以词为眼，走进"明月高楼""绮窗瑶户""烟柳画桥""燕恋虹梁""青苔小院"等典型建筑场景，感受古代建筑与纯美宋词相融产生的或朦胧灰调、或繁华富丽、或宜静宜动的美学意蕴。我们发现，词人写建筑，始终秉承建筑如人的艺术理念，笔墨间洋溢着古代建筑情感化、生命化的精神风貌，表达了通天人之际的情思意念。可以说，建筑是创作者"惟吾情馨"的心灵体认的时空存在。历经千年风雨，建筑艺术与古典诗词已形成了"诗中留意、词内藏景、歌赋颂情、文化同根"的相互关系。

在这一天的学习过程中，连玉明委员、郭媛媛委员、王苏委员和各位委员共读宋词，戚建国、叶小文、张嘉极、祁志峰、于守国等委员先后踊跃发言，对共读内容给予高度赞许。其中，戚建国委员继续同大家分享《习近平用典》之250《会见中国国民党主席朱立伦的讲话》引用的"虑善以动，动惟厥时"，并结合原典、释义对现实意义作了解读。叶小文委员继续与大家分享"蒋定之诗词政协篇"第十则——《诉衷情·风扬赤帜古城楼》。委员们共同为领学之精彩生动点赞致敬，于守国委员感慨道："凡治国之道，必先富民"。在联动湖南政协"潇湘新咏"读书群同步推送本期宋词导读内容后，委员们热情高涨，积极参与讨论，群内学习氛围一度高涨。其中，阳明明委员感慨道："通过读书活动既感受到了诗词的力量，又体会到了精神的可贵、进步的力量，令人振奋！"同时，委员们以"民主"为主题，还在群内分享和解读了大量与民主相关的诗词，其中，刘强玉委员说道："传统文化的民本思想是我们文化自信的重要内容。"增进民生福祉是发展的根本目的，必须多谋民生之利、多解民生之忧，在发展中补齐民生短板、促进社会公平正义。

书读百遍，其义自见。在宋词学习中，委员们始终坚持细读深悟，在汩汩流淌的格律音韵中反复品味古典文学独特的艺术魅力，在春光与书香中不断汲取精神力量、凝聚奋进共识。通过持续的阅读，委员们读有所思、思有所悟、悟有所用，努力将在浩瀚词海中收获的点滴智慧转化为为国履职、为民尽责的过硬本领。

贺新郎·夏景

苏 轼

乳燕飞华屋，悄无人，槐阴转午，晚凉新浴。手弄生绡白团扇，扇手一时似玉。渐困倚、孤眠清熟。帘外谁来推绣户。枉教人、梦断瑶台曲，又却是，风敲竹。

石榴半吐红巾蹙，待浮花、浪蕊都尽，伴君幽独。秾艳一枝细看取，芳心千重似束。又恐被、秋风惊绿。若待得君来向此，花前对酒不忍触。共粉泪，两簌簌。

汤发云腴酽白

——宋词共学札记之七十六

（2022 年 4 月 5 日）

"清娥画扇中，春树郁金红。"清明日的清晨，清蛾飞舞，花开满园，伴着这迷人春色，我们来到芬芳馥郁的宋词园圃，在赏花品词中度过了全国政协书院"国学"读书群宋词导读读书计划实施的第七十六天。在习近平总书记论文化自信精神的指引下，我们重温了史达祖的《双双燕·咏燕》和范仲淹的《渔家傲》，一同陶醉于双燕衔泥筑巢、畅快遨游、无拘无束的幸福生活，也深刻感悟到范文正公"先天下之忧而忧，后天下之乐而乐"的政治抱负和胸襟胆魄，并一起探析古人祭祀社神的节日和宋朝时期的乐器，感受古人祈子求福的虔诚，了解乐器在引领文化娱乐活动发展方面的重要作用。此外，我们还透过"宋词纵横谈"，以词为窗走进宋代茶文化，品味宋代文人笔下的茶色、茶味、茶感，感受宋代茶事"采择之精，制作之工，品第之胜，烹点之妙"，探寻宋人饮茶之习与饮茶之礼，领略宋人的社会风貌和精神世界。

坚定中国特色社会主义道路自信、理论自信、制度自信，说到底是要坚定文化自信。通过深入学习"习近平论文化自信"专题之51、之52《在气候变化巴黎大会开幕式上的讲话》《在哲学社会科学工作座谈会上的讲话》，我们深刻认识到坚持文化自信就是要坚持中国特色社会主义文化发展道路，激发全民族文化创新创造活力，建设社会主义文化强国。我们还延伸学习了专题中引用的"万物各得其和以生，各得其养以成"和"板凳要坐十年冷，文章不写一句空"，结合原典和释义，让我们更为深刻地认识到，生态文明建设既要尊重自然顺势而为，同时也需要强有力的智力支撑，科技工作者是国家重要的科技创新力量，广大科技工作者要用孜孜不倦、上下求索的努力来推动人与自然和谐发展现代化建设新格局，更要从国家的建设需求出发，立足中国，面向国际前沿，致力于成就推动中国经济、社会、环境持续发展的大事业。

在学习宋词之际，我们还深入了解和学习了"浣溪沙"词牌背后的故事，感受千古美人西施浣纱于溪边与词牌名的绝妙融合。相传西施在溪边浣纱时，俊俏的身影映照在清澈的溪水中，鱼儿看见这美丽的倒影，竟忘记了游水，渐渐沉到河底。历史上以"沉鱼"代称西施。西施浣纱于溪边这件事后来被人们改编成词曲，就以"浣溪沙"为名。调名"浣纱溪"的本意即咏春秋越国美女西施浣纱的溪水。此调音节明快，句式整齐，易于上口，为婉约派与豪放派多数词人所常用，代表作有晏殊的《浣溪沙·一曲新词酒一杯》、秦观的《浣溪沙·漠漠轻寒上小楼》等。

茶之为饮，发乎神农氏。在第二十六期"宋词纵横谈"《汤发云腴酽白，盏浮花乳轻圆——从宋词看宋人的饮茶之习》中，我们共同走进茶风盛行茶香四溢的宋代生活，通过品味茶词来领略茶之名贵、饮茶器具、点茶风俗以及品茶韵味，探讨茶词以及茶文化的重要意义以及在宋词中的地位，从不同维度了解宋时的词学和茶学，在词人的品茗之中、笔墨之间，回望宋人的饮茶之习，勾勒和感受宋代的饮茶艺术。宋朝年间有云：茶道兴，茶宴盛。斗茶之风浓烈，讲究茶优、水质、器美，茶以新贵，水用活水，器要精良。选团茶碾细末入盏，注沸水搅动，茶汤纯白为上，青白次之，灰白又次之；盏无水痕为绝佳，水痕先出者为负。茶与书籍、香料一样，原先皆是宫廷之物，但是宋代文化是市民文化，宫廷团茶流入民间，茶馆与茶肆在城市中兴起，斗茶活动络绎不绝，茶成为人与人之间的纽带，文人骚客，贩夫走卒，高官皇室皆可饮茶作乐，茶文化的普及是宋代给历史的一份厚礼。

在这一天的学习过程中，连玉明委员、郭媛媛委员、马东平委员和各位委员共读共学宋词，戚建国、叶小文、王苏、张连起、祁志峰等委员先后踊跃发言，为领学之精彩生动点赞致敬。其中，戚建国委员同大家分享了《习近平用典》之251《在庆祝中国共产党成立95周年大会上的讲话》等文中引用的"路漫漫其修远兮，吾将上下而求索"，并结合原典、释义对其现实意义作了解读。叶小文委员继续与大家分享"蒋定之诗词政协篇"第十一则——《忆仙姿》。张连起委员分享了《读毛泽东诗词，悟上下五千年气势之神韵》一文。委员们在感受宋词妙不可言之美的同时，也相互启发、共促进步，读书群内可谓是"书香四溢"。

　　在联动湖南政协"潇湘新咏"读书群同步推送本期宋词导读内容后，也同样引发了委员们的关注与热议。其中，金鑫委员感慨道："感谢对词牌知识的分享，我对宋词的了解又深入了几分。"同时，委员们以"品读潇湘之美丽山水"为主题，在群内分享和解读了大量与潇湘美丽山水相关的诗词，其中，陈宏忠委员有感而言："湖南山灵水润，古朴清雅之地。历代以来，吟咏湖南山川景致、人文历史的诗词不知凡几。屈原'朝发枉陼兮，夕宿辰阳'，张九龄夜行耒阳溪，孟浩然夜渡湘水，李白秋登巴陵望洞庭，杜甫入乔口……无数名人大家，曾踏遍三湘四水，为这里的每一寸土地都注入了无穷的诗意。"

读书之法，在循序而渐进，熟读而精思。读书群全天候、全覆盖、扁平化的阅读方式让委员们的交流思考时时在线。在这个不受时空限制的共享交流平台上，委员们先当"学生"、再当"先生"，既能在读书学习中自我反思、自我教育，提升履职能力，又可以在观点与观点的交流碰撞中提炼真知灼见，更好地凝聚奋进共识。政协书院读书活动益处良多，书香落到笔头，变成资政的"金句子"；落在心头，化为创新的"金点子"；落到实处，就成了履职的"金钥匙"。

正值清明时节，委员们纷纷分享学习了先贤有关清明节的诗词，再次将戚建国委员分享的元稹《咏廿四气诗·清明三月节》一诗共享在此，与群友共赏：

《咏廿四气诗·清明三月节》

　　清明来向晚，山渌正光华。

　　杨柳先飞絮，梧桐续放花。

　　鴽声知化鼠，虹影指天涯。

　　已识风云意，宁愁雨谷赊。

青门引

张　先

　　乍暖还轻冷，风雨晚来方定。庭轩寂寞近清明，残花中酒，又是去年病。

　　楼头画角风吹醒，入夜重门静。那堪更被明月，隔墙送过秋千影。

薄雾浓云愁永昼

——宋词共学札记之七十七

（2022年4月6日）

"拂面春风好借力，正是扬帆远航时。"春意是盎然沸腾的歌，我们以斗志昂扬的姿态锐意进取，在品读宋韵、提升自我的路上赓续前行，共同度过了全国政协书院"国学"读书群宋词导读读书计划实施的第七十七天。我们深入学习了"习近平论文化自信"专题之53、之54，深刻认识到了解历史、尊重历史，才能更好把握当下，以史为鉴、与时俱进才能更好走向未来。

昨天，奇葆副主席对国学读书群的鼓励和专业提问引发了委员们的热烈讨论，群内高论迭出、精彩纷呈。"连玉明、郭媛媛群主：读《宋词》已经三月，讲读精彩，内容饶富，跟读者甚众。立春以来，阳春烟景，六合生机，国学书群、潇湘书群互为呼应，毛泽东诗词学习也在深入。有些诗词爱好者一边学习一边写作，攻诗炼词颇有所得，这也是委员读书的一份成果。词与诗，既有相同之处也有不同之处，初学者若要区分确实不易。我想提问：王国维说，词以境界为上，有境界则自成高格。那么，词的境界是什么，与诗的境界有什么不同？又说，词之为体，要眇宜修，言诗之不能言，而不能尽言诗之所能言。这怎么理解呢？求教了。”

围绕奇葆副主席的提问，委员们在“国学”读书群里积极讨论并发表见解，分别从韵律平仄、体制结构、题材语言、情感偏向、内容表达、意境构筑、言说对象等方面论述诗词的差异性，将这诸多错综复杂的差异归纳起来，便可一览“词境”与“诗境”之别。诗境深厚宽大，讲究“境阔”，多为“无我之境”，重在“言志”，情感表达偏于显豁明朗。词境则精工细巧，讲究“境界”，多为“有我之境”，重在“言情”，情感表达偏于柔婉细腻。“境”不同，自然产生“能言”与“不能尽言”两种效果。此外，委员们还分享了关于“境界”的一些认识，如王国维“境界”的三层含义、人生的“九种境界”、“境界”之语义等，互相启发对诗词境界的领悟。文无第一，诗与词，各韵其韵，各美其美，不可替代。这场关于“词境”与“诗境”的研读活动，“国学”读书群与“潇湘新咏”读书群联动精彩，内容丰富。

在昨天的学习中，我们一同重温了李清照的《凤凰台上忆吹箫》和《永遇乐》，在词人浓浓相思愁绪的牵引下，深入探究了古代的出行方式和送别礼仪，感受古人的出行习俗和离别之情。我们还通过"宋词纵横谈"，聚焦宋代香薰文化，感受宋词与香薰文化的相辅相成，在熏香如梦似幻的氛围中，体会宋人"天人合一"的哲学理念。

学习宋词之余，我们还深入了解了"钗头凤"词牌背后的故事。钗头凤，本名"撷芳词"，北宋徽宗政和间宫中有撷芳园，因而得名。南宋陆游因《撷芳词》中原有"都如梦，何曾共，可怜孤似钗头凤"之句，故取名"钗头凤"。相传，陆游年轻时娶表妹唐琬为妻，夫妻二人伉俪情深，但因陆母不满意唐琬为媳，便逼迫二人分开。多年后陆游在沈园春游，与唐琬不期而遇。陆游"怅然久之，赋《钗头凤》一词，题园壁间"。该词饱含怅惘与悲痛，充满了对唐琬的愧疚之情，数百年来感动了无数读者，成为宋词中的经典。

炉烟袅孤碧，云缕霏数千。在第二十七期"宋词纵横谈"《薄雾浓云愁永昼，瑞脑销金兽——宋词中的焚香之道》中，我们共同走进熏香文化臻至鼎盛的宋世，领略宋人婉幽隐的情感世界与清逸脱俗的禅悦境界。宋代士大夫上层社会生活喜爱焚香，这一社会尚香也影响了下层社会，促使民间熏香之尚蔚然成风。宋代香事的繁荣已经精细化到街头巷尾，宫廷宗庙、传统佳节、闺阁居室、书斋雅集、盛席华筵、市井经济，处处都可见宋人日常生活中细微且不可胜数的香事。我们通过宋代词人的笔触，重温焚香之道，感受宋代熏香文化，领略文学书写带来的思想意蕴，感悟宋人悠然自得的闲适追求、养德尽性的洗礼升华。

我们还按照第八期委员读书活动"国学"读书群读书计划，开展了第十期"精学"栏目，邀请中山大学中国语言文学系教授、系主任，国务院学位委员会中文学科评议组成员、教育部中文教育指导委员会委员、教育部长江学者特聘教授彭玉平，作题为"宋词与友情人生——以苏轼与参寥子的关系为例"的专题讲座。彭玉平教授以苏轼与参寥子之间的友谊诗词为切入口，通过讲故事的口吻，带我们走进两人二十多年相知相伴的奇妙人生，共同感受宋词中真挚深厚、生死相交的友情人生。透过这份惺惺相惜的友情，尤其是苏轼的《八声甘州》一词，我们再次领略了古代文人意境浑然的卓越才情与超然物外的人生智慧，从中获得感发人心的力量。

在这一期"精学"专题讲座中，委员们感动于宋代文人的真挚情深，纷纷为"宋词与友情人生"点赞致敬，李掖平委员更是连连感叹："志同道合或感同身受或共情呼应，确是诗词唱和最基础的支撑。苏轼与参寥子之间亦是因此惺惺相惜。""在所有以追而联的语词中，追随是最能体现情久弥坚特质的，譬如参寥子对苏轼的追随。"陈霞委员在听了彭玉平教授的精彩分享后，也说道："苏轼与参寥子因诗歌而结缘，从此开始了二十多年如影随形，友情纯洁而深厚，对于二人都是人生幸事。"

在这一天的学习过程中，连玉明委员、郭媛媛委员、马东平委员和各位委员共读宋词，于守国、戚建国、叶小文、张东俊、陈霞、黄兰香、李云才、李微微、张连起、曲伟、张颐武、吕逸涛、李学梅、石红、张妹芝、王树理、刘宁、王国海、雷鸣强、袁爱平、蒋定之、胡旭晟、骆芃芃、李掖平、王苏、牛克成、祁志峰等委员先后踊跃发言，对共读内容给予高度赞许。其中，戚建国委员分享了《习近平用典》之 252，并结合原典、释义对现实意义作了解读。叶小文委员继续与大家分享"蒋定之诗词政协篇"第十二则。于守国委员感叹领读之精彩，说道："贤文增广，鉴古成今。"在联动湖南政协"潇湘新咏"读书群同步推送本期宋词导读内容后，碰撞激发了委员们思想的火花，群内互动频频，陈潇委员不禁感叹："一进到群里，书香味扑面而来啊！"同时，委员们继续围绕"品读潇湘之美丽山水"这一主题，在诗词中展开一场文化之旅，共赏湖南山水人物之壮阔丰满。

在这春和景明之际，奇葆副主席来到国学读书群引领共学，委员们在"词境""诗境"的研讨中深化了学习、开阔了眼界、凝聚了思想共识，促进提高了履职水平。接下来，我们将持续完善导读工作，不断探索丰富活动载体，做好成果转化，落实好奇葆副主席的要求，"充分利用书院条件，读书交流、参政议政，一起努力把全国政协书院办成一所高质量的大学校"。

风流子

周邦彦

　　新绿小池塘。风帘动、碎影舞斜阳。羡金屋去来，旧时巢燕；土花缭绕，前度莓墙。绣阁凤帏深几许，曾听得理丝簧。欲说又休，虑乖芳信；未歌先噎，愁近清觞。

　　遥知新妆了,开朱户、应自待月西厢。最苦梦魂，今宵不到伊行。问甚时说与，佳音密耗，寄将秦镜，偷换韩香。天便教人，霎时厮见何妨！

春初种菊助盘蔬

——宋词共学札记之七十八

（2022 年 4 月 7 日）

走进无边光景的寻芳春日，一派生机勃勃的景象跃然眼前，我们以生意盎然的姿态继续探究宋韵精髓，共同度过了全国政协书院"国学"读书群宋词导读读书计划实施的第七十八天。在习近平总书记论文化自信精神的指引下，我们重温了刘过的《唐多令》和姜夔的《念奴娇》，感悟荷花"出淤泥而不染"的高洁品格以及词人对理想生活的向往和追求，深入了解了古诗词中的"荷花"意象，共同品味古代士大夫的"孤"与"独"。此外，我们还通过"宋词纵横谈"，聚焦宋代疏影斜横的插花雅事，通过沉浸式的感官体验，体会宋人寄托情怀理想的情感体验与清雅之美的哲理感悟。

一个民族的文明进步，一个国家的发展壮大，需要一代又一代人的文化积淀、薪火相传与发展创新。通过深入学习"习近平论文化自信"专题之55、之56，我们深刻认识到，作为新时代青年，爱国不能只停留在喊口号，而是要有所作为，要把自己的理想同祖国的前途、把自己的人生同民族的命运紧密联系在一起，扎根人民，奉献国家，实现"小我"与"大我"的有机结合，同心共筑中国梦。同时，我们还延伸学习了《在庆祝中国共产党成立95周年大会上的讲话》等文中引用的"路漫漫其修远兮，吾将上下而求索""志不立，天下无可成之事"，结合原典和释义，让我们更加深刻认识到理想信念的重要性，激励我们做人做事要坚定信念、志存高远，在前进的道路上脚踏实地，在困难挑战面前不屈不挠。一个国家乃至全球的发展更是如此，只要坚定理想信念，树立明确目标，找准方向奋勇前进，就一定能战胜一切艰难险阻，创造更美好未来。

学习宋词之余，我们还深入了解学习了"永遇乐"词牌里的故事。"永遇乐"，又名"永遇乐慢""消息"。"永遇乐"原是宋代宫廷乐，周密《天基圣节排当乐次》云："乐奏夹钟宫。……第五盏，觱篥起《永遇乐慢》。"词调始见宋柳永《乐章集》，苏轼的《永遇乐·彭城夜宿燕子楼梦盼盼因作此词》为此调通行之正体。此调纡徐和缓，韵稀，而可平可仄之字较多，乃律宽之调，故宋人用此调者颇众。此调适应之题材广泛，言志、怀古、写景、抒情、议论、赠酬、祝颂、咏物均可；风格既可豪放，亦可婉约。代表词作有辛弃疾的《永遇乐·京口北固亭怀古》等。

疏影横斜，暗香浮动。我们在第二十八期"宋词纵横谈"《春初种菊助盘蔬，秋晚开花插酒壶——在宋词中看宋人雅致插花的生活追求》中，看到宋代举国上下插花之风极为盛行，不仅宫廷、官府、寺庙、道观等有插花之习，茶楼、酒馆、游船内也是插花成风，可谓是花形多样、花技精湛、花意深邃。插花是宋代"生活四艺"之一，受理学观念影响，宋人插花不只是追求外在视觉感受，还注重以花喻人，赋予花人格，以花言志，以花抒理，以此来表达主人的内心世界。宋人赋予插花的清雅之美，也给今天的插花艺术带来诸多启发。这一分外注重内涵修养的艺术，值得我们作进一步探讨和推进，吸取精粹，一定能带来格外的美感。我们通过韵意十足的宋词，一览宋代插花的繁盛，沉浸式体会宋代文人插花的清雅之美，领略他们意境深远的精神体验。

在这一天的学习过程中，连玉明委员、郭媛媛委员、李学梅委员和各位委员共读宋词，叶小文、戚建国、王苏、张嘉极、于守国、张连起、祁志峰等委员先后踊跃发言，对共读内容给予了高度赞许。其中，叶小文委员与我们分享了"蒋定之诗词政协篇"第十三则以及《望海楼札记》。戚建国委员继续分享《习近平用典》之 253，并结合原典、释义对现实意义作了解读。王苏委员通过引用学习内容对共读活动表示赞赏。张嘉极委员分享了当下热点话题，对于我们建言资政具有重要价值与启迪。于守国委员感叹领读辅导之精彩生动，说道："利于国者爱之，害于国者恶之。"张连起委员分享了《尚书》中的德政思想，与我们一同回溯中国传统思想文化的精神脉络。祁志峰委员为"宋词纵横谈"精彩分享点赞。在联动湖南政协"潇湘新咏"读书群同步推送本期宋词导读内容后，委员们积极参与讨论，群内学习氛围浓郁。其中，廖鸿兵委员学习"永遇乐"词牌里的故事后不禁感叹："词调至繁，故事甚多！"同时，委员们以"品读潇湘之文化底蕴"为主题，在诗词共读共赏中，一起探寻湖湘文化的内涵和精髓，江涌委员学习后感慨："文以化人，人能弘道。"

落花飞舞情几许，插花入画意正浓。看宋人以花为友、以花抒理、以插花为趣，委员们不只在学习中感受到了藏在宋词中的清雅之美，更是在学习中细读深悟宋词经典，探寻中华民族生生不息的文化基因，以此浸润心灵、启迪智慧、升华思想境界，激发履职尽责的力量。

东风第一枝·春雪

史达祖

巧沁兰心，偷黏草甲，东风欲障新暖。谩疑碧瓦难留，信知暮寒犹浅。行天入镜，做弄出、轻松纤软。料故园、不卷重帘，误了乍来双燕。

青未了、柳回白眼，红欲断、杏开素面。旧游忆著山阴，后盟遂妨上苑。寒炉重暖，便放漫春衫针线。怕凤靴、挑菜归来，万一灞桥相见。

杏花疏影里

——宋词共学札记之七十九

（2022年4月8日）

  玉环牵手雪如意，诉说浓郁华夏风。当冬奥与馥郁诗词相遇，我们共同度过了全国政协书院"国学"读书群宋词导读读书计划实施的第七十九天，让我们感到特别温暖和鼓舞人心的，既有古代文人百种人生况味带来的真谛指引，更有中国文化与冰雪之约相融带来的艺术享受。在习近平总书记论文化自信精神的指引下，我们深入学习了"习近平论文化自信"专题之57、之58，深刻认识到理论自觉、文化自信，是一个民族进步的力量，价值先进、思想解放，是一个社会活力的来源。

  时值北京冬奥会、冬残奥会总结表彰大会召开之际，读书群内发起"冬奥诗会"，奇葆副主席在国学读书群赋上一首七律：

七律·北京冬奥会

交春之日，第24届冬季奥运会在中国国家体育场（鸟巢）开幕，国内外嘉宾云集，数千名冰雪健儿出征，东道主极尽欢迎之情。躬逢其盛，赋诗以记。

素雪浓霜夜未央，东君会意着春阳。

白寻鸟第添青绿，万国衣冠沐紫光。

眩目晶花飞玉树，凌寒健勇走冰场。

琼台放眼开宫阙，欲为千邦举酹觞。

奇葆副主席的诗意境深远、韵味醇厚，令人如临其境，引发深思。委员们读后，有感于本届冬奥会绝美浪漫的开闭幕式与精彩绝伦的赛事现场带来的震撼与感动，纷纷和诗，以诗言情，以诗言志，一同在读书群内重温并深化这份感动。"欲为千邦举酹觞""冬奥欢歌震云霄""只缘冬奥遇佳期""一城双奥欢声处""冰墩炫酷动春梢""北京两奥列国央""赤情染透雪冰场""五环旗帜更昭明""今有勋章天地铸""冬奥开新颂大同""春到鸟巢乐未央"……一字字、一句句无不表达着委员们的拳拳赤子心、殷殷爱国情。

昨天，我们一起重温了欧阳修的《采桑子》和蒋捷的《一剪梅·舟过吴江》，欣赏欧阳修疏淡轻快笔墨下的西湖暮春之景，在"舟过吴江"中聆听蒋捷客居异乡的心歌，并于"宋词里的中国"共同品读古代士大夫的精神面貌和遗民词人的"黍离之悲"。我们还透过"宋词纵横谈"，走进宋词的音乐世界，了解不同乐器弹奏出的不同感情色彩，并透过乐器窥探宋代士人的生活面貌，感受文人对高雅生活意趣的追求，感悟词人的审美观以及人生态度、处世哲学。

　　学习宋词之余，我们还深入了解了词牌"踏莎行"背后的故事，感受宋代文人踏青之时的灵感迸发。"踏莎行"，又名"踏雪行""踏云行""柳长春""惜余春"，相传为北宋寇准创制，在一个暮春之日，寇准与友人去郊外踏草，忽然想起唐代诗人韩翃"踏莎行草过春溪"之句，于是作了一首新词名为"踏莎行"。"踏莎行"中的"莎"字，指莎草，亦称"香附子"，是一种多年生草本植物。

　　此夜曲中闻折柳，何人不起故园情。我们在第二十九期"宋词纵横谈"《杏花疏影里，吹笛到天明——宋词中的音乐艺术美》中，通过不同乐器的演奏视角，共同走进宋词的音乐世界，感受词与音乐共鸣的多愁善感。"紫箫声断，窗底春愁乱"，箫声带来的是一种直击人胸怀的哀怨怅惘之感。"白鸟明边帆影直，隔江闻夜笛"，婉转悠扬的笛声与如画之景结合，词人清远萧散之情怀一览无余。"闲弄筝弦懒系裙，铅华消尽见天真"演奏的是筝妓哀怨命运愁恨之曲。"小莲初上琵琶弦，弹破碧云天"写出了琵琶女技艺之高超。"对一张琴，一壶酒，一溪云"呈现出的则是一种清高而诗意的生活方式。宋词与乐器的完美结合令我们流连忘返，深切地体会到宋人风雅的生活意趣和宋词的音乐艺术之美。

在这一天的学习过程中，连玉明委员、郭媛媛委员和各位委员共读宋词，戚建国、叶小文、张嘉极、王苏、刘晓冰、蒋定之、张连起、牛克成、蒋作君、刘宁、于守国、张东俊等委员或踊跃发言，或赋诗作对。其中，戚建国委员分享了《习近平用典》之254《在中央政治局第二十次集体学习时的讲话》等文中引用的"不闻不若闻之，闻之不若见之，见之不若知之，知之不若行之"，并结合原典、释义对现实意义作了解读。叶小文委员持续分享"蒋定之诗词政协篇"第十四则及《望海楼札记》。张嘉极委员同大家分享了当下热点。王苏委员和于守国委员引用共读内容表达自己对共读学习的感悟。在联动湖南政协"潇湘新咏"读书群同步推送本期宋词导读内容后，依旧引发委员们高涨的学习热情，大家踊跃参与讨论，并继续以"品味潇湘之文化底蕴"为主题，在蔚为壮观的诗词文学作品一览湖湘深厚而又丰富的文化底蕴之美，其中，伍英委员说道："湖湘文化精神，'经世致用''实事求是''百折不挠''兼收并蓄''敢为人先'。"

词风雅韵传古意，言志抒怀开新思。奇葆副主席在国学群赋诗一首、引领共学，让委员们在这场"冬奥诗会"中以诗为曲，将那些藏于诗词海洋里的点滴智慧努力转化和溢出，共同传唱绵延千年的中国式浪漫的磅礴和力量，诗香曼妙，志远悠长。

过秦楼

周邦彦

水浴清蟾，叶喧凉吹，巷陌马声初断。闲依露井，笑扑流萤，惹破画罗轻扇。人静夜久凭阑，愁不归眠，立残更箭。叹年华一瞬，人今千里，梦沉书远。

空见说、鬓怯琼梳，容销金镜，渐懒趁时匀染。梅风地溽，虹雨苔滋，一架舞红都变。谁信无聊为伊，才减江淹，情伤荀倩。但明河影下，还看稀星数点。

似花还却似非花

——宋词共学札记之八十

（2022 年 4 月 9 日）

"肯来芹泮提英裁，要取芳编阅书香。"沐浴着暖暖的春光，沉浸在悠悠书香，我们分享着读宋词的快乐，共赴精神的盛宴。昨日，我们共同度过了全国政协书院"国学"读书群宋词导读读书计划实施的第八十天。在习近平总书记论文化自信精神的指引下，我们一同重温了苏轼的《江城子·密州出猎》和张孝祥的《六州歌头》，感受北宋词人苏轼宝刀未老、志在千里的英风与豪气，南宋词人张孝祥"扫开河洛之氛祲，荡洙泗之膻腥者，未尝一日而忘胸中"的爱国精神，并在"宋词里的中国"里深入了解宋朝的"田猎"之礼和礼乐文化制度。此外，我们还透过"宋词纵横谈"，走进那些充满戏剧性因素的词作，一窥宋代文人的戏剧情结，看词体文学与戏剧艺术如何在宋代文坛中"摇曳生姿"，细细感受二者相互渗透迸发出的艺术魅力。

越是优秀的文化，越能够在一个国家、民族命攸关之际，显现出无可比拟的强大力量。我们深入学习了"习近平论文化自信"专题之59、之60，认识到真正的文化自信是基于对本国本民族文化的深刻自觉、自知和自省，是在古今中外文明的对比中确立起来的大国气度、大国精神、大国担当。我们要以大国风范推动不同文明的交流对话，一方面要把中国文化、中国方案推介给世界，让更多人在中国文化、中国智慧中获益，另一方面也要不断吸纳其他文明的优秀成果，不断丰富和发展中国文化，使中国文化始终与时代同行，护佑人类福祉。我们还延伸学习了"石可破也，而不可夺坚；丹可磨也，而不可夺赤"和"观古今于须臾，抚四海于一瞬"，结合原典和释义，让我们更加深刻认识到理想信念的坚定源于思想理论的坚定，认识真理、掌握真理、信仰真理、捍卫真理，是坚定理想信念的精神前提。认识到：博大精深的中华文明是中华民族独特的精神标识，是当代中国文艺的根基，也是文艺创新的宝藏。

学习宋词之余，我们还深入了解学习了"渔家傲"词牌后面的故事。"渔家傲"，别名"渔歌子""渔父词"等。作为曲调，原是用于佛曲、道曲。该词牌的历史沿革在《乐府纪闻》中记载到："张志和自称烟波钓徒，愿为浮家泛宅，往来苕霅间，作'渔歌子'。"其意为，张志和自称烟波钓徒，自愿弃官，散尽家财，浮家泛宅，作"渔歌子"，词牌名由此而来。范仲淹的《渔家傲·秋思》为此调名篇，被誉为"穷塞主之词"，词风豪健而又悲慨，最能体现此调特色。

操琴司鼓奏皮黄，字正腔圆韵味香。在第三十期"宋词纵横谈"《蝴蝶一生花里活，似花还却似非花——宋词的戏剧情结》中，我们通过各式各样情调风韵的词作，欣赏了或梦幻、或轻喜、或悲愁的戏剧场景，如易安有"天接云涛连晓雾，星河欲转千帆舞"的梦幻之境，稼轩有"与杯对饮诉豪情"的寓庄于谐之景，冯延巳抒写了激烈却终而无解的悲剧性体验，刘过笔下则是香山居士、和靖先生、东坡同游的奇趣场面。这些饶富戏剧性的词作，展现出融合抒情与叙事双重表现手法的别样美学风范，从中我们领略到别具风味的词之新境，看到宋词不断在诗、文、赋以及戏剧等各类文艺样式中博采众长的事实，感受到词体文学与戏剧艺术在宋代相资为用、彼此借鉴的共生关系，不禁让人由衷感叹中华文化的博大精深。

我们还按照第八期委员读书活动"国学"读书群读书计划，开展了第九期"深研"栏目，邀请全国政协委员、电影导演霍建起作题为"电影中的诗意山水"的专题领学。霍建起委员以电影为切入点，用充满诗情画境的文字和图片，与我们分享其与诗意山水相融的电影制作场景，带我们走进了电影中的山水画符号意象。其间，我们看到了丰富的山水意象和美丽的艺术表现，读到了电影艺术家眼里的美、心中的美，感受到山水诗词歌赋中的生命律动，品味了中国传统文化绵延千年的艺术魅力与诗意表达。中华大地，无山不美，无水不秀。中华民族是与山水结缘的民族，山水之道与先哲的思想精华同气连枝、一脉相承，滋养了中华文明，造就了中华文化崇高雄浑的精神气质。

在这一期"深研"专题领学中，委员们纷纷为"电影中的诗意山水"所倾倒，浸润在山水意境中令人神往的林泉之志和烟霞之旅，不禁发出阵阵惊叹与赞赏。王苏委员感慨道："心里有诗，眼见一切均是诗！"吴洪亮委员表示："我们有时谈山水画，可游可居，我们求得放慢速度。电影是时间性的艺术，您的电影节奏固然是慢的，却在同一个时间点上表达得如此丰富饱满，同时调动观者的眼睛与心灵共同去感悟。这与品读山水画有着类似的逻辑。"李学梅委员学后说道："那年我也去看过《千里江山图》，确实是人与自然和谐共生的山水画卷！"牛克成委员称赞道："诗之境阔，词之言长。霍导用镜头语言表现出词之悠长味，悦目而赏心！"丁伟委员感叹道："在电影中呈现诗的意境。"王林旭委员直呼："画面太有意境了。"骆芃芃委员也赞叹道:"画面充满诗情画意!"郭媛媛委员总结道:"光影世界、意境深邃、气韵生动……霍老师的讲座,与他的电影创作、艺术人生一样,有着与山、与水的在兹、念兹,与诗、与画的和谐共生、水乳交融。体现出电影艺术家寄情山水、感知世界的本然、自然,热爱山水、继承传统的厚重积淀与人文情怀。让我们如此真切、鲜活地感受到,中华民族结缘山水、寻根传统的生命美丽、性灵美好。"与此同时,委员们也围绕"现在的电影特效技术发展这么快,是不是意味着要在大银幕上呈现诗意山水更容易了?或者可以说只有想不到,没有做不到?"这一话题进行了热烈的交流互动,霍建起委员就相关问题一一作答。

在这一天的学习过程中,连玉明委员、郭媛媛委员和各位委员共读宋词,戚建国、叶小文、张东俊、王苏、祁志峰、吴洪亮、李学梅、牛克成、丁伟、王林旭、周延礼、骆芃芃、于守国、张嘉极等委员先后踊跃发言,对共读内容给予了高度赞许。其中,戚建国委员继续分享《习近平用典》之 255,并结合原典、释义对现实意义作了解读。叶小文委员与大家分享了《望海楼札记》及"蒋定之诗词政协篇"第十五则。委员们纷纷感叹领学之精彩生动,王苏委员读《蝴蝶一生花里活,似花还却似非花——宋词的戏剧情结》后不由感慨道:"柳永《雨霖铃》就是一出'生离死别'的戏剧场面……每一首宋词都能编写一出精彩的戏剧。"于守国委员引用共读内容表达自己对共读学习的感悟。张嘉极委员分享了《南人看冬奥》诗一首。在联动湖南政协"潇湘新咏"读书群同步推送本期宋词导读内容后,委员们积极参与讨论,掀起了一阵学习高潮。其中,在学习"渔家傲"词牌里的故事后,黄献民委员说道:"了解词牌来历,对理解词的内容和风格大有帮助,虽然后来填词不再严格受词牌限制了。"同时,委员们围绕"品读潇湘之文化底蕴"这一主题,再次展开精彩纷呈的诗词分享,深入探究诗词意境中蕴含的湖湘文化的心灵境界。

书香墨韵传风雅,笔意诗魂写淡泊。连日来,委员们在翰墨飘香的宋词海洋里徜徉,通过感悟宋代文学之美之韵,意境之深远,不断深化对中华优秀传统文化的认识,在书香芬芳中汲取砥砺前行的精神力量和智慧滋养,在相互交流中点亮思想灯塔、凝聚奋进共识、提高履职素养。

满江红·写怀

岳 飞

　　怒发冲冠，凭栏处潇潇雨歇。抬望眼，仰天长啸，壮怀激烈。三十功名尘与土，八千里路云和月。莫等闲、白了少年头，空悲切。

　　靖康耻，犹未雪。臣子恨，何时灭？驾长车踏破贺兰山缺。壮志饥餐胡虏肉，笑谈渴饮匈奴血。待从头、收拾旧山河，朝天阙。

鸡鸭成群晚不收

——宋词共学札记之八十一

（2022 年 4 月 10 日）

迟日江山丽，春风花草香。在春暖花开、花香阵阵的宜人春风里，我们在诗词的画卷中"踏青赏花"，感受春天的斑斓多姿、风情万种，享受宋词的意蕴深厚、妙不可言。昨日，沉浸在宋词的天地里，我们共同度过了全国政协书院"国学"读书群宋词导读读书计划实施的第八十一天。在习近平总书记论文化自信精神的指引下，我们一同重温了苏轼的《水调歌头》和柳永的《雨霖铃》，感受北宋词人苏轼把人世间的悲欢离合之情纳入对宇宙人生的哲理性追寻之中，热爱生活与积极向上的乐观精神，体会北宋词人柳永和恋人缠绵悱恻、凄婉动人的"伤离别"之情，并在"宋词里的中国"一同探寻宋代的中秋习俗和宋代先进的造船技术、航海技术。

此外，我们还透过"宋词纵横谈"，在麦浪、碧草、蝉鸣、蛙叫、溪桥、游鱼中走进宋朝词人笔端的田园生活，在忙碌之余，云淡风轻之夜，一同徜徉于精神的田园。

宣传思想工作就是要巩固马克思主义在意识形态领域的指导地位，巩固全党全国人民团结奋斗的共同思想基础。我们深入学习了"习近平论文化自信"专题之61、之62，认识到做好新形势下宣传思想工作，必须自觉承担起举旗帜、聚民心、育新人、兴文化、展形象的使命任务。举旗帜，就是要高举马克思主义、中国特色社会主义的旗帜，坚持不懈用习近平新时代中国特色社会主义思想武装全党、教育人民、推动工作，在学懂弄通做实上下功夫，推动当代中国马克思主义、21世纪马克思主义深入人心、落地生根。聚民心，就是要牢牢把握正确舆论导向，唱响主旋律，壮大正能量，做大做强主流思想舆论，把全党全国人民士气鼓舞起来、精神振奋起来，朝着党中央确定的宏伟目标团结一心向前进。育新人，就是要坚持立德树人、以文化人，建设社会主义精神文明、培育和践行社会主义核心价值观，提高人民思想觉悟、道德水准、文明素养，培养能够担当民族复兴大任的时代新人。兴文化，就是要坚持中国特色社会主义文化发展道路，推动中华优秀传统文化创造性转化、创新性发展，继承革命文化，发展社会主义先进文化，激发全民族文化创新创造活力，建设社会主义文化强国。展形象，就是要推进国际传播能力建设，讲好中国故事、传播好中国声音，向世界展现真实、立体、全面的中国，提高国家文化软实力和中华文化影响力。我们还延伸学习了"落其实者思其树，饮其流者怀其源"和"文变染乎世情，兴废系乎时序"，结合原典和释义，让我们更加深刻认识到文化创新必需从最本源、最传统的文化形态中寻求复兴与创新的元素，只有从中国传统文化中推陈出新，中国才能创造出既符合世界进步潮流，又不乏中国气派的优秀作品。

学习宋词之余，我们还深入了解学习了"鹊桥仙"词牌里的故事。"鹊桥仙"这一词牌名的由来，一说来源于欧阳修的词句"鹊迎桥路接天津"。又有一说，此调因咏牛郎织女鹊桥相会而得名。以上说法都表明了这一词牌与"鹊桥相会"的神话有关。古时关于"鹊桥"的神话，以东汉应劭《风俗通》中"织女七夕当渡河，使鹊为桥"的记载为最早。至唐时，民间传说更为普遍，诗人多有吟咏。

莫笑农家腊酒浑，丰年留客足鸡豚。在第三十一期"宋词纵横谈"《鸡鸭成群晚不收，桑麻长过屋山头——宋词里的田园生活》中，我们暂别风花雪月、伤春悲秋，轻轻走进稻田、水塘、耕牛、村夫交织共生的田园生活当中，在辛弃疾的《鹧鸪天·戏题村舍》《清平乐·检校山园书所见》《清平乐·村居》等词作中感受乡村闲居的悠然自得。在词史上，田园词以淳美的田园风光和真挚的民俗风情使词从传统的女性题材中跳出来：它不仅容纳了大自然的清新开阔和田园生活的闲适宁静，而且抒写了创作主体的性灵与对真、善、美的渴望。题材之变，使得词的境界和词的格调都相应地发生了很大变化。这一变化对整个词坛有着重要意义，同时也为研究宋代文人思想、情感诸方面提供了一个新的视角。

在这一天的学习过程中，连玉明委员、郭媛媛委员、李学梅委员和各位委员共读宋词，戚建国、叶小文、刘晓冰、唐俊杰、张东俊、达扎·尕让托布旦拉西降措、王苏、赵雨森、于守国等委员先后踊跃发言，对共读内容给予了高度赞许。其中，戚建国委员继续分享《习近平用典》之256《在中央政治局第二十次集体学习时的讲话》等文中引用的"知行相资以为用"，并结合原典、释义对现实意义作了解读。叶小文委员与大家分享了"蒋定之诗词政协篇"第十六则。在联动湖南政协"潇湘新咏"读书群同步推送本期宋词导读内容后，委员们热情高涨，纷纷参与讨论。同时，委员们围绕"品读潇湘之智慧创造"这一主题，再次展开精彩纷呈的诗词分享，共同在诗词中感受湖湘文化蕴含的敢为人先、百折不挠的魅力和精神。

积丝成寸，积寸成尺；寸尺水已，遂成丈匹。宋词作为中国古代文学史上光辉夺目的宝藏，蕴含着妙语之最，包含着人生真谛，记录着世事浮沉，只有勤学勤读，才能读懂宋词背后的脉络和故事。经过持续数月的宋词共读学习，委员们对于宋词的认识和理解更加多元、更加立体，进一步提升了学习实效，提升了履职本领，充分展现了新时代政协委员的良好风采。

菩萨蛮·书江西造口壁

辛弃疾

郁孤台下清江水，中间多少行人泪。西北望长安，可怜无数山。

青山遮不住，毕竟东流去。江晚正愁余，山深闻鹧鸪。

照日深红暖见鱼

——宋词共学札记之八十二

（2022 年 4 月 11 日）

草树知春不久归，百般红紫斗芳菲。随着姹紫嫣红的春天渐渐远去，我们共同度过了全国政协书院"国学"读书群宋词导读读书计划实施的第八十二天。在习近平总书记论文化自信精神的指引下，我们一同重温了苏轼《江城子·乙卯正月二十日夜记梦》和陈与义的《临江仙》，感受北宋词人苏轼对妻子绵绵不尽的思念之情，体会北宋后期词人陈与义的家国情怀，并在"宋词里的中国"一同了解中国古代的爱情观和"睡眠障碍"。此外，我们还透过"宋词纵横谈"，共同感受宋代山的大气、空旷与幽深，体味水的灵动、从容与坚韧，品味乡村的幽静、雅致与烟火。

理想信念是立党兴党之基，也是党员干部安身立命之本。

我们深入学习了"习近平论文化自信"专题之63、之64，认识到对马克思主义的信仰，对社会主义和共产主义的信念，是共产党人的政治灵魂，是共产党人经受住各种考验的精神支柱。只有理想信念坚定的人，才能始终不渝、百折不挠，不论风吹雨打，不怕千难万险，坚定不移为实现既定目标而奋斗。今天，每一个共产党员都要做共产主义远大理想和中国特色社会主义共同理想的坚定信仰者、忠实实践者，为实现"两个一百年"奋斗目标、实现中华民族伟大复兴的中国梦而英勇奋斗。

学习宋词之余，我们还深入了解学习了"菩萨蛮"词牌里的故事。"菩萨蛮"，又名"子夜歌""重叠金""花间意""花溪碧"等，原是唐玄宗时教坊曲名，后用为词调。双调小令，四十四字。用韵两句一换，共四仄韵、四平韵。据唐代苏鹗《杜阳杂编》记载，唐时俗称美女为菩萨，女蛮国的人梳有高高发髻，戴金饰帽子，挂珠玉项圈，故称之为"菩萨蛮"。当时的教坊以此做《菩萨蛮曲》，后来就有了"菩萨蛮"这个词牌。

春山淡冶而如笑，夏山苍翠而如滴，秋山明净而如妆，冬山惨淡而如睡。在第三十二期"宋词纵横谈"《照日深红暖见鱼，连溪绿暗晚藏乌——宋词里的乡间野景》中，我们通过一首首田园词去领略乡村独特迷人的四季景色，在苏轼的《浣溪沙》和秦观的《行香子》中，我们感受到了柔美婉丽之春；在苏轼的《鹧鸪天》中，我们品味到了怡然清幽之夏；在苏庠的《鹧鸪天》中，我们感受到了萧散淡远之秋；在辛弃疾的《清平乐·检校山园书所见》中，我们领略到澄碧清冷之冬。宋代田园词在浮艳软媚的脂粉世界中，以其澄洁的本色和清雅的格调冲淡词的缠绵艳丽，在空灵旷逸的山水天地中，保持词体的抒情达意性，以及婉约深细的情感抒发方式，于空谷清音中流淌着清丽柔美的曲调。

在这一天的学习过程中，连玉明委员、郭媛媛委员和各位委员共读宋词，戚建国、叶小文、常信民、张嘉极、祁志峰、黄廉熙、于守国、王苏等委员先后踊跃发言，对共读内容给予了高度赞许。其中，戚建国委员继续分享《习近平用典》之257《在党的新闻舆论工作座谈会上的讲话》等文中引用的"涉浅水者见虾，其颇深者察鱼鳖，其尤甚者观蛟龙"，并结合原典、释义对现实意义作了解读。叶小文委员与大家分享了"蒋定之诗词政协篇"第十七则。在联动湖南政协"潇湘新咏"读书群同步推送本期宋词导读内容后，委员们各抒己见、畅所欲言，读书群内讨论气氛热烈。同时，委员们围绕"品读潇湘之智慧创造"这一主题，展开了精彩纷呈的诗词分享，共同在诗词中品鉴"湘绣之美"，感受湖南别具一格的服饰文化、方言文化和饮食文化。

勤学如春起之苗，不见其增，日有所长；辍学如磨刀之石，不见其亏，日有所损。通过读书群内宋词的持续共读学习，委员们真正把宋词学习当成一种生活态度、一种工作责任、一种精神追求，自觉养成读书学习的习惯，真正使读书学习成为工作、生活的重要组成部分，使一切有益的知识和文化入脑入心，沉淀在血液里，融汇在建言资政中，提升了整体素质和履职本领，在新征程中展现了政协委员的新担当。

踏莎行

欧阳修

　　候馆梅残，溪桥柳细，草薰风暖摇征辔。离愁渐远渐无穷，迢迢不断如春水。

　　寸寸柔肠，盈盈粉泪，楼高莫近危栏倚。平芜尽处是春山，行人更在春山外。

村庄儿女各当家

——宋词共学札记之八十三

（2022 年 4 月 12 日）

绿遍山原白满川，子规声里雨如烟。乡村四月闲人少，才了蚕桑又插田。在烟雨苍茫、农事正忙的季节里，我们共同度过了全国政协书院"国学"读书群宋词导读读书计划实施的第八十三天。在习近平总书记论文化自信精神的指引下，我们一同重温了辛弃疾《贺新郎》和晁冲之《汉宫春·梅》，感受南宋词人辛弃疾壮志难酬的义愤之情，体会北宋词人晁冲之洁身自好、不与世俗同流合污的人生价值取向，并在"宋词里的中国"一同感受古诗词中的"鹧鸪之美"和古人的"赏花之道"。此外，我们还透过"宋词纵横谈"，走近宋词中麦浪千重的田野和炊烟袅袅的村庄，一睹乡间农忙"馌妇耕夫"和农隙"隔墙沽酒"的光景。

改革开放是决定当代中国命运的关键一招，也是决定实现"两个一百年"奋斗目标、实现中华民族伟大复兴的关键一招。我们深入学习了"习近平论文化自信"专题之65、之66，认识到我国改革已经进入攻坚期和深水区，进一步深化改革，必须坚定信心、凝聚共识、统筹谋划、协同推进。要勇于冲破思想观念的障碍和利益固化的藩篱，敢于啃硬骨头，敢于涉险滩，更加尊重市场规律，更好发挥政府作用，以开放的最大优势谋求更大发展空间。

学习宋词之余，我们还深入了解学习了"贺新郎"词牌里的故事。"贺新郎"，最初的名字为"贺新凉"，又名"金缕曲""乳燕飞""貂裘换酒""金缕词""风敲竹"等。清代《古今词话》中记载了这个词牌的来历："东坡守杭州，湖中宴会，有官妓秀兰后至，问其故，以结发沐浴忽觉困倦对，座客颇恚恨"。秀兰受责怪后，于酒席上摘石榴花献在座诸宾，未曾想更激怒了宾客。苏轼为此赋"贺新凉"，秀兰歌之，众人始息怒而乐。以"贺新郎"为词牌的词大多感伤悲愤，和婚宴气氛不合。

在第三十三期"宋词纵横谈"《昼出耘田夜绩麻，村庄儿女各当家——透过宋词看宋朝的农民生活》中，我们走进宋朝词人笔下的乡村田园，体会特定地域风情、文化背景、政治环境、农事时节中的农民生活，感受山村、村民、风物的俗与雅。从陶渊明与唐代田园诗表现的淡泊、美好，到宋代农事诗中描绘的艰辛、困苦，乡村写作大有避雅就俗的趋势。宋代乡村词作的"近俗"改变了词的审美趣味，打造出别致的"乡野艺术"，对于农事、农民、农村的观察更为仔细，意象题材的选取更为丰富，涵盖经济、生活娱乐、农业意象等各个方面，写农具、制酒、缫丝、织布、养蚕、打麦，也写饮食、祭祀、结社、牧牛、洗衣，有意识地追求一种有别于文人雅士生活之外的情趣，体现出宋代文士对于农事、乡村、农民的极大热情。同时，宋代士大夫往往将人生体验与乡村生活相结合，在乡村词作中融入对人生价值的思考和对人生体验的追寻，如周邦彦在《虞美人》中既写"疏篱曲径田家小。云树开清晓"，也写"添衣策马寻亭堠。愁抱惟宜酒"。辛弃疾的《满江红·山居即事》"闲日永，眠黄犊。看云连麦垄，雪堆蚕簇，若要足时今足矣，以为未足何时足"，从自身的满足、自得和活在当下的洒脱，写出了乡村给人带来的乐观积极的美好体验。

在这一天的学习过程中，连玉明委员、郭媛媛委员、王苏委员和各位委员共读宋词，戚建国、叶小文、赵金云、张嘉极、张东俊、于守国、孙寿山等委员先后踊跃发言，对共读内容给予了高度赞许。其中，戚建国委员继续分享《习近平用典》之258《深化伙伴关系 增强发展动力——在亚太经合组织工商领导人峰会上的主旨演讲》等文中引用的"遇事无难易，而勇于敢为"，并结合原典、释义对现实意义作了解读。叶小文委员与大家分享了"蒋定之诗词政协篇"第十八则。在联动湖南政协"潇湘新咏"读书群同步推送本期宋词导读内容后，委员们畅所欲言、积极互动，读书群内气氛热烈。同时，委员们围绕"品读潇湘之红色基因"这一主题，展开了精彩纷呈的诗词分享，共同在诗词中追寻红色足迹，重温红色记忆，从毛泽东诗词领略共产党人的理想信念和战斗情怀。

四月春恰好，读书正当时。读书学习的过程，实际上也是一个不断思考认知的过程。阅读和思考相辅相成，唯有在阅读中"博学之，审问之，慎思之，明辨之，笃行之"，才能提高工作水平、增加工作实效。通过宋词共读学习，委员们优化了知识结构，拓宽了眼界和视野，实现了在读书中"提高思想水平、解决实际问题、实现自我超越"的目标。

西江月·夜行黄沙道中

辛弃疾

　　明月别枝惊鹊，清风半夜鸣蝉。稻花香里说丰年，听取蛙声一片。

　　七八个星天外，两三点雨山前。旧时茅店社林边，路转溪桥忽见。

东风染尽三千顷

——宋词共学札记之八十四

（2022年4月13日）

门外无人问落花，绿阴冉冉遍天涯。林莺啼到无声处，青草池塘独听蛙。春光易逝，落花飘落，沉浸在宋词的世界里，我们共同度过了全国政协书院"国学"读书群宋词导读读书计划实施的第八十四天。在习近平总书记论文化自信精神的指引下，我们一同重温了周邦彦《蝶恋花·早行》和秦观的《望海潮》，体会北宋词人周邦彦与情人的离别之情和秦观政治失意之后的怀旧之情，并在"宋词里的中国"一同感受诗词里多姿多彩的"月"之美和宋代人们丰富多彩的休闲活动。此外，我们还透过"宋词纵横谈"，从农耕场景、丰收喜悦、农业发展等多角度，对宋朝的"春耕秋收"追影寻踪。

高校思想政治工作关系高校培养什么样的人、如何培养人以及为谁培养人这个根本问题。要坚持把立德树人作为中心环节，把思想政治工作贯穿教育教学全过程，实现全程育人、全方位育人，努力开创我国高等教育事业发展新局面。我们深入学习了"习近平论文化自信"专题之67、之68，认识到要坚持社会主义办学方向，把立德树人作为教育的根本任务，发挥教育在培育和践行社会主义核心价值观中的重要作用，深化学校思想政治理论课改革创新，加强和改进学校体育美育，广泛开展劳动教育，发展素质教育，推进教育公平，促进学生德智体美劳全面发展，培养学生爱国情怀、社会责任感、创新精神、实践能力。

学习宋词之余，我们还深入了解学习了"六丑"词牌里的故事。"六丑"，为周邦彦自创。双调一百四十字，前段十四句八仄韵，后段十三句九仄韵。传说当年名妓李师师为宋徽宗唱了这支曲子，徽宗觉得这首曲词圆婉好听，就问："是谁写的？"李师师说："这曲子叫'六丑'，周邦彦写的新调。"徽宗召见周邦彦时问："为何取名'六丑'？"周邦彦答道："因为它冲犯了六个宫调，那都是最好听的章调，可是要唱好它并不容易。昔日高阳氏有子六人，富才华而貌，故以此取为曲调的名字。"

扶犁野老田东睡，插花山女田西醉。在第三十四期"宋词纵横谈"《东风染尽三千顷，白鹭飞来无处停——从宋词看宋朝的"春耕秋收"》中，我们走进宋朝词人笔下的农事活动，观察宋朝农民春种春耕的场景，感受宋朝农民对丰收的期待，了解宋朝农业生产的发展和进步，体悟泱泱华夏古时农业的魅力。宋朝的田园词作跳出了题材狭窄、内容贫弱的限制，将词意从相思眷恋、离愁恨别中扩展开来。以苏轼、辛弃疾、范成大、梅尧臣等为代表的文人雅客们，走出城市，走进乡村，观赏农事，关注农民，写就了大量记录宋朝田园生活、农民劳作的作品，把最淳朴、最平淡、最真实、最自然的田园生活记录并呈现出来，这便是宋词的魅力，也是"春耕秋收"的吸引力。

我们还按照第八期委员读书活动"国学"读书群读书计划，开展了第十一期"精学"栏目，邀请中山大学中国语言文学系教授、系主任，国务院学位委员会中文学科评议组成员、教育部中文教育指导委员会委员、教育部长江学者特聘教授彭玉平，作题为"宋词与家国人生——辛弃疾与陈亮"的专题讲座。彭玉平教授以辛弃疾与陈亮的"鹅湖之会"为主线，讲述了辛弃疾与陈亮第一次会面背后的故事，让我们了解了辛弃疾《贺新郎》这首词的创作背景。同时，通过会面之后两人又用同一词牌的反复唱和，进一步揭示了辛弃疾与陈亮相识相知，最终成为志同道合、惺惺相惜一生挚友的时代背景。透过两人的友情，我们也感受到了南宋豪放派词人心怀家国天下,力图收复故土山河的雄心壮志和爱国情怀。

在这一期"精学"专题讲座中,委员们被辛弃疾与陈亮的英雄相惜之情所感动,纷纷为彭教授的讲课点赞致敬。同时,委员们结合自己关心的问题与彭教授开展了进一步的交流研讨。针对委员们提出的"辛弃疾与陈亮词作的相似之处与差异之处何在,为何辛词更为有名"这一问题,彭教授解答道:"辛弃疾的词总体沉郁苍凉,豪而不放。陈亮是豪而且放。从艺术上说,辛词更耐咀嚼,陈词更易引发共鸣。两人都是英雄,但辛弃疾更像一位备受冷落的英雄,所以情绪压抑而悲凉。陈亮其实也不得志,但他一直壮心不已,所以词风要更激扬。辛词艺术高于陈,陈词气概雄于辛。"

在这一天的学习过程中,连玉明委员、郭媛媛委员和各位委员共读宋词,戚建国、叶小文、周群飞、于守国、赵梅、祁志峰、常信民、张嘉极、林安、王苏等委员踊跃发言,对共读内容给予了高度称赞。其中,戚建国委员继续分享《习近平用典》之259《做党和人民满意的好老师——同北京师范大学师生代表座谈时的讲话》等文中引用的"国将兴,必贵师而重傅;贵师而重傅,则法度存",并结合原典、释义对现实意义作了解读。叶小文委员与大家分享了"蒋定之诗词政协篇"第十九则。在联动湖南政协"潇湘新咏"读书群同步推送本期宋词导读内容后,读书群内踊跃发言、气氛热烈。同时，委员们围绕"品读潇湘之红色基因"这一主题，继续展开精彩纷呈的诗词分享，共同品读毛泽东诗词的感情意味、思想蕴含、语言特色和时代价值，深入领会中国共产党人的心路历程、革命意志与思想境界。

一曲新词酒一杯，去年天气旧亭台。每一首宋词，都诉说着一段故事，记录着一段历史。在宋词的世界里，我们可以遇见鲜衣怒马、佳人美景，也可以感受戚戚怨怨、豪情万丈，还可以通过一首首词作感受当时的人们对世界、对国家、对爱情、对友谊的复杂情感。通过读书群内宋词的持续共读学习，委员们不仅提升了文学素养，增强了文化自信，而且做到了读史明智、知古鉴今，切实把读书学习的收获转化为做好政协工作的过硬本领和履职尽责的工作成果。

念奴娇·书东流村壁

辛弃疾

野棠花落，又匆匆，过了清明时节。划地东风欺客梦，一枕云屏寒怯。曲岸持觞，垂杨系马，此地曾轻别。楼空人去，旧游飞燕能说。

闻道绮陌东头，行人曾见，帘底纤纤月。旧恨春江流不尽，新恨云山千叠。料得明朝，尊前重见，镜里花难折。也应惊问：近来多少华发？

百货千商集成蚁

——宋词共学札记之八十五

（2022 年 4 月 14 日）

双双瓦雀行书案，点点杨花入砚池。闲坐小窗读周易，不知春去几多时。读书让人心诚、心正、心宽，更让人心静、心怡、心安。专注于宋词的读书学习，我们共同度过了全国政协书院"国学"读书群宋词导读读书计划实施的第八十五天。在习近平总书记论文化自信精神的指引下，我们一同重温了陈亮《水龙吟》和晁补之《摸鱼儿·东皋寓居》，感受南宋词人陈亮对中原未复、国耻未雪的满腔悲愤，体会北宋词人晁补之厌弃官场、急流勇退的情怀，并在"宋词里的中国"一同了解古代的定情信物和文人的田园情结。此外，我们还透过"宋词纵横谈"，从都市风采、城市印象以及艺术创新三个方面感受宋朝大城市的繁华富丽。

人无精神则不立，国无精神则不强。精神是一个民族赖以长久生存的灵魂，唯有精神上达到一定的高度，这个民族才能在历史的洪流中屹立不倒、奋勇向前。我们深入学习了"习近平论文化自信"专题之69、之70，认识到在一百年的非凡奋斗历程中，一代又一代中国共产党人顽强拼搏、不懈奋斗，涌现了一大批视死如归的革命烈士、一大批顽强奋斗的英雄人物、一大批忘我奉献的先进模范，形成了井冈山精神、长征精神、遵义会议精神、延安精神、西柏坡精神、红岩精神、抗美援朝精神、"两弹一星"精神、特区精神、抗洪精神、抗震救灾精神、抗疫精神等伟大精神，构筑起了中国共产党人的精神谱系。我们党之所以历经百年而风华正茂、饱经磨难而生生不息，就是凭着那么一股革命加拼命的强大精神。这些宝贵精神财富跨越时空、历久弥新，集中体现了党的坚定信念、根本宗旨、优良作风，凝聚着中国共产党人艰苦奋斗、牺牲奉献、开拓进取的伟大品格，深深融入我们党、国家、民族、人民的血脉之中，为我们立党兴党强党提供了丰厚滋养。

学习宋词之余，我们还深入了解学习了"忆秦娥"词牌里的故事。该词牌由秦娥的传说而来。秦娥本是春秋秦穆公嬴任好之女，闺名弄玉。相传弄玉善于吹笙，后来嫁给了善吹箫的仙人萧史，两人在月下吹箫时，感凤来集，夫妇便一同仙去。乐府诗《凤台曲》也完整地叙述了秦娥的故事:"尝闻秦帝女,传得凤凰声。是日逢仙子,当时别有情。人吹彩箫去,天借绿云迎。曲在身不返,空馀弄玉名。"

还似旧时游上苑,车如流水马如龙。在第三十五期"宋词纵横谈"《城中万屋巋甍起,百货千商集成蚁——在宋词中感受一线大城市的繁华》中,我们走进汴京、杭州、苏州、成都、颍州等壮丽雄伟、富庶喧嚣的大城市当中,感受鳞次栉比的楼房店铺,熙熙攘攘的车流人群,琳琅满目的商品,精彩绝伦的百戏杂耍。中国历史上的城市,在宋朝达到了世界的最高峰。而作为宋代最具艺术创新精神和时代发展特色的文学样式——宋词极富张力地描述和展示了当时的城市风貌,并以市井化、生活化的题材和细致化、通俗化的语言,体现出人文精神的具体内涵。

在这一天的学习过程中,连玉明委员、郭媛媛委员、李学梅委员和各位委员共读宋词,叶小文、戚建国、赵梅、张嘉极、刘晓冰、唐俊杰、张首映、王苏、祁志峰等委员踊跃发言,对共读内容给予了高度称赞。其中,戚建国委员继续分享《习近平用典》之260《在哲学社会科学工作座谈会上的讲话》等文中引用的"夫道不欲杂,杂则多,多则扰,扰则忧,忧而不救",并结合原典、释义对现实意义作了解读。叶小文委员与大家分享了"蒋定之诗词政协篇"第二十则。

在联动湖南政协"潇湘新咏"读书群同步推送本期宋词导读内容后，读书群内气氛热烈，委员们热情参与。同时，委员们围绕"品读潇湘之红色基因"这一主题，聚焦"致敬·伟大建党精神"，重温习近平总书记关于伟大建党精神的系列重要论述，学习交流潇湘红色经典诗词，传承和弘扬伟大建党精神。

立身以立学为先，立学以读书为本。习近平总书记强调："读书可以让人保持思想活力，让人得到智慧启发，让人滋养浩然之气。"宋词的持续共读学习，不仅让委员们以更全面、更客观、更长远、更辩证的眼光，从历史视角看待当下问题，提高自信定力。同时，通过在阅读中加强平等互动的交流，在讨论中深化认识、扩大共识，也促进了不同行业、不同界别的委员形成共识，提高了政协的凝聚力。

定风波

苏　轼

三月三日沙湖道中遇雨，雨具先去，同行皆狼狈，余独不觉。已而遂晴，故作此词。

莫听穿林打叶声，何妨吟啸且徐行。竹杖芒鞋轻胜马，谁怕？一蓑烟雨任平生。

料峭春风吹酒醒，微冷，山头斜照却相迎。回首向来萧瑟处，归去，也无风雨也无晴。

城中酒楼高入天

——宋词共学札记之八十六

（2022 年 4 月 15 日）

　　"绿草蔓如丝，杂树红英发"，绿草如丝，蔓延大地，树木之间，红花竞放。在一片生机勃勃的春意中，我们已经来到了全国政协书院"国学"读书群宋词导读读书计划实施的第八十六天。在习近平总书记论文化自信精神的指引下，我们重温了辛弃疾的《永遇乐·京口北固亭怀古》与李清照的《如梦令》，透过中国十大传世名画之一、国宝级文物——北宋张择端《清明上河图》中繁华的都市城楼，回顾了城楼之于中国城市历史的缘起、发展与传承，并通过探寻宋人在建筑、绘画、漆器、服饰等不同领域的色彩运用及创新，感悟宋人独特的审美心理。我们还透过"宋词纵横谈"，一览宋代高度发展的"楼宇经济"，体会宋词中蕴意丰富的楼意象之美，感受宋代楼宇所承载的审美情趣、城市风光、商品经济、民俗风情以及休闲文化。

文化是民族的精神命脉，文艺是时代的号角。我们深入学习了"习近平论文化自信"专题之71、之72，深刻认识到中华文化源远流长，积淀着中华民族最深层的精神追求，代表着中华民族独特的精神标识，为中华民族生生不息、发展壮大提供了丰厚滋养。新时代新征程需要我们深入挖掘和阐发中华优秀传统文化，推动中华优秀传统文化创造性转化、创新性发展，不断增强中华文化的影响力和吸引力，为实现中华民族伟大复兴提供不竭的精神动力。同时，我们还延伸学习了"等闲识得东风面，万紫千红总是春""乘风好去，长空万里，直下看山河"，并结合原典和释义，让我们更加深刻地认识到，当前，中国正处于实现中华民族伟大复兴的关键时期，新时代青年要勇于肩负起时代所赋予的使命，主动担当作为，以奋斗之青春书写新时代的人生华章，让中华民族伟大复兴的中国梦在一代代青年的接力奋斗中变为现实。

学习宋词之余，我们还深入了解学习了"一斛珠"词牌里的故事。"一斛珠"，又名"醉落魄""怨春风""章台月"等，调名出自唐代梅妃故事。开元年间，杨玉环入宫后，梅妃宠爱日衰。一日，梅妃写下《楼东赋》呈送，盼望玄宗能够让其重新获宠。玄宗略感歉意又恐杨妃不快，遂命封珍珠一斛密赐梅妃。谁知梅妃见玄宗未至，伤心欲绝，便以诗付使者，曰："为我进御前也。"玄宗览诗，怅然不乐，令乐府以新声度之，名《一斛珠》，曲名由此而来。代表词作有周邦彦的《一斛珠·茸金细弱》、张先的《醉落魄·吴兴莘老席上》等。

忆得少年多乐事，夜深灯火上樊楼。我们通过第三十六期"宋词纵横谈"《城中酒楼高入天，烹龙煮凤味肥鲜——从宋词看宋代的"楼宇经济"》，共同走进宋词与宋代楼宇，探寻宋代高度发展的"楼宇经济"，感受宋代楼宇所承载的审美情趣、城市风光、商品经济、民俗风情以及休闲文化。通过共读共谈，我们深入了解到，两宋经济发达且城市繁荣，作为宋代商品经济发展的主要载体，宋代楼宇建筑多而大、高而密，分布广泛，散布在宋代城市的主要交通要道，不仅推动着宋代茶、酒、饮食等产业的发展，还衍生出旅店住宿、租赁住房等产业。宋代"楼宇经济"的高度发展，不仅推动了宋代商品经济的繁荣发展，还承载了宋人的生活方式及审美追求，影响着我们今天的生活。

在这一天的学习过程中，连玉明委员、郭媛媛委员、马东平委员和各位委员共读宋词，戚建国、刘晓冰、张嘉极、常信民、张东俊等委员踊跃发言，对共读内容给予高度赞赏。其中，戚建国委员继续分享《习近平用典》之261《做党和人民满意的好老师——同北京师范大学师生代表座谈时的讲话》等文中引用的"师者，所以传道授业解惑也"，并结合原典、释义对现实意义作了解读。在联动湖南政协"潇湘新咏"读书群同步推送本期宋词导读内容后，委员们互相交流学习心得、赏析文学作品、表达所学所悟。其中，金鑫委员在学习了"一斛珠"词牌的故事后，说道："学习了！让我想起苏轼参加科举时，因思念妻子王弗，在洛阳写下的千古名篇《一斛珠》。"同时，委员们还聚焦"长沙——鹰击长空，鱼翔浅底，万类霜天竞自由"这一主题，展开精彩纷呈的诗词分享，在诗词文化中共同领悟大美长沙的文化底蕴和城市品位。

高斋晓开卷，独共圣人语。连日来，委员们徜徉书海，与经典同行、与圣人对话，在研读和品味中感知古圣先贤的胸襟和智慧，通过读书丰富知识、增长智慧、拓宽视野、提升本领，不断推动建言献策工作提质增效。

贺新郎·送胡邦衡谪新州

张元幹

　　梦绕神州路。怅秋风、连营画角，故宫离黍。底事崑崙倾砥柱，九地黄流乱注？聚万落千村狐兔。天意从来高难问，况人情老易悲难诉。更南浦，送君去。

　　凉生岸柳催残暑。耿斜河、疏星淡月，断云微度。万里江山知何处？回首对床夜语。雁不到，书成谁与？目尽青天怀今古，肯儿曹恩怨相尔汝！举大白，听金缕。

桃叶园林风日好

——宋词共学札记之八十七

（2022 年 4 月 16 日）

　　"春雨足，染就一溪新绿"，春天是充满生机的季节，执一卷书，品一茗茶，跟随宋人笔触探寻宋韵文化之美，我们一起度过了全国政协书院"国学"读书群宋词导读读书计划实施的第八十七天。在习近平总书记论文化自信精神的指引下，我们重温了张先的《天仙子》和周邦彦的《六丑·蔷薇谢后作》，感受词人对春的不舍、对人的留念，一探宋代女性金钗玉冠、依时簪戴的雅致生活，品味词人笔下极富浪漫色彩和生活气息的宋代美学风韵。我们还通过"宋词纵横谈"，聚焦宋代湖山郡圃的亭台楼阁、小桥流水，通过领略景色宜人的浏览胜地，感受宋代"与民同乐"的时代精神，一览宋人极具娱乐精神的城市公园。

文化是一个国家、一个民族的精神家园，是民族血脉所系，是一个国家持久发展的不竭动力。通过深入学习"习近平论文化自信"专题之73、之74，我们深刻认识到，中华民族伟大复兴进入关键时期，应对"百年未有之大变局"，必须坚定文化自信。要深入挖掘中华优秀传统文化蕴含的思想观念、人文精神、道德规范，结合时代要求继承创新，让中华文化展现出永久魅力和时代风采，为实现中华民族伟大复兴的中国梦凝聚精神力量。我们还延伸学习了专题中引用的"利于国者爱之，害于国者恶之"和"人必其自爱也，而后人爱诸；人必其自敬也，而后人敬诸"，结合原典和释义，让我们更为深刻地认识到，爱国主义是中华民族精神的核心，是驱动中华民族这艘航船乘风破浪、奋勇前行的强劲引擎。踏上第二个百年奋斗目标新征程，全国人民更需要把爱国之情、强国之志、报国之行统一起来，自爱自敬、团结一心、奋发图强，抓住机遇、迎接挑战，为实现中华民族伟大复兴的中国梦而奋斗不息。

　　在学习宋词之际，我们还深入了解和学习了"章台柳"词牌里的故事。"章台柳"又名"忆章台"，其背后蕴含着韩翃与歌姬柳氏历经离乱、忠贞凄美的爱情故事。《章台柳·寄柳氏》即为此调正体。"章台"是汉代长安街名，在陕西长安故城西南。"章台柳"一语双关，指城中的柳树，也暗喻作者韩翃在长安不能相见的爱人柳氏。

　　绝怜人境无车马，信有山林在市城。我们通过第三十七期"宋词纵横谈"《桃叶园林风日好，处处闻啼鸟——宋词里的城市公园与公园城市》，共同走进宋代园林，从宋词角度审视文人笔下的园林意境，领略在宋代盛行的享乐之风下，公共游乐空间雅俗共赏的内涵，感受宋词中所未经注意的新的美感。通过共读共谈，我们深入了解到，有宋一朝，不管是皇室贵族、朝中众臣，还是平民百姓，整个社会都在当时的四艺之中过着闲情逸致的生活，泛舟游湖、亭台轩榭、吟诗作对，于庭院深深之中赏景创作，借此抒发自己的内心情感，在这样风气下的宋代文人为园林文化做出了极大的贡献，他们创作的华丽辞藻，使游园记宴成为中国古典园林文化重要的组成部分。到了今天，就算宋朝文人墨客都已经消逝许久，但每当我们回忆过往，探寻人类本身的审美哲思，感受宋代文人的审美方式和内心情感，探索当时最具宋代文化的深刻作品，理解和欣赏传统文化对于解读古典园林意义深远。

　　在这一天的学习过程中，连玉明委员、郭媛媛委员、马东平委员和各位委员共读宋词，戚建国、叶小文、蔡其华、张嘉极、祁志峰等委员先后踊跃发言，对共读内容给予高度评价。其中，戚建国委员继续分享《习近平用典》之262《在知识分子、劳动模范、青年代表座谈会上的讲话》等文中引用的"为天地立心、为生民立命、为往圣继绝学、为万世开太平",并结合原典、释义对现实意义作了解读。委员们共同为领学之精彩生动点赞致敬,祁志峰委员感慨道:"谢谢分享宋词纵横谈感悟,很精彩!"在联动湖南政协"潇湘新咏"读书群同步推送本期宋词导读内容后,委员们积极参与讨论,掀起了一阵学习高潮。其中,汤长发委员感慨道:"美好周末,读书朗朗,享受清晨。"同时,委员们还聚焦"湘潭(莲城)——诵读经典诗文,辉映湘潭文明"这一主题,分享了大量关于湘潭历史、文化的诗词,并在诗词文化中感受湘潭之美、湘潭魅力。其中,黄铁华委员有感而言:"文明,是一座城市的灵魂。湖南湘潭,伟人故里,红色沃土,一路走来,从未停止追求文明的脚步。"

诗书勤乃有,不勤腹空虚。委员读书,学中华国学、读中华经典,与圣哲先贤们一起思考社会人生,与博学睿智之人交流,学思践悟,把握大局,建睿智之言、献务实之策。

长亭怨慢

姜　夔

余颇喜自制曲。初率意为长短句，然后协以律，故前后阕多不同。桓大司马云："昔年种柳，依依汉南；今看摇落，凄怆江潭；树犹如此，人何以堪？"此语余深爱之。

渐吹尽，枝头香絮，是处人家，绿深门户。远浦萦回，暮帆零乱，向何许？阅人多矣，谁得似长亭树？树若有情时，不会得青青如此！

日暮，望高城不见，只见乱山无数。韦郎去也，怎忘得玉环分付。第一是早早归来，怕红萼无人为主。算空有并刀，难剪离愁千缕。

苍官影里三洲路

——宋词共学札记之八十八

（2022 年 4 月 17 日）

书香致远，墨卷至恒。在品读宋词作品的长卷中，在回味宋朝文化的余韵中，我们共同度过了全国政协书院"国学"读书群宋词导读读书计划实施的第八十八天。在习近平总书记论文化自信精神的指引下，我们重温了周邦彦的《满庭芳·夏日溧水无想山作》与苏轼的《贺新郎·夏景》，一同回味"风"在古代文人笔下或喜或悲、或相思或满足、或惆怅或达观的万千情态和"丝绸"古典文学中的美、韵、雅，探索其中蕴藏的文化意义和历史价值。我们还透过"宋词纵横谈"的广阔天地，一起去回首宋词中的商业记忆，感受宋朝对外贸易的繁华往事，探寻宋朝开放的当下与长远。

中华文明历史悠久，培养了中华儿女坚韧不拔的品格，建立了我国民众的崇高价值追求。通过深入学习"习近平论文化自信"专题之75、之76，我们深刻认识到，中华优秀传统文化蕴含着独特的文化和思想内涵，凝聚了不同时代、不同区域人民的劳动成果和智慧结晶，这些特色是其生命力所在，只有坚定文化自信和文化自觉，才能回答好"坚持中国道路、弘扬中国精神、凝聚中国力量"的时代课题。另外，我们还延伸学习了"周虽旧邦，其命维新"和"天行健，君子以自强不息"，并结合原典和释义，让我们更为深刻地认识到自强不息、改革创新的思想，支撑着中华民族生生不息、薪火相传，今天依然是我们推进改革开放和社会主义现代化建设的强大精神力量。人无精神则不立，国无精神则不强，唯有我们刚健有为、积极进取，改革求变、求新创新，中华民族才能在历史洪流中屹立不倒、挺立潮头。

学习宋词之余，我们还深入了解和学习了"阮郎归"词牌背后的故事，感受阮郎和丽人结缘的传奇经历与词牌名的奇美融合。"阮郎归"中的阮郎，指阮肇。相传东汉永平年间，浙江剡县人刘晨和阮肇到天台山采药迷路，遇到两个资质绝艳的仙女，被邀至家中做客，并与之双结伉俪。半年后回家，二女集会宴请后同送刘、阮二人回乡，并为二人指示归路。待二人回家，却发现子孙已过七代。他们重入天台寻访仙女，踪迹已杳。"阮郎归"以李煜词《阮郎归·呈郑王十二弟》为正体，双调四十七字，前段四句四平韵，后段五句四平韵。此调韵密，音韵平和，代表作有苏轼《阮郎归·初夏》、欧阳修《阮郎归·南园春半踏青时》等。

文史互证，宋词中也同样透露了宋朝的时代风貌。我们通过第三十八期"宋词纵横谈"《苍官影里三洲路，涨海声中万国商——从宋词中的新业态看宋朝开放程度》，借助宋词中与商业高度相关的五个主题词的深入分析，从备尝艰苦的商旅路途感受到宋时商人的勇敢果决，从获利颇丰的对外贸易感受到宋朝经济蓬勃发展的活力，从逐渐普及的外来物品、兴盛繁华的港口城市和喧嚣热闹的宋朝渡口直面见证了宋朝的高度开放。通过细品词史的微妙联系，一窥宋词中的新业态，探析宋朝的开放程度，我们看到了宋朝对外开放和对外贸易所创造的巨大利润，所带来的多样生活，所繁荣的城市经济，所形成的对外交往文化。

在这一天的学习过程中，连玉明委员、郭媛媛委员和各位委员共读宋词，戚建国、刘晓冰、金李、张嘉极、王苏、祁志峰等委员踊跃发言，对共读内容给予高度赞赏。其中，戚建国委员继续分享《习近平用典》之263《携手追寻民族复兴之梦——在印度世界事务委员会的演讲》等文中引用的"博观而约取，厚积而薄发"，并结合原典、释义对现实意义作了解读。张嘉极委员分享了当下热点话题，为资政建言工作带来重要价值与启迪。王苏、祁志峰委员对"宋词纵横谈"的分享内容点赞，并纷纷感叹："感谢精彩分享！"通过共学共读，委员们在读书群里学习国学经典、分享思辨之乐，感受传统文化现代审美中的文化自觉与文脉传承。在联动湖南政协"潇湘新咏"读书群同步推送本期宋词导读内容后，委员们积极参与讨论，碰撞激发思想的火花，群内互动频频，向前委员不禁感叹："各位委员从不同的视角、不同的领域进行了精彩分享和热烈的讨论交流，为'书香政协'建设树立了榜样。"同时，委员们还聚焦"衡阳（雁城）——万里衡阳雁，寻常到此回"这一主题，展开大量关于衡阳历史文化的诗词分享，其中，王仁才委员有感而言："衡阳不仅文化底蕴深厚，而且风景秀丽，令人流连忘返。"

　　良书即益友，今明永如斯。在与宋词为伴、以宋词为友的过程中，各位委员分享见识、坦诚交流，相互启迪、彼此激励，在交流中增强协商意识和能力，在读书中收获不一样的乐趣，切实将读书热忱与资政建言、凝聚共识有机结合、相互促进。

齐天乐·秋思

周邦彦

绿芜凋尽台城路，殊乡又逢秋晚。暮雨生寒，鸣蛩劝织，深阁时闻裁剪。云窗静掩。叹重拂罗裀，顿疏花簟。尚有綀囊，露萤清夜照书卷。

荆江留滞最久，故人相望处，离思何限。渭水西风，长安乱叶，空忆诗情宛转。凭高眺远。正玉液新篘，蟹螯初荐。醉倒山翁，但愁斜照敛。

今年那暇织绢着

——宋词共学札记之八十九

（2022 年 4 月 18 日）

"等闲识得东风面，万紫千红总是春。"四月的春天激荡着催人奋进的鼓点，涌动着读书学习的热潮，在这样的学习热潮中，我们共同度过了全国政协书院"国学"读书群宋词导读读书计划实施的第八十九天。在习近平总书记论文化自信精神的指引下，我们一起重温了张先的《青门引·春思》和周邦彦的《风流子》，通过风雨、庭轩、残花、楼头画角等意象，感受古人对生命和时光的热爱，又跟随词人走近一场魂牵梦萦的爱恋，一睹古代少女荡漾在秋千上的青春与风采，于《宋代的女子妆容》中，感悟淡雅清秀的古典之美。我们还透过"宋词纵横谈"，跟随宋代工匠的脚步走近宋代繁荣的手工行业，于宋词中窥探不同手工业的精湛技艺和工艺品的精美绝伦，感受宋代匠人的独具匠心。

文化自信，是一个国家、民族、政党对自身文化价值的充分肯定，对自身文化生命力的坚定信念。通过深入学习"习近平论文化自信"专题之 77、之 78，使我们深刻认识到博大精深、源远流长的中华文化是各民族文化的集大成。各族文化交相辉映，中华文化历久弥新，这是今天我们强大文化自信的根源。各民族只有在文化上相互尊重、相互欣赏，相互学习、相互借鉴，不断增强和铸牢中华民族共同体意识，才能打牢各族人民共同团结奋斗、共同繁荣发展的思想基础、政治基础、经济基础和社会基础。同时，我们还延伸学习了"夫孝，德之本也"和"敬教劝学，建国之大本；兴贤育才，为政之先务"，结合原典和释义，我们深刻认识到孝老爱亲是中华民族的传统美德，基础教育是立德树人的事业，开设思政课是培养一代又一代社会主义建设者和接班人的重要保障。作为社会主义建设者和接班人的青年，施行孝道、立身行道，培育和践行社会主义核心价值观义不容辞。

在学习宋词之余，我们还一同追寻了词牌"祝英台近"背后梁山伯与祝英台凄美动人的爱情故事。词牌"祝英台近"，始见《东坡乐府》，又名"祝英台""宝钗分""怜薄命"等。梁祝凄美动人的故事决定了此调婉转凄切的格调。代表作品有辛弃疾《祝英台近·晚春》、吴文英《祝英台近·除夜立春》等。

灵心胜造物，妙手夺天工。我们在第三十九期"宋词纵横谈"《今年那暇织绢着，明日西门卖丝去——从宋词看宋代的手工业者》中，共同走近宋代高度发达的手工业，从古代女子身着的心字罗衣、绣着蝴蝶的罗裙到闺阁中精美的宝奁，再从青梅煮酒到船舶上的云帆，我们感受到了宋代手工业的蓬勃发展及手工业者的"匠心制造"。"红线毯，择茧缫丝清水煮，拣丝练线红蓝染"，再现了采桑养蚕、择茧缫丝、拣丝练线、红蓝花染制等重重工序；"桂叶揉青作曲投，鹿蹄煮酴趁凉蒭"，展现了酿酒的丰富种类及酿造方法。通过共读共谈，我们深入了解到宋代手工业高度发展，能工巧匠应运而生，不仅推动了宋朝农业、经济等多方面的进步，也培育出了令人肃然起敬的工匠精神，为当代社会留存了珍贵的文化遗产。

在这一天的学习过程中，连玉明委员、郭媛媛委员和各位委员共读宋词，戚建国、王苏、常信民、张嘉极、吴为山、杭元祥、张首映等委员先后踊跃发言，对共读内容给予高度赞许。其中，戚建国委员持续分享《习近平用典》之264《全英孔子学院和孔子课堂年会开幕式的致辞》等文中引用的"为之不厌，诲人不倦"，并结合原典、释义对现实意义作了解读。王苏、张首映委员对分享的导读内容纷纷赞许，王苏委员在读完张先的《青门引·春思》后感叹道:"我居住的上海，这两天正是'乍暖还轻冷……又是去年病'！"在联动湖南政协"潇湘新咏"读书群同步推送本期宋词导读内容后，委员们踊跃讨论、点赞频频，将群内学习氛围推向高潮。其中，魏秋云委员感叹道:"读书群好热闹！"王仁才委员亦言:"说得非常好，值得我们深思！"另外，委员们还聚焦"岳阳（巴陵）——气蒸云梦泽，波撼岳阳城"主题，展开精彩纷呈的诗词分享，一同在岳阳的名山、名水、名楼、名人、名文中，感悟人文深厚、风景秀丽的岳阳。其中，向前委员有感于岳阳之文化底蕴，不禁感叹:"洞庭天下水，岳阳天下楼！先天下之忧而忧，后天下之乐而乐！"

书卷常开，墨香常润。随着全国政协书院"国学"读书群宋词导读读书计划的持续开展，读书群内气氛愈发热烈，形成浓厚的书香之气，委员们在读书中思考，增添知识的养分，汲取前行的力量，使"悦"读成了习惯，并通过学习提高建言资政质量，以更高水平履职服务，展现政协委员的新担当。

朝中措·送刘仲原甫出守维扬

欧阳修

　　平山阑槛倚晴空。山色有无中。手种堂前垂柳，别来几度春风。

　　文章太守，挥毫万字，一饮千钟。行乐直须年少，尊前看取衰翁。

东风夜放花千树

——宋词共学札记之九十

（2022 年 4 月 19 日）

随风潜入夜，润物细无声。以黑夜为帘，拉上满天星辰伴读，我们共同度过了全国政协书院"国学"读书群宋词导读读书计划实施的第九十天。在习近平总书记论文化自信精神的指引下，我们重温了史达祖的《东风第一枝·春雪》与周邦彦的《过秦楼》，一起解锁中国古人的"食野菜"指南和"照铜镜"历史，透过品味野菜的清香和溯源铜镜的发展史，体会古代生活与传统文化的魅力。我们还透过"宋词纵横谈"的广阔天地，一起品读宋词中韵味丰富的夜意象，回望宋人们的夜生活，回顾宋朝的夜间经济，共同感受宋时之夜的无穷魅力。

一个国家、一个民族的强盛，总是以文化兴盛为支撑的。通过深入学习"习近平论文化自信"专题之79、之80，我们深刻认识到，中华优秀传统文化是中华民族的突出优势，是我们在世界激荡中站稳脚跟的根基。要永续中华文脉，立民族文化之根，铸民族精神之魂，拓文明发展之道，用真理力量激活古老文明，用文化之火照亮民族复兴之路。我们还延伸学习了"众人拾柴火焰高""道虽迩，不行不至；事虽小，不为不成"，结合原典和释义，让我们深刻明白，心往一处想，才能凝聚共识；劲往一处使，才能形成合力。实践出真知，每一项事业，不论大小，都是靠脚踏实地、一点一滴干出来的，在全面建设社会主义现代化国家新征程上，要面向实际、深入实践，严谨务实、苦干实干。

在学习宋词之际，我们还深入了解和学习了"眉妩"词牌背后的故事，感受甜蜜缱绻的爱情故事与词牌名的互融互通。相传汉宣帝年间，西汉张敞时任京兆尹。张敞与妻子感情很好，因妻子幼时受伤，眉角有些许缺陷，所以他每天都要替妻子画完眉后，方去上朝。这份夫妻间的甜蜜情意又被东汉班固《汉书·张敞传》记载："为妇画眉，长安中传张京兆眉妩"。"眉妩"即名本于此，调名本意即咏丈夫为妻子画眉,喻夫妇和谐相爱。代表词作有姜夔《眉妩·戏张仲远》、王沂孙《眉妩·新月》等。

一首词，就是一个窗口。我们通过第四十期"宋词纵横谈"《东风夜放花千树，更吹落，星如雨——宋词夜意象与宋朝的"夜间经济"》，以宋词为窗口，一起品读宋时之夜的万千姿态，一起感受熔铸了作者主观感情的夜意象，一起走入宋人丰富多彩的夜生活，一起探究承载了"食、游、购、娱"等多元化消费的夜间经济。通过共读共学，让我们深入了解到，宋词中夜及其相关物象的出现频率非常高，乃至于宋词还有一个别称是"夜文学"。在夜晚的寂静中，通过诵读宋词，我们体会到了词人对人生以及命运的思考，也看到了宋代"夜间经济"与文学发展的互相融合，正是夜间经济创造的繁华盛景和丰富的夜间生活，给予了绚丽多姿的夜意象以最丰富的创作源泉。

　　在这一天的学习过程中，连玉明委员、郭媛媛委员、王苏委员和各位委员共读宋词，戚建国、赵梅、韩爱丽、张连起、祁志峰、张嘉极、常信民、张云勇等委员先后踊跃发言，对共读内容给予高度赞许。其中，戚建国委员继续分享《习近平用典》之265《做党和人民满意的好老师——同北京师范大学师生代表座谈时的讲话》等文中引用的"师也者，教之以事而喻诸德者也"，从原典、释义等角度对现实意义进行深入解读，并引起委员互动与交流。王苏委员感慨道："今天的导读作为教师的'座右铭'，收藏！感谢！"韩爱丽、祁志峰等委员对分享的导读内容纷纷赞许，在互动中表达出对宋词学习的坚持与共读所获。张嘉极委员分享了当下热点话题，为资政建言工作带来重要价值与启迪。在联动湖南政协"潇湘新咏"读书群同步推送本期宋词导读内容后，委员们积极参与讨论，群内互动频频，表达出对宋词学习的浓厚兴趣。其中，廖瑞芳委员说道："感谢分享！每期的'宋词纵横谈''宋词里的中国'我都在收藏。"同时，委员们还聚焦"常德（朗州）——晴空一鹤排云上，便引诗情到碧霄"这一主题，展开大量关于常德历史文化的诗词分享，在诗词韵味中共同追寻湖湘诗词的人文足迹，领略湖湘文化的独特魅力，感受常德两千多年的城市底蕴和文化内涵。

"阅"无止境，共沐书香。在品读宋词的书香海洋中，委员们立足对宋词的熟读与深思，在严肃而认真的细读、思考、辨析过程中不断涵养"腹有诗书气自华"的境界，在畅所欲言、交流互鉴中更好地凝聚共识，在学以致用过程中更好地履职尽责。

声声慢

李清照

　　寻寻觅觅，冷冷清清，凄凄惨惨戚戚。乍暖还寒时候，最难将息。三杯两盏淡酒，怎敌他、晚来风急！雁过也，正伤心，却是旧时相识。

　　满地黄花堆积，憔悴损，如今有谁堪摘？守着窗儿，独自怎生得黑！梧桐更兼细雨，到黄昏、点点滴滴。这次第，怎一个愁字了得？

马如游龙车如水

——宋词共学札记之九十一

（2022 年 4 月 20 日）

    春雨落，百谷生，人间暮春好风光。昨天是春季最后一个节气——谷雨，我们以欢喜和闲适的心情迎接万物生长，步入春暖悠悠的宋词香，并共同度过了全国政协书院"国学"读书群宋词导读读书计划实施的第九十一天。在习近平总书记论文化自信精神的指引下，我们重温了岳飞的《满江红·写怀》和辛弃疾的《菩萨蛮·书江西造口壁》，一同探寻愁怨哀恨的"凭栏"意象，感受宋代词人寄托在"凭栏"里的多样情愁，并在世务行役的"宦旅文化"之旅中，共同追溯古代文人宦游的思想根源，品味他们的情感态度，走近宦旅文化这朵中国文化里独放异彩的艺术之花。此外，我们还通过"宋词纵横谈"，聚焦宋词里文人笔下的胜景，看宋词里的宋代知名旅游目的地与旅游项目，品味词人在行旅途中不同的思绪和心境，深入认识宋代行旅词的艺术价值与词史意义。

文化底蕴、国家实力和人民力量，是文化自信的底气，是文化自信的水之源、木之本。通过深入学习"习近平论文化自信"专题之81、之82，我们深刻认识到社会主义核心价值观、中华优秀传统文化所具有的强大精神动力，是凝聚人心、汇聚民力的强大力量，向上向善的文化是一个国家、一个民族休戚与共、血脉相连的重要纽带。弘扬中华文化，要把提高社会文明程度作为建设社会主义文化强国的重大任务，坚持久久为功，形成较为完整的中国文化基因的理念体系。同时，我们还延伸学习了《在全国民族团结进步表彰大会上的讲话》等文中引用的"人心所归，惟道与义""凡将立国，制度不可不察也"，结合原典与释义，让我们进一步深刻地认识到各族人民正是在中国共产党的领导下，紧紧地团结在一起，中华民族实现了从自在到自觉的伟大转变，成为命运共同体，这也是新的时代条件下"人心归仁"这一历史规律的再现。

学习宋词之余，我们还深入了解学习了"何满子"词牌里的故事。"何满子"，又名"河满子"。"何满子"原为唐开元中歌者，晚唐时"何满子"又属舞曲，至宋代仍沿晚唐五代旧制，"何满子"已成为比较固定的词调。白居易《何满子》

诗云:"世传满子是人名,临就刑时曲始成。一曲四调歌八叠,从头便是断肠声。"自注云:"开元中,沧州有歌者何满子,临刑进此曲,以赎死,上竟不免。"元稹《何满子歌》:"何满能歌能宛转,天宝年中世称罕。婴刑系在囹圄间,下调哀音歌愤懑。梨园弟子奏玄宗,一唱承恩羁网缓。便将何满为曲名,御谱亲题乐府纂。"调名当起源于此。

"三月春光,上林池馆,西都花市。"我们在第四十一期"宋词纵横谈"《都人欢呼去踏青,马如游龙车如水——在宋词里走遍大美中国》中,穿越回千年前的神州大地。我们到访东京,在上元节观灯,在金明池上戏水,在相国寺里看"灯楼几处"。我们走到洛阳,在牡丹花会、园林盛景中慨叹"洛阳城里春光好"。我们去到成都,在浣花溪上戏水竞渡,"不负花溪纵赏",在蚕市药市中"遨游""微行","共忘辛苦逐欣欢"。我们共赴杭州,于钱塘观潮,看"云树绕堤沙,怒涛卷霜雪,天堑无涯",在西湖游乐,闻"三秋桂子,十里荷花"。我们游遍苏州,在不胜枚举的名山胜水、古迹梵刹、园林台榭中,盛赞"苏湖熟,天下足"。神州大地的每一处,都能在宋词中寻觅到影踪。我们在一阕阕宋词中,与那些经历了沧海桑田后依然熠熠生辉的山水名胜对话,与脚下的土地共鸣。

在这一天的学习过程中,连玉明委员、郭媛媛委员和各位委员共读宋词，戚建国、叶小文、张连起、张嘉极等委员先后踊跃发言，对共读内容给予了高度赞许。其中，戚建国委员继续同大家分享《习近平用典》之266《在哲学社会科学工作座谈会上的讲话》等文中引用的"为学之道，必本于思。不深思则不能造于道，不深思而得者，其得易失。"结合原典、释义，对现实意义作了解读。同时，还分享了中唐元稹的《咏廿四气诗·谷雨春光晓》。叶小文委员与我们分享了吴为山的诗《春来二首》。张连起委员分享了原创的《谷雨：浸润唐诗宋词的传统中国》，让我们在十六首与谷雨相关的优美诗词中，感受春末夏初里的自然灵动之味。张嘉极委员分享了当下热点话题，对于我们建言资政具有重要价值与启迪。

在联动湖南政协"潇湘新咏"读书群同步推送本期宋词导读内容后，委员们积极地关注与讨论，群内学习氛围浓郁。其中，金鑫委员在读《菩萨蛮·书江西造口壁》这首词后不由发出感悟："感觉像是把斧子哗啦一声把什么东西劈开来。迅敏又利落的遣词，凛凛萧瑟的调子，读来感觉凄迷，却畅快。辛弃疾的词似乎乍一眼并不令人惊艳，却越读越有味道。"在学习"何满子"词牌里的故事后感叹："何满子，一个低贱的歌者，面对命运的打击，即使黑暗势力如此强大，个人之力如此卑微，也不甘就戮。如果她认命，机遇就会擦肩而过，不认命，才有翻盘的可能，她终于赢得机遇，改写了自己的人生之路，许多时候我们何尝不是这样。"姚述铭委员有感于宋词学习，在群里与大家分享了辛弃疾的词《青玉案·元夕》。委员们围绕"品读潇湘之文化底蕴"主题，持续在诗词共读共赏中，不断探寻湖湘文化的内涵和精髓。

道阻且长，行则将至。全国政协书院"国学"读书群宋词导读读书计划持续开展，委员们每日沁润在宋词的风韵中，感受婉约、豪放、清雅的同时，通过共读共论交锋提炼出真知灼见，并在读书思考中自我提升，将智慧融入建言资政工作中，提升建言献策能力。

正值谷雨时节，委员们纷纷分享学习了先贤有关谷雨节气的诗词，特选几首共享在此，与群友共赏：

唐·元稹：

《咏廿四气诗·谷雨春光晓》

谷雨春光晓，山川黛色青。

叶间鸣戴胜，泽水长浮萍。

暖屋生蚕蚁，喧风引麦葶。

鸣鸠徒拂羽，信矣不堪听。

宋·蒋捷：

《解佩令·春》

春晴也好。春阴也好。著些儿、春雨越好。春雨如丝，绣出花枝红袅。怎禁他、孟婆合皂。

梅花风小。杏花风小。海棠风、蓦地寒峭。岁岁春光，被二十四风吹老。楝花风、尔且慢到。

宋·苏轼：

《望江南·暮春》

春未老，风细柳斜斜。试上超然台上望，半壕春水一城花。烟雨暗千家。

寒食后，酒醒却咨嗟。休对故人思故国，且将新火试新茶。诗酒趁年华。

宋·范成大：

《四时田园杂兴》

谷雨如丝复似尘，煮瓶浮蜡正尝新。

牡丹破萼樱桃熟，未许飞花减却春。

暗香

姜　夔

辛亥之冬，予载雪诣石湖。止既月，授简索句。且徵新声，作此两曲。石湖把玩不已，使工妓隶习之，音节谐婉，乃名之曰《暗香》《疏影》。

旧时月色，算几番照我，梅边吹笛？唤起玉人，不管清寒与攀摘。何逊而今渐老，都忘却春风词笔。但怪得竹外疏花，香冷入瑶席。

江国，正寂寂。叹寄与路遥，夜雪初积。翠尊易泣，红萼无言耿相忆。长记曾携手处，千树压西湖寒碧。又片片吹尽也，几时见得？

醉里吴音相媚好

——宋词共学札记之九十二

（2022 年 4 月 21 日）

"四月清和雨乍晴，南山当户转分明。"雨后初晴的景色青翠怡人，争相开放的百花艳丽多彩，伴着迷人春色，我们在宋词中沉醉穿行，细吟品味宋词之美韵，共同度过了全国政协书院"国学"读书群宋词导读读书计划实施的第九十二天。在习近平总书记论文化自信精神的指引下，我们重温了欧阳修的《踏莎行》和辛弃疾的《西江月·夜行黄沙道中》，走进古代诗词中的"山"，探寻"山"背后所传递的丰富文化意蕴，在宋代的"夜"生活中，感受流光溢彩与万种风情，追寻宋词中特有的"生活—文学—文化"现象。此外，我们还通过"宋词纵横谈"，聚焦宋词里名目各异的宋代称谓，了解称谓折射出的宋朝社会图景与历史文化，一窥宋代时代风貌。

　　文化自信是最基本、最深沉、最持久的力量。通过深入学习"习近平论文化自信"专题之83、之84，我们深刻认识到多学习和掌握我国历史知识，方能更好地认识源远流长、博大精深的中华文明，坚定文化自信，推动中华优秀传统文化创造性转化、创新性发展，继承革命文化，发展社会主义先进文化，不断铸就中华文化新辉煌，建设社会主义文化强国。同时，我们还延伸学习了《坚持和完善中国特色社会主义制度　推进国家治理体系和治理能力现代化——在党的十九届四中全会第二次全体会议上的讲话》等文中引用的"犯其至难而图其至远""志不求易者成，事不避难者进"，结合原典与释义，让我们进一步深刻地认识到志存高远、脚踏实地，不畏艰难险阻，勇担时代使命，把个人的理想追求融入党和国家事业之中，为党、为祖国、为人民多作贡献是我们的责任，也是实现中华民族伟大复兴中国梦的需要。

　　学习宋词之余，我们还深入了解学习了"破阵子"词牌里的故事。词牌"破阵子"，又名"十拍子"，源自唐代教坊曲。唐代贞观七年（633年）制秦王破阵乐之曲，使吕才协音律，李百药、虞世南、褚亮、魏徵等制歌辞。宋人之《破阵乐》有柳永和张先各一首均为长调。宋人《破阵子》乃是唐代大曲之一段，其体与《破阵乐》长调全异。宋人之《破阵子》仅此一体，辛弃疾两词与原曲声情相合，甚为豪壮。代表作有辛弃疾《破阵子·为陈同甫赋壮词以寄》《破阵子·赠行》等。

古人称谓，各有等差，古往今来，名目各异。在第四十二期"宋词纵横谈"《醉里吴音相媚好，白发谁家翁媪——宋词里的宋代称谓》中，我们透过宋词里的宋代称谓，一窥宋代时代风貌。在大父、妇翁、翁媪、爷娘、舅姑、亲戚等繁复多样的血亲称谓中，认识古代中国的宗族制度与伦常秩序。在官家、王侯、国士、虎臣、苍生、布衣等各色各异的身份社会称谓中，观察等级森严、光怪陆离的宋朝"官人世界"。在农桑、园丁、大匠、良工、女乐、海贾等分类细密的职业社会称谓中，感叹宋朝的经济繁荣与市民文化的兴盛。约两万首宋词中，蕴含着的大量宋朝称谓，仿佛一面镜子，清晰地折射出宋朝的社会图景与历史文化，成为宋词学习和研究的一个重要侧面，以及观察千年前大宋风貌的一个独特视角。

在阳明四月的橘子洲头，全国政协书院"国学读书群"和"潇湘新咏湖南读书群"共同开展了以"毛泽东诗词与湖湘文化"为主题的线上、线下联动直播活动。在一首充满了豪情壮志的《沁园春·长沙》中，杨雨、黄自荣和金鑫三位主讲委员与线上线下的委员们一道，开启了一场品读主席诗词、感悟湖湘文化之旅。三位委员围绕"毛泽东诗词与湖湘文化"，探讨了湖湘文化的渊源以及在毛泽东诗词中的具体呈现。杨雨委员认为，毛泽东的诗词不仅有气势磅礴，也有很多"一往情深"，这些有着湘楚风情浪漫的作品，同时也蕴含着深刻的现实性，可谓是抒情色彩与现实色彩的相互交融。黄自荣委员用湖南湘潭口音即兴朗诵《沁园春·长沙》，并介绍权威统计的毛泽东创作并正式发表的 67 首诗词，按照创作时间划分，大致可分为五个阶段，包括早期、中期、中高峰期、高峰期和晚期，每个时期都有巅峰代表作品，反映了他在革命斗争各个时期的心路历程。可以说，革命诗词贯穿了毛泽东的一生。金鑫委员认为，毛泽东三十几年的革命生涯，可谓是"一路诗歌一路革命"，无论遇到什么样的困难，始终秉承着坚韧不拔的革命乐观主义精神。在这场关于"毛泽东诗词与湖湘文化"的直播活动中，"国学"读书群与"潇湘新咏"读书群联动精彩，内容丰富，委员们于线上线下积极参与，围绕毛泽东诗词中的精神品格、从毛泽东诗词看优秀传统文化的继承与创新、毛泽东诗词里的意象表达等话题展开了热烈讨论。不仅深入了解了博大精深的湖湘文化，还透过毛泽东"推翻历史三千载，自铸雄奇瑰丽词"的诗词，寻访和重温了蕴含其中的人民情怀、信仰信念与中国精神。不仅获得了深刻而有丰富内涵的知识与享受，同时开阔了眼界，提升了能力，也凝聚了思想共识，使我们的政治意识更加坚定，履职能力进一步增强。正如委员所言："在交流互动中汲取精神滋养，凝聚奋进新时代的政协力量，不断提高读书实效，增强作为专门协商机构成员的底气和信心"。

在这一天的学习过程中，连玉明委员、郭媛媛委员、李学梅委员和各位委员共读宋词，戚建国、赵梅、于守国、常信民、张连起、张嘉极、王苏、张震宇、张首映等委员先后踊跃发言，对共读内容给予了高度赞许。其中，戚建国委员继续同大家分享《习近平用典》之267，结合原典、释义对现实意义作了解读。于守国委员点赞导读内容，并分享诗句"谷雨春光晓，山川黛色青"。张连起委员分享了习近平总书记在博鳌亚洲论坛2022年年会开幕式上发表的题为《携手迎接挑战，合作开创未来》的主旨演讲中指出的"安危不贰其志，险易不革其心"，并对原典、释义作了解读。张嘉极委员分享了当下热点话题，对于资政建言具有重要价值与启迪。

昨天的读书群中还发布了《关于收看"学习贯彻习近平总书记重要指示 深入开展政协委员读书活动"座谈会文字直播的通知》，根据全国政协部署，"学习贯彻习近平总书记重要指示 深入开展政协委员读书活动"座谈会将于4月22

日上午 9 时召开，通过全面深入理解习近平总书记对委员读书活动重要指示的时代内涵和重要意义，进一步深入开展委员读书活动，增强读书成效，不断激发广大政协委员奋进新征程、建功新时代的昂扬斗志，为党的二十大胜利召开营造良好氛围。在全国政协书院学习平台，与各位委员共读经典、共学宋词，探寻中华民族生生不息的文化精髓，相信在这样的书香氛围之下，我们在浸润心灵、启迪智慧、升华思想境界的同时，能更好地利用书院条件，读书交流、参政议政，一起发挥好履职尽责的作用。

水龙吟·次韵章质夫杨花词

苏 轼

　　似花还似非花，也无人惜从教坠。抛家傍路，思量却是、无情有思。萦损柔肠，困酣娇眼，欲开还闭。梦随风万里，寻郎去处，又还被莺呼起。

　　不恨此花飞尽，恨西园、落红难缀。晓来雨过，遗踪何在？一池萍碎。春色三分：二分尘土，一分流水。细看来，不是杨花，点点是离人泪。

好竹连山觉笋香

——宋词共学札记之九十三

（2022 年 4 月 22 日）

　　春风十里柔情。昨天是世界地球日，我们感恩于和谐共生的绿色家园，让我们能在柔美的春色里继续享受宋词的古香韵味，并一同度过了全国政协书院"国学"读书群宋词导读读书计划实施的第九十三天。在习近平总书记论文化自信精神的指引下，我们重温了辛弃疾的《念奴娇·书东流村壁》和苏轼的《定风波》，寻迹清明节这一中国传统节日的起源，展开了一场古代清明之旅，在感受纷飞飘洒、千姿百态的"雨"的途径中，探寻"雨"的别样艺术之美。此外，我们还通过"宋词纵横谈"，聚焦宋词里的舌尖美食，走近宋朝的美食盛宴，感受宋代高雅与平凡相结合的烟火气息。

　　中华文明延绵不断、生生不息，悠久而稳定的生活习俗、思维方式和思想意识，深植中华民族心底，是民族凝聚力、民族自豪感、民族自信心产生的深层源泉。通过深入学习"习近平论文化自信"专题之85、之86，我们深刻认识到历史和文明，是一个国家和民族的根之所系、脉之所维，考古工作是展示和构建中华民族历史、中华文明瑰宝的重要工作。从百年考古中聆听时代足音、激扬文化自信，我们就能汇聚起澎湃向上的强大动能，巍然屹立于世界民族之林。同时，我们还延伸学习了《在全国劳动模范和先进工作者表彰大会上的讲话》等文中引用的"不惰者，众善之师也。""天地之大，黎元为本。"结合原典与释义，让我们进一步深刻地认识到勤劳已经作为文化基因，深深地嵌入了中华文明的血脉之中，成为中国人天然的内在精神，必须坚持勤劳奋斗的精神和实践，才能更好地为人民谋幸福、为民族谋复兴。

学习宋词之余，我们还深入了解学习了"小重山"词牌里的故事。词牌"小重山"，调见《金奁集》，又名"小重山令""小冲山""柳色新""群玉轩""璧月堂""玉京山"。相传这个词牌是韦庄所创。《宋史·乐志》录宋太宗赵匡义新制乐曲亦有《小重山》，注入双调（夹钟商），盖借旧曲名另制新声。主要代表词作有岳飞《小重山·昨夜寒蛩不住鸣》、姜夔《小重山令·赋潭州红梅》等。

王者以民人为天，而民人以食为天。我们在第四十三期

"宋词纵横谈"《长江绕郭知鱼美，好竹连山觉笋香——在宋词里探访舌尖上的中国》中，感受到宋词配佳肴的美味，探寻宋代美食这一独特的中国饮食文化风景线。在元日、清明、端午、中秋、重阳等多彩的民间节日里，了解宋人特有的节日饮食，感受宋人尽情享受的生活态度。从丰富的水果、蔬菜、肉类和主食中，窥探宋代流行的美食，以及折射出的文人情感与文化内涵。宋人对美食的热爱，除了感官上的享受以外，还追求对饮食之外的精神享受，如养生、祈福、情感交流和审美享受等，美食也被赋予了饮食美学、人文、哲学、道德修养等种种内涵。如今，饮食活动为家人或朋友之间的情感交流提供了一个很好的空间，这也是中国劳动人民延续至今的文化积淀。

在 2020 年 4 月全国政协委员读书活动启动之际，习近平总书记对全国政协委员读书活动作出重要指示。全国政协于昨日召开"学习贯彻习近平总书记重要指示 深入开展政协委员读书活动"座谈会，让我们从加强和改进人民政协工作，发挥政协制度效能、推进政协事业长远发展，凝聚共识、加强中华儿女大团结等高度，进一步深刻认识到委员读书的重大意义、重大作用和重大责任。委员们纷纷表示倍感振奋、深受鼓舞。郭媛媛委员说："要在融读书为委员生活、工作、追求与境界方面有更多的自觉、主动和努力。"孙寿山委员说："我们要坚定读书初心、丰富读书内容、创新读书方式，履行好推进全民阅读的使命和责任。"潘凯雄委员说："学习总书记重要指示并化为我们的实际行为,既要完整全面地学,更要全面完整地行。"王珂委员说："政协通过读书平台组织和引导委员多读书、读好书、善读书,不但凝聚思想共识而且提高了委员的知识储备、见识水平和履职能力。"霍建起委员说："坚持多读书、读好书、善读书,勤履职、善履职、履好职。"吴文科委员说："委员读书会活动的一大特色,不只是引导大家读书学习，而且组织大家交流研讨。既是知识思想的丰盈，也是情感精神的充盈。"张自成委员说："委员读书活动是学习交流的新平台，是提升能力的大学校，是推进全民阅读的催化器。"吉平委员说："总书记的谆谆教诲,为我们开展好委员读书活动，不断增强读书学习的主动性、自觉性、针对性、时效性,不断提升履职尽责、资政建言的本领，指明了方向。"王苏委员说："书籍是高屋建瓴之基石,书籍是思想深邃之通道，做一个散发书香的政协人，用带有书香的思想盈满履职路,开拓新天地。"陈洪武委员说："真读、善思、明辨、寄远，做到躬身践行，持而不懈。"吕成龙委员说："本届全国政协在移动履职平台上开展的委员读书活动，作为一项创举，应该持之以恒坚持下去，不断惠及、滋养政协委员提高履职本领。"许鸿飞委员说："读书可以让人保持思想活力，让人得到智慧启发。在学习中交流，在交流中成长，不断提高自身理论素养和履职能力。"张光北委员说："从思想上加强了认识，增强了在行动和行为上的自觉。"

通过这次会议学习，不仅深化了委员们对读书活动重要意义的思想认识，更加坚定了建言献策的自信心，也更加明确了读书学习与成长、履职之间的紧密关系。我们将继续深度参与政协委员读书活动，将全国政协书院作为政协委员增强履职本领、积极资政建言的重要载体，作为把握趋势、汲取滋养、丰富理论、铸就品格的人生舞台，将读书贯穿调查研究、协商议政、凝聚共识、自身建设等委员履职全过程、各环节，在真读、真学、真思考中，增长知识、升华思想，收获更多参政议政成果出成果，在循序渐进、久久为功中，以"书香政协"助推"书香社会"建设。

在这一天的学习过程中，连玉明委员、郭媛媛委员、李学梅委员和各位委员共读宋词，戚建国、杨朝明、李三旗、霍建起、王苏、郭媛媛、孙寿山、潘凯雄、哈斯塔娜、王珂、吴文科、张自成、吉平、陈洪武、吕成龙、许鸿飞、刘晓冰、张光北、宋合意、祁志峰、勉冲·罗布斯达、唐俊杰等委员先后踊跃发言，对共读学习内容给予了高度赞许。其中，戚建国委员继续同大家分享《习近平用典》之268《在知识分子、劳动模范、青年代表座谈会上的讲话》等文中引用的"人才有高下，知物由学。"结合原典、释义，对现实意义作了解读。杨朝明委员借用"不惰者，众善之师也"典故发表对学习的认同。宋合意委员感谢委员的导读并感慨"文化餐，好烹调！"在联动湖南政协"潇湘新咏"读书群同步推送本期宋词导读内容后，委员们在群内积极讨论，学习氛围浓郁。其中，金鑫委员在学习苏轼的《定风波》后，有所感悟："人的一生仿若一年的四季，如何度过春夏秋冬，看出的是一个人对待生活的人生态度；人生又如水上行舟，如何应对顺流与逆流，体现的是一个人如何处理生活琐碎的人生智慧。人活着无论面对怎样的境遇，应该有的态度就该如苏轼这首词中所写：回首向来萧瑟处，归去，也无风雨也无晴！"

读书不觉春已深，读破万卷诗愈美。接下来的日子里，我们将持续把"国学群"的读书学习做深做实，在国学熏染中，学习精髓、提升修养、增强本领，连通过去、观照现在、创造未来。

疏影

姜　夔

苔枝缀玉，有翠禽小小，枝上同宿。客里相逢，篱角黄昏，无言自倚修竹。昭君不惯胡沙远，但暗忆、江南江北。想佩环、月夜归来，化作此花幽独。

犹记深宫旧事，那人正睡里，飞近蛾绿。莫似春风，不管盈盈，早与安排金屋。还教一片随波去，又却怨、玉龙哀曲。等恁时、重觅幽香，已入小窗横幅。

暗想浮生何时好

——宋词共学札记之九十四

（2022年4月23日）

　　拥抱春天，追逐梦想。阅读，让我们的世界更丰富。昨天是世界读书日，我们在浓郁的书香世界里徜徉，伴着柔腻婉约又潇洒超脱的宋词之音，共同度过了全国政协书院"国学"读书群宋词导读读书计划实施的第九十四天。在习近平总书记论文化自信精神的指引下，我们重温了张元幹的《贺新郎·送胡邦衡谪新州》和姜夔的《长亭怨慢》，在大大小小的山川河流间，探究古人道不尽的离别，一起攀登宋词里的亭台楼阁，共同领略古人的"游目骋怀"与"坐想行思已是愁"。此外，我们还通过"宋词纵横谈"，聚焦宋词里的酒俗与酒态，走近酒词中所饱含的百味人生，感受一杯杯美酒所激发出的文人墨客情怀。

文化自信源于"古"而成于"今"。通过深入学习"习近平论文化自信"专题之87、之88，我们深刻认识到，深入了解中华文明起源和发展的历史脉络，认识中华文明取得的灿烂成就和对人类文明的重大贡献，是增强民族凝聚力、民族自豪感的途径，并明白今天美好生活的来之不易，更需坚定中国特色社会主义道路自信、理论自信、制度自信、文化自信。同时，我们还延伸学习了《在2021年春节团拜会上的讲话》等文中引用的"大鹏一日同风起，扶摇直上九万里。""度之往事，验之来事，参之平素，可则决之。"结合原典与释义，进一步深刻地认识到，我们必须认清当代中国所处的历史方位，以史为镜、以史明志，在风险挑战面前砥砺胆识，坚毅前行，定能开创属于我们这一代人的历史伟业。

　　学习宋词之余，我们还深入了解学习了"一剪梅"词牌里的故事。词牌"一剪梅"，又名"一枝春""一枝花""腊前梅""腊梅香""腊梅春""玉簟秋""醉中"等，典出陆凯寄范晔梅花之交。宋时，人们称一枝为一剪，一剪梅的意思，就是一枝梅花。《荆州记》记载陆凯和范晔的故事：陆凯自江南，以梅花一枝寄长安与范晔，赠以诗曰："折梅逢驿使，寄与陇头人。江南无所有，聊赠一枝春。"南宋诗人刘克庄有句云："轻烟小雪孤行路，折剩梅花寄一枝。"词牌"一剪梅"，即是取此意而生。代表作品有李清照的《一剪梅》等。

为君持酒劝斜阳，且向花间留晚照。我们在第四十四期"宋词纵横谈"《暗想浮生何时好,唯有,清歌一曲倒金樽——从宋词看宋代酒俗与酒态》中，领略宋词里酒的百种滋味，走近酒词中所饱含的多元意象与百味人生。从节日饮酒、祭祀饮酒、祝寿饮酒、送行饮酒、文人集会饮酒等多样的宋代酒文化习俗里，窥探宋代文人百姓的酒中礼仪、杯中情怀。在宋人小酌、酒酣、半醉半醒、醉酒、酒醒等不同阶段的酒态中，感受饮酒者的情绪、情感与心境。从繁华、落魄、流寓岁月的杯中酒里，体悟宋人鲜明的个性和心态。宋代的涉酒词，并不单纯是词人宴饮享乐或是借酒浇愁发泄心中块垒后的产物，它是文学作品与酒在宋代一次极其完美的结合，不仅仅体现了宋代文人的内心情感构成，更深层次地承载着宋代社会的精神文化内涵。

在学习习近平总书记对全国政协委员读书活动作出的重要指示后，委员们深刻认识到委员读书的重大意义。昨日，委员们在"国学"读书群继续跟进学习交流,发表思考体悟。刘佳义委员提出希望在"国学"读书群交流中华文化与协商文化的建议。雷后兴委员说："多读书、读好书才能做到'博学之、审问之、慎思之、明辨之、笃行之'。"池慧委员说："在参与国家建设发展，参政议政过程中，上好读书这门'必修课'，练好'基本功'，多读书、读好书、善读书，努力提高思想水平和能力素质。在履职实践中，提升政治学习能力和政治领悟能力，提升理性建言、知识资政的能力。"韩新安委员说："通过参与读书群的学习，进一步增强了我们的政治判断力、领悟力和执行力，让我们在放大事业、关注'宏观'的同时，也更精准地结合实际，真正把自己摆进去，'微观'地定位和解析作为个人、作为政协委员，能为这个伟大的时代做出什么，怎样去做。"吴洪亮委员说："读书，食者化其身。"李学梅委员说："将继续积极参加委员读书活动，进一步提高政治站位，在读书实践中不断深化对总书记重要指示精神的认识，上好'必修课'，练好'基本功'。"张小影委员说："相比较一般的读书活动，我认为，政协委员的读书更应该突出'且做且学'。"陈洪武委员说："作为文艺界的委员要切实把习近平总书记的重要批示精神学深悟透，笃实践行，时刻持守初心，力戒浮躁，沉潜涵泳，提升自我。"胡孝汉委员说："瞄准目标、改进方式、注重运用、努力践行，更好地把读书与履职结合起来、融会起来，将读书收获转化为议政能力和履职成果。"牛克成委员说："要在'用好'二字上下功夫，推动'读书＋履职'深度融合，营造具有政协味的'书香气'，让'书香政协'引领'书香社会'。"吕逸涛委员说："读书活动对于政协委员提高自身能力和履职能力是一种很好的方式。"王苏委员说："作为政协委员，更要通过引领示范读，紧跟时代读，引经据典读，海纳百川、兼容并蓄，以更睿智的建言践行，不断提高履职能力和水平。"郭媛媛委员说："要在'多读书、读好书、善读书'上下更大的功夫，继续用心、用力、用情以读书养定力，以参与育素质，以交流增见识，以提升促履职。"在又一个世界读书日到来之际，再学习、再领会、再贯彻习近平总书记的重要指示精神，是对政协委员多读书、读好书、善读书的又一次动员令。我们将按照习近平总书记的指示，继续深度参与政协委员读书活动，在学习和传承国学经典中守望中华优秀传统文化，也以中华优秀传统文化思想精神为丰厚滋养，在推动中华传统文化创造性转化和创新性发展中更好地履职尽责。

我们还按照第八期委员读书活动"国学"读书群读书计划，开展了第十期"深研"栏目，邀请全国政协委员、国际儒学联合会副理事长、中华孔子学会副会长、博士生导师杨朝明委员，作题为"坚守中华文化立场 讲好中国故事"的专题讲座。杨朝明委员从文化对于一个国家、一个民族的重要性，让我们了解坚守"中华文化立场"的重要性。坚守中华文化立场，重视自己的优秀传统文化，就是解决文化认知深层的价值认同、道德观念等问题，人民有信仰，民族就有希望、国家就有力量。坚守中国文化立场，是历史的选择，也是爱国主义的具体表现。恰如钱穆所指出的那样：中国文化问题,实非仅属一哲学问题,而应为一历史问题。中国文化,表现在中国已往全部历史过程中,除却历史,无从谈文化。

在这一期"深研"专题讲座中,委员们深感坚定文化自信和思想文化繁荣对于国家兴盛和民族复兴的重要性,纷纷为"坚守中华文化立场 讲好中国故事"点赞致敬。李霭君委员连连赞叹:"向世界展示魅力中国! 向世界宣传中华文化!""中国本身就是一种文明!""没有继承就谈不上创新!""以文载道、以文传声、以文化人。""中华文化的生命力就扎根在老百姓当中!"

在这一天的学习过程中,连玉明委员、郭媛媛委员和各位委员共读宋词,戚建国、郭媛媛、张嘉极、吴志明、刘佳义、雷后兴、池慧、韩新安、吴洪亮、李学梅、张小影、陈洪武、胡孝汉、牛克成、吕逸涛、王苏、余德辉、李霭君、綦远方、祁志峰、于守国等委员先后踊跃发言,对共读内容给予了高度赞许。其中,戚建国委员继续同大家分享《习近平用典》之 269《在哲学社会科学工作座谈会上的讲话》等文中引用的"凡贵通者,贵其能用之也。"结合原典、释义,对现实意义作了解读。张嘉极委员分享了当下热点话题,对于建言资政具有重要价值与启迪。吴志明委员分享了读神话故事后的感悟,谈了对中华民族特质与信仰的思考。在联动湖南政协"潇湘新咏"读书群同步推送本期宋词导读内容后,委员们积极关注与讨论，群内互动频频，大家在诗词共读共商中展开了一场文化之旅。

文化的本质是传承，"国学"读书群的读书文化，既是近两年来全国政协开展委员读书活动的积累，更是多年来人民政协读书学习优良传统的继承和发扬，也必将随着"国学"读书群今后学习活动的持续开展逐渐深化，形成独具特色的政协读书文化。

蝶恋花

欧阳修

庭院深深深几许？杨柳堆烟，帘幕无重数。玉勒雕鞍游冶处，楼高不见章台路。

雨横风狂三月暮，门掩黄昏，无计留春住。泪眼问花花不语，乱红飞过秋千去。

长日身心得自娱

——宋词共学札记之九十五

（2022年4月24日）

　　"春风如醇酒，着物物不知。"我们在饱蘸着生命繁华的春色画卷里，在浓郁又清丽的宋韵中轻盈前行，共同度过了全国政协书院"国学"读书群宋词导读读书计划实施的第九十五天。在习近平总书记论文化自信精神的指引下，我们重温了周邦彦的《齐天乐·秋思》和欧阳修的《朝中措·送刘仲原甫出守维扬》，在长安文化意蕴里，在古都的灯火阑珊中，感受宋代词人长安情结里的缤纷滋味，从宋人的社交文化走进词人的内心深处，体味他们在纷繁社交生活中的心灵感悟。此外，我们还通过"宋词纵横谈"，聚焦宋词里多姿多彩的休闲娱乐生活，一起享受宋代丰富的娱乐生活，品味宋人的休闲文化意趣。

博大精深的中华优秀传统文化是我们在世界文化激荡中站稳脚跟的根基。通过深入学习"习近平论文化自信"专题之89、之90，我们深刻认识到保护好、传承好、弘扬好中华文化遗产和文化瑰宝，推动优秀传统文化创造性转化、创新性发展，就是延续历史文脉，坚定文化自信。同时，我们还延伸学习了《在党史学习教育动员大会上的讲话》等文中引用的"虽有智慧，不如乘势。""人生天地间，长路有险夷。"结合原典与释义，让我们进一步深刻认识到，必须胸怀中华民族伟大复兴战略全局和世界百年未有之大变局，继续以不畏强敌、不惧风险、敢于斗争、勇于胜利的风骨和品质，应对困难和挑战。

学习宋词之余，我们还深入了解学习了"潇湘神"词牌里的故事。"潇湘神"，又名"潇湘曲"，调见《尊前集》所辑刘禹锡词，以其《潇湘神·斑竹枝》为正体，单调二十七字，五句三平韵、一叠韵，有《潇湘神·湘水流》等代表作品。在湖南潇水、湘江之间流传着祭祀舜妻湘妃娥皇、湘夫人女英的习俗。据署名西汉刘向的《列女传》和西晋张华的《博物志》等笔记小说记载，舜南巡途中死于湖南南部的九嶷山，舜之二妃闻讯，悲啼挥泪，洒竹成斑，投湘江而死，成为湘水女神。

羌管弄晴，菱歌泛夜。我们在第四十五期"宋词纵横谈"

《离骚课罢便投壶，长日身心得自娱——从宋词看宋代娱乐生活与休闲意趣》中，感受到宋人对世俗物质生活享受和超脱世俗之外的精神世界的双重追求。从宴饮、踏青、勾栏玩艺、曲子词和户外运动等娱乐活动中，看到宋代百姓生活里的人间烟火气息。从弹琴、下棋、读书、饮茶和赏花等休闲意趣生活里，慢品细饮，随着宋代文人士大夫一同享受悠然的闲情雅兴。休闲娱乐生活的繁荣，推动了休闲思想的形成、休闲文化作品的产生，也让人文休闲古迹得以留存，并形成了独特的审美趣味。宋人的休闲娱乐生活从世俗中兴起，沾染人间烟火气，又超脱于世俗之上，在精神世界里打造一个桃源盛景，反映了宋朝人的人生态度和生活哲学，给我们留下浪漫的遥想和宝贵的人生启示。

在这一天的学习过程中，连玉明委员、郭媛媛委员和各位委员共读宋词，戚建国、叶小文、黄树贤、祁志峰、张嘉极、王苏等委员先后踊跃发言，对共读内容给予了高度赞许。其中，戚建国委员继续同大家分享《习近平用典》之271《共同构建人类命运共同体——在联合国日内瓦总部的演讲》等文中引用的"和羹之美，在于合异。"结合原典、释义对现实意义作了解读。叶小文委员与我们分享了以"吴为山论阅读"为主题的书法作品。黄树贤委员以书法形式分享了自己对于委员读书活动的感想体会。张嘉极委员分享了读《共产党宣言》的感悟，并继续分享当下热点话题，对于我们资政建言具有重要价值与启迪。在联动湖南政协"潇湘新咏"读书群同步推送本期宋词导读内容后，委员们在群内积极讨论，学习氛围浓郁。其中，金鑫委员学习周邦彦的《齐天乐·秋思》后发出感叹："前面一直在伤岁月迟暮，与结尾的伤晚照凄凉遥相呼应，真是让人不由生起珍惜光阴之感。读这首词，人们不自觉就被带入其中，和作者一起伤感痛心，一起慨叹光阴流逝。正是由于作者自己的真感情贯穿其中，所以，王国维才说'自有境界'吧。"

读书之法，在循序而渐进，熟读而精思。跟随着每日"国学"读书群宋词导读读书计划，委员们不仅在学习中感受到了藏在宋词里的妙趣横生，更是在学习中细读深悟宋词经典，探寻中华民族生生不息的文化基因，感受浓厚而直抵人心的传统文化魅力，以此增长知识、增加智慧，升华思想境界，用带有书香的思想盈满履职路。

花犯

周邦彦

粉墙低，梅花照眼，依然旧风味。露痕轻缀。疑净洗铅华，无限佳丽。去年胜赏曾孤倚，冰盘同燕喜。更可惜、雪中高树，香篝熏素被。

今年对花最匆匆，相逢似有恨，依依愁悴。吟望久，青苔上、旋看飞坠。相将见、翠丸荐酒，人正在、空江烟浪里。但梦想、一枝潇洒，黄昏斜照水。

争骑竹马弄泥孩

——宋词共学札记之九十六

（2022 年 4 月 25 日）

"草树知春不久归，百般红紫斗芳菲。"沐浴着春日的暖阳，我们继续翻开宋词，在馥郁芬芳的花香中细细品读，不知不觉间来到了全国政协书院"国学"读书群宋词导读读书计划实施的第九十六天。在习近平总书记论文化自信精神的指引下，我们一同重温了李清照的《声声慢》和姜夔的《暗香》，并透过宋代女词人笔下的"花"意象，领略女性与花交织碰撞产生的文化之美，在千古文人的江南一梦中，感受不一样的江南风韵。此外，我们还透过"宋词纵横谈"，从宋词里看宋人独特的生活文化习尚，感受宋朝的诗意生活。

有多坚定的信念，就有多勇毅的行动。有多强大的意志，就有多光明的未来。我们深入学习了"习近平论文化自信"专题之91、之92，深刻认识到坚定的信仰、如磐的信念、必胜的信心，是我们走好实现第二个百年奋斗目标新的赶考之路的力量所在。我们还延伸学习了《团结行动 共创未来——在二十国集团领导人第十六次峰会第一阶段会议上的讲话》《让开放的春风温暖世界——在第四届中国国际进口博览会开幕式上的主旨演讲》等文中引用的"诚信者，天下之结也""见出以知入，观往以知来"。结合原典和释义，让我们更加深刻地认识到诚信关乎一个国家国民的道德素质，更关乎一个民族、一个国家的整体形象。中华优秀传统文化中的诚信精神，是新时代人与人相处、国与国相处的道德基础。

学习宋词之余，我们还深入了解学习了"瑶池宴"词牌里的故事。"瑶池宴"，又名"越江吟""瑶池宴令""秋风叹""琴调宴瑶池"。《穆天子传》卷三："天子觞西王母于瑶池之上。"李白《上之回》诗："但慕瑶池宴，归来乐未穷。"调名本此。宋苏易简作《越江吟》，首句为"神仙神仙瑶池宴"，后易此名。黄庭坚《赠季常》云："琴曲有《瑶池宴》，词不甚佳，而声亦怨咽。或改其词作闺怨'飞花成阵'云云。"诗词中常以"瑶池宴"喻指宫廷宴会，也借咏仙境和寿宴，如奚㟧的《宴瑶池·神仙词》。

麋鹿之性，自乐闲旷。我们在第四十六期"宋词纵横谈"

《却忆儿童聚嬉戏，争骑竹马弄泥孩——从宋词看宋人生活习尚》中，了解宋代文人百姓的社会活动，从宋词中探寻宋人独特的生活文化习尚。在爆竹、艾虎、泥孩儿、古环和风筝等丰富多彩的宋代生活玩具中，感受宋人在玩乐趣味里的无限快乐。从动物饲养、观潮、佛禅信仰、题壁和斗草等独特的生活习尚里，领略到宋人多元的生活方式与生活形态。这些花样繁多的宋代习尚活动，也为宋词的创作提供了很好的素材，不自觉运用到文学中调剂生活和抒发情感，并由此产生了都会词、节序词、宴饮词、游乐词、题壁词等为主题的一系列宋词词作。从这个角度说，宋词不仅是"一代之文学"，也是一部为其他文体所不可替代的生活习尚启示录。

在这一天的学习过程中，连玉明委员、郭媛媛委员、马东平委员和各位委员共读宋词，张嘉极、戚建国、王苏、叶小文、赵梅、祁志峰等委员先后踊跃发言，对共读内容给予了高度赞许。其中，戚建国委员继续分享《习近平用典》之272，《共创中韩合作未来 同襄亚洲振兴繁荣——在韩国国立首尔大学的演讲》等文中引用的"国虽大，好战必亡"，并结合原典、释义，对现实意义作了解读。张嘉极委员分享了读《共产党宣言》的感悟，以及当下热点话题，对我们资政建言具有重要价值与启迪意义。叶小文委员与我们分享了以"习近平总书记论读书学习"为主题的书法作品。在联动湖南政协"潇湘新咏"读书群同步推送本期宋词导读内容后，委员们在群内积极讨论，热烈发言，学习氛围浓郁。其中，在学习第四十六期"宋词纵横谈"《却忆儿童聚嬉戏，争骑竹马弄泥孩——从宋词看宋人生活习尚》后，金鑫委员感叹道："如今面对生活节奏的加快，我们不妨也时常像宋人一样慢下来，去发现生活中的美物、美景，也许会有不一样的心境和体悟。"同时，委员们重点围绕习近平总书记关于全国政协委员读书活动的重要指示精神和"传达贯彻习近平总书记重要指示 深入开展政协委员读书活动"座谈会上的重要讲话，开展交流讨论，纷纷谈学习体会、思想感悟、工作思考、创新思路，为深化委员读书活动汇聚智力。

开卷有益，致知悟道。好学善思，凝聚共识。在一天天的学习中，委员们积极参与，畅所欲言，各抒己见，思想火花跃然屏上，履职意识、履职能力和履职水平不断提高，读书日益成为一种生活态度、一种工作责任、一种精神追求、一种境界要求，成为委员基本的履职方式和生活方式，"国学"读书群委员读书学习不断走深走实。

水龙吟

章 楶

　　燕忙莺懒芳残，正堤上、柳花飘坠。轻飞点画青林，谁道全无才思。闲趁游丝，静临深院，日长门闭。傍珠帘散漫，垂垂欲下，依前被、风扶起。

　　兰帐玉人睡觉，怪春衣、雪沾琼缀。绣床旋满，香球无数，才圆却碎。时见蜂儿，仰粘轻粉，鱼吹池水。望章台路杳，金鞍游荡，有盈盈泪。

玉手簪黄菊

——宋词共学札记之九十七

（2022 年 4 月 26 日）

"蹉跎莫遣韶光老，人生惟有读书好。"在这生机盎然的暖暖春日里，我们继续品读宋词，共同度过了全国政协书院"国学"读书群宋词导读读书计划实施的第九十七天。在习近平总书记论文化自信精神的指引下，我们一同重温了苏轼的《水龙吟·次韵章质夫杨花词》和姜夔的《疏影》，并在古人的"泪文学"中，品味百态人生，在古人对黄昏的偏爱之情中，体会黄昏的独特魅力。此外，我们还在"宋词纵横谈"中，了解宋人簪花的独特礼仪与风俗，在一首首经典簪花词中，体会文人才子赋予其中的深厚内蕴与人生境界。

青年兴则国家兴，青年强则国家强。我们深入学习了"习近平论文化自信"专题之 93、之 94，深刻认识到建成社会主义现代化强国，实现中华民族伟大复兴，是一场接力跑。生逢盛世，也肩负重任，青年一代要用臂膀扛起如山的责任，坚定不移跟党走，勇做时代弄潮儿，在接续奔跑中把梦想变为现实。我们还延伸学习了《以史为鉴、开创未来 埋头苦干、勇毅前行——在党的十九届六中全会第二次全体会议上的讲话》《在中国文学艺术界联合会第十一次全国代表大会、中国作家协会第十次全国代表大会开幕式上的讲话》等文中引用的"志不强者智不达，言不信者行不果""文者，贯道之器也"。结合原典与释义，让我们更加深刻地认识到共产党人具有不畏强敌、不惧风险、敢于斗争、勇于胜利的风骨和品质，新时代的党员干部要坚定担当责任，不断增强进行伟大斗争的意志和本领。

学习宋词之余，我们还深入了解学习了"瑞鹤仙"词牌里的故事。"瑞鹤仙"，又名"一捻红"，词调诞生于北宋，今存宋词中最早用"瑞鹤仙"词牌的是黄庭坚，此外还有周邦彦的《瑞鹤仙》、袁去华的《瑞鹤仙》以及南宋吴文英的《瑞鹤仙》等。在古代，仙鹤被视为吉祥与长寿的象征，调名有咏鹤仙祥瑞的意思。康与之的一首《瑞鹤仙·上元应制》得到了宋高宗的称赏。之后，"瑞鹤仙"词牌被广泛用于朝廷集会、节日、祝寿等喜庆的场合。正因如此，"瑞鹤仙"词作者众多，名家名篇多，变体也多。

云鬟插花新，新花插鬟云。在第四十七期"宋词纵横谈"《美人怜我老，玉手簪黄菊——宋词里的"簪花"意蕴》中，我们走进了中国封建社会唯一男子簪花成风的时代——宋代。彼时，女子皆簪花，而男子簪花更是盛极一时，成为古今中外独一无二的民俗景观和时代特色，上至帝王贵族，下至平民草寇，无论是青年才俊还是耄耋老人都竞相簪花。在宋代，御宴簪花、闻喜宴赐花是宫廷礼仪，节日簪花、宴饮簪花、求吉纳福簪花是民间审美风尚，而簪花更是伴随着宋代文人的笔墨清香，进入了一阕阙宋词之中，成为宋词常用意象之一，被文人才子赋予深厚内蕴与人生境界，并对当时的市井风俗、审美文化、文学体裁产生了深远影响。

在这一天的学习过程中，连玉明委员、郭媛媛委员、马东平委员和各位委员共读宋词，张嘉极、戚建国、金李、于守国、祁志峰等委员先后踊跃发言。其中，张嘉极委员继续分享了读《共产党宣言》的感悟，并就当下热点话题发表见解，对我们资政建言具有重要启迪意义。戚建国委员继续分享《习近平用典》之 273，《弘扬传统友好共谱合作新篇——在巴西国会的演讲》等文中引用的"海内存知己，天涯若比邻"，并结合原典、释义，对现实意义作了解读。于守国委员引用共读内容表达自己对共读学习的感悟。在联动湖南政协"潇湘新咏"读书群同步推送本期宋词导读内容后，委员们积极参与讨论，不断掀起学习高潮。其中，在学习了《中国古人为何爱"黄昏"？》后，金鑫委员不由感叹道："有些理解了为什么古人会写下如'夕阳无限好，只是近黄昏'或'夕阳西下，断肠人在天涯'"。同时，委员们继续围绕习近平总书记关于全国政协委员读书活动的重要指示精神和"传达贯彻习近平总书记重要指示 深入开展政协委员读书活动"座谈会上的重要讲话，开展交流讨论，在同读同学、互思互议、共研共享中不断深化对委员读书活动的认识。

读书是一种感悟人生的艺术，也是一种提升自我的艺术。在与宋词相伴的日日夜夜里，委员们将那些藏于诗词海洋里的点滴智慧一一采撷汲取，并将蕴藏其中的中国文化之美、民族精神之力量一一吸收转化，形成提高自身思想水平和能力素质、凝聚奋进共识和提高履职素养的重要宝藏。

贺新郎

叶梦得

睡起流莺语，掩苍苔、房栊向晚，乱红无数。吹尽残花无人见，惟有垂杨自舞。渐暖霭、初回轻暑，宝扇重寻明月影，暗尘侵、上有乘鸾女。惊旧恨，遽如许。

江南梦断横江渚，浪黏天、葡萄涨绿，半空烟雨。无限楼前沧波意，谁采蘋花寄取？但怅望、兰舟容与，万里云帆何时到？送孤鸿、目断千山阻。谁为我，唱《金缕》。

闻说旧日京华

——宋词共学札记之九十八

（2022 年 4 月 27 日）

伴着一杯茶的清香，乘着一缕风的轻柔，和着一卷宋词的风雅，我们继续沉醉其中，共同度过了全国政协书院"国学"读书群宋词导读读书计划实施的第九十八天。在习近平总书记论文化自信精神的指引下，我们一同重温了欧阳修的《蝶恋花》和周邦彦的《花犯》，并走进宋词里的深深庭院，感受古典庭院与宋词意境的融合之美，在诗词中的"雪"意象中，领悟"雪"独有的文学魅力。此外，我们还透过"宋词纵横谈"，走近宋代的市井生活，从宋词中去窥探精彩纷呈的民间艺术与民俗文化。

在五千多年的中华文明史中，民间艺术是历史为我们留下的宝贵财富，也是实现乡村文化振兴、建设社会主义文化强国不可忽略的重要组成部分。我们深入学习了"习近平论文化自信"专题之95、之96，深刻认识到要坚持以社会主义核心价值观为引领，坚持创造性转化、创新性发展，将传统民间艺术和文化推向新的繁荣，让民间艺术真正"活"起来。我们还延伸学习了《在中国文学艺术界联合会第十一次全国代表大会、中国作家协会第十次全国代表大会开幕式上的讲话》等文中引用的"登高使人心旷，临流使人意远""立文之道，惟字与义"。结合原典和释义，让我们更加深刻地认识到历史指针指向了新时代、新征程，舞台更广阔，使命更崇高。我们要融于时代又要超越时代，与时俱进，成为时代风气的先觉者、先行者、先倡者。

学习宋词之余，我们还深入了解学习了"谢秋娘"词牌里的故事。"谢秋娘"，原是唐教坊曲名，后用为词牌，又名"望江南""江南好""春去也"等。据段安节《乐府杂录》所记载，"谢秋娘"原为"万古良相"李德裕悼念亡姬谢秋娘所作，为其始祖。后被白居易改名为"忆江南"，作《忆江南》词三首，"江南好，风景旧曾谙。日出江花红胜火，春来江水绿如蓝。能不忆江南？"传唱千古，使此词名声大噪，乃为名篇。

风消焰蜡，露浥红莲，花市光相射。在第四十八期"宋词纵横谈"《闻说旧日京华，般百戏、灯棚如履——宋词里的宋代民间艺术与民俗文化》中，我们走进经典文化与传统民俗，在宋词里窥探独特灿烂的艺术景观。说唱、木偶戏、杂剧、俳优表演、戏剧等宋代民间艺术，让我们如同穿越回宋朝的瓦子勾栏，看一场场精彩纷呈的现场表演。从元宵观灯、拜月民俗、七夕乞巧、清明祭祀和斗茶等宋代民俗文化中，我们感受到了诗意、理性、俚趣的民俗文化审美特质。风俗是一个民族文化心理的积淀，宋词对宋代民俗文化的丰富描绘、阐释弘扬具有重要作用，真实地再现了宋代民俗文化，而民俗文化也为宋词增添了多彩的内容，拓宽了有趣的题材。

在这一天的学习过程中，连玉明委员、郭媛媛委员和各位委员共读宋词，戚建国、张东俊、张嘉极、张云勇、怀利敏、王苏等委员先后踊跃发言。其中，戚建国委员继续分享《习近平用典》之274，《携手推进"一带一路"建设——在"一带一路"国际合作高峰论坛开幕式上的演讲》等文中引用的"桃李不言，下自成蹊"，并结合原典、释义，对现实意义作了解读。张嘉极委员继续分享了读《共产党宣言》的感悟，以及学习习近平总书记重要讲话的心得体会，感叹道："信之于国，千钧之重，泰山之沉"。在联动湖南政协"潇湘新咏"读书群同步推送本期宋词导读内容后，委员们积极参与讨论，掀起了一阵学习高潮。其中，高鑫委员分享了苏轼的《定风波》，杨晓晋委员感叹，宋词学习分享"受益良多"。

同时，委员们继续围绕习近平总书记关于全国政协委员读书活动的重要指示精神和"传达贯彻习近平总书记重要指示深入开展政协委员读书活动"座谈会上的重要讲话，开展交流讨论，在"读"中思，在"思"中学，不断深化对委员读书活动的认识。

最是书香能致远。连日来，委员们徜徉在翰墨飘香的宋词海洋里，在俯仰古今、学而深思中，不仅深化了对中华优秀传统文化的认识，还从中华优秀传统文化中汲取了丰厚文化滋养，在共读共学中增长了智慧才干、增进了智慧共识、增强了建言实效，不断汇聚起浓浓的、具有政协味的"书香气"。

解语花·上元

周邦彦

　　风消绛蜡，露浥红莲，灯市光相射。桂华流瓦。纤云散，耿耿素娥欲下。衣裳淡雅。看楚女、纤腰一把。箫鼓喧，人影参差，满路飘香麝。

　　因念都城放夜，望千门如昼，嬉笑游冶。钿车罗帕，相逢处、自有暗尘随马。年光是也，唯只见、旧情衰谢。清漏移、飞盖归来，从舞休歌罢。

花市灯如昼

——宋词共学札记之九十九

（2022 年 4 月 28 日）

　　"博览群书添雅趣，缕缕书香胜饭香。"人生乐趣在读书，有书为伴心甘甜。在一阵阵热烈的读书声中，我们共同度过了全国政协书院"国学"读书群宋词导读读书计划实施的第九十九天。在习近平总书记论文化自信精神的指引下，我们一起重温了章楶的《水龙吟》与叶梦得的《贺新郎》，跟随着词人的脚步，透过"春衣"展开了一场关于宋代闺怨词的探寻之旅，寻觅"闺怨"的文化成因及文学变迁，一睹万千闺怨诗词的风采神韵。沿着点点青苔，走近了中国古代苔文化，感悟青苔蕴含的文化内涵，并深入了解苔意象下的古人生活及其精神世界。我们还透过"宋词纵横谈"的广阔天地，一起回顾宋时元宵佳节的风情画卷，回味宋代词作里的元宵情结，体会元宵节在宋词中的价值再现。

"求木之长者，必固其根本；欲流之远者，必浚其泉源。"通过深入学习"习近平论文化自信"专题之97、之98，我们深刻认识到，中华文化蕴含了强大的文化基因和深厚的思想理念、价值观念与民族精神，要坚定文化自信，就要不断提升文化软实力，传播好中国故事，提升好国民整体素质，将传统文化的精髓与浓厚的家国情怀以及社会主义核心价值观深植于人民心中。另外，我们还延伸学习了《在中国文学艺术界联合会第十一次全国代表大会、中国作家协会第十次全国代表大会开幕式上的讲话》中引用的"理辩则气直，气直则辞盛，辞盛则文工"和"收百世之阙文，采千载之遗韵"，并结合原典和释义，让我们更为深刻地认识到文艺作品承载着教化人心、匡正道德、维护社会秩序的作用。因此，只有具备先道德而后文章的创作理念，将文学作品的思想内容和艺术表达有机统一，才能塑造更多为世界所认知的中华文化形象。

在学习宋词之际，我们还一同追寻了词牌"昭君怨"背后关于中国古代四大美女之一王昭君的故事。王昭君，名嫱，字昭君，自小聪慧异常，天生丽质，凭借着绝世才貌以秀女的身份被选入掖庭。竟宁元年，属国南匈奴呼韩邪单于入京朝贡并自请为婿，元帝遂将自请前去的昭君赐之。昭君出塞，千里迢迢地将中原文化传播到匈奴，芳名永传。但远离家乡不可还的悲怨，只能隔着遥远的大青山，梦回中原。词牌"昭君怨"，又名"洛妃怨""宴西园"等。此调以六字句为主，前后段各有一个五字句与三字句，而且四换韵，故声情颇富变化而不凝涩。代表作品有杨万里的《昭君怨·咏荷上雨》、苏轼的《昭君怨·送别》、刘克庄的《昭君怨·牡丹》及周紫芝的《昭君怨》等。

　　节庆与文学的关系问题是中国文学史、社会风俗史研究中的一个重要课题。[1] 我们在第四十九期"宋词纵横谈"《去年元夜时，花市灯如昼——宋词里的元宵节》中，借助宋代词人对节日活动、都市面貌、日常生活、复杂情思等内容的生动描写，一起回顾了宋时元宵佳节的风情画卷。通过深入体会词人在元宵之夜不同的创作背景和心路历程，一起回味宋代词作里的元宵情结。结合宋朝的时代背景、民俗生活、文学创作等角度对宋词中的元宵节进行多维度分析，进一步感受到了元宵节在宋词中的价值再现。总的来说，赏析宋词中的元宵节别有一番趣味，感受元宵词中的情结别有一番韵味，探析元宵节在宋词中的价值别有一番收获。

　　在这一天的学习过程中，连玉明委员、郭媛媛委员、王苏委员和各位委员共读宋词，于守国、郝际平、戚建国、张

1　陈海娟. 论宋代元夕词 [D]. 苏州：苏州大学，2004.

嘉极、祁志峰、刘晓冰等委员踊跃发言，对共读内容给予高度赞许。其中，戚建国委员继续分享《习近平用典》之275，《努力构建携手共进的命运共同体——在中国—拉美和加勒比国家领导人会晤上的主旨讲话》等文中引用的"志合者，不以山海为远"，并结合原典、释义，对现实意义作了解读。张嘉极委员继续分享了读《共产党宣言》的感悟，并就当下热点话题发表见解，对资政建言具有重要启迪意义。在联动湖南政协"潇湘新咏"读书群同步推送本期宋词导读内容后，引发了委员们对诗词之美与文化内涵的热议。其中，释怀辉委员分享了范仲淹的《渔家傲·秋思》，朱建军委员感叹道："诗词作为中国传统文化的一部分，有着独特的魅力，它是一个天然的精神'富矿'，是我们宝贵的精神财富。"金鑫委员感叹道："中国是诗歌的国度，中华五千年的悠久历史诞生了浩如烟海的诗篇。每一个中国人，小如垂发孩童，大到耄耋老人都会背几首诗歌，可以说诗词伴随着我们每一个中国人的成长，中华民族的精神随着古诗词的学习、鉴赏，融入了每一个中国人的血脉。"

共沐书香，畅享书韵。沐浴在宋词的悠悠书香中，委员们在读书交流过程中，各抒己见、深入交流、相互碰撞，享受阅读的快乐，领略宋词的美感，收获分享的喜悦，持续不断厚植书香底蕴，增强履职本领，提高建言质量。

甘州

张　炎

辛卯岁，沈尧道同余北归，各处杭、越。逾岁，尧道来问寂寞，语笑数日，又复别去。赋此曲，并寄赵学舟。

记玉关踏雪事清游，寒气脆貂裘。傍枯林古道，长河饮马，此意悠悠。短梦依然江表，老泪洒西州。一字无题处，落叶都愁。

载取白云归去，问谁留楚佩，弄影中洲？折芦花赠远，零落一身秋。向寻常、野桥流水，待招来、不是旧沙鸥。空怀感，有斜阳处，却怕登楼。

词风雅韵传古意

——宋词共学札记之一百

（2022 年 4 月 30 日）

　　词籍如海，韵味悠悠。一百天的宋词共读浸润了一百天的心灵，书香墨韵响答影随。不知不觉间，我们已经共同走过了全国政协书院"国学"读书群宋词导读读书计划实施的第一百天。在习近平总书记论文化自信精神的指引下，我们通过"宋词纵横谈"，深入学习了习近平总书记用典中的宋代诗词，在壮志豪情、浅歌低吟的国风雅韵中涵养身心，增强文化自信。聚焦宋代的节气文化，感受四季流转的魅力，探寻宋人寓于二十四节气中的细腻心绪。我们还重温了周邦彦的《解语花·上元》和张炎的《甘州》，跟随词人的笔触，感受词人情怀衰谢的抑郁之情，领略冲风踏雪的北国羁旅之图，解读罗帕意象在宋词中的特殊性及其所蕴含的深刻情感，探寻"潺潺流水"背后丰富的民族文化积淀。

文化是一个国家和民族的血脉与灵魂，文化繁荣兴盛是国家崛起和民族复兴的重要标志。通过深入学习"习近平论文化自信"专题之99、之100，我们深刻认识到，坚持文化自信，就是坚持把艺术创造力和中华文化价值融合起来，让中华优秀传统文化成为文艺创新的重要源泉，为实现第二个百年奋斗目标、实现中华民族伟大复兴的中国梦提供强大的价值引导力、文化凝聚力、精神推动力。我们还延伸学习了《在中国文学艺术界联合会第十一次全国代表大会、中国作家协会第十次全国代表大会开幕式上的讲话》等文中引用的"志高则言洁，志大则辞弘，志远则旨永""致广大而尽精微"，结合原典和释义，让我们更加深刻地认识到新时代文艺工作者需践行初心使命，坚持崇德尚艺，努力用文艺涵养时代精神，切实履行人类灵魂工程师的神圣职责。

"问渠那得清如许？为有源头活水来。"在"宋词纵横谈"之《习近平总书记用典中的宋代诗词》中，我们深入学习了党的十八大以来习近平总书记用典中的宋代诗词。习近平总书记曾多次在讲话、文章中引用陆游、王安石、文天祥、杨万里、欧阳修、黄庭坚、朱熹、辛弃疾、苏轼等宋代文人的诗词。一阙阙寓意深刻、经久不衰的宋代诗词中，既蕴含着宋韵文化基因，又彰显了宋代文人亘古长存的家国情怀、民胞物与的民本思想、内圣外王的人生追求。我们要深入学习这些经典宋代诗词，在壮志豪情、浅歌低吟的国风雅韵中涵养身心，增强文化自信。

四季更迭皆是景，万物成长住满情。在第五十期"宋词纵横谈"《春有百花秋有月，夏有凉风冬有雪——在宋词里倾听四时流转与二十四节气》中，我们翻开岁时节令的乐章，一同倾听两宋词人笔下的四时流转与二十四节气，品味二十四节气洋溢的文化馨香与诗意生命，在古人对自然、天地、岁月、人生的思悟中，深入体会中国传统历法的时光轮转与文人墨客的名篇名作碰撞出的文化魅力，领略中国独有的浪漫美学。通过共读共学，我们深入了解到，四季的流转，既是自然的，也是文化的，二十四节气的每个命名都蕴藏着古人的自然智慧与时间哲学，蕴藏着中华民族传统农耕社会丰富的生活经验和文化记忆。花知时而开，人顺势而为，与天地唱和，与万物相谐——二十四节气完美地诠释了"天人合一"的理念，并在千百年岁月中历久弥新，成为中华文化的鲜明标识，彰显出中华传统文化的深厚底蕴与时代魅力。

在学习宋词之际，我们还深入了解和学习了"兰陵王"词牌里的故事，感受南北朝一代名将的兰陵悲歌与词牌名的互融互通。"兰陵王"，又名"大犯""兰陵王慢"等，源自《兰陵王入阵曲》。传说兰陵王高长恭"貌柔心壮，音容兼美"，但在战火纷飞的年代，秀美的长相让兰陵王有着军威不足的苦恼，于是兰陵王常常以狰狞面具覆面，征战沙场。邙山之战中，兰陵王威名大振，士兵们唱作《兰陵王入阵曲》讴歌其骁勇善战。此调多用于咏物、节序、叙事、赠酬，以周邦彦的《兰陵王·柳》为代表，音节顿挫高亢，雄壮激越。

我们还按照第八期委员读书活动"国学"读书群读书计划，开展了第十二期"精学"栏目，邀请全国政协委员、中国社会科学院文学研究所研究员刘宁委员，作题为"北京冬奥会艺术的婉约豪放古典美"的专题讲座。刘宁委员带我们再次重温了2022北京冬奥会、冬残奥会的精彩瞬间，并从飞花之美、澄澈之美、折柳之美、记忆之美四个方面，将那些惊艳世界的栏目中的诗词意境细致勾勒、一一描绘，让我们在开闭幕式的艺术盛宴与中国古典诗词之美中自由穿梭游曳，感受婉约豪放的精妙结合，以及蕴含其中的"国风审美"与"中式浪漫"，感叹中国古典美学穿越时空的独特又极具震撼力的艺术力量。

在这一期的专题讲座中，委员们被2022北京冬奥会、冬残奥会开闭幕式中蕴含的中国古典美学所深深震撼，王苏、李学梅、马东平、张东俊、宋治平、郭媛媛、樊庆斌、吕红兵、罗宗毅、杨振河、王艳霞、陈霞、王光贤、张利荣、王灿龙、张其成、祁志峰、张风雷等委员纷纷发出感叹，表达对北京冬奥会、冬残奥会开闭幕式这一艺术盛宴的盛赞，对蕴含其中的中国文化元素与文化风姿的赞叹，对胸怀大局、自信开放、迎难而上、追求卓越、共创未来的北京冬奥精神的感悟。其中，王苏委员连连感叹道："好美！也有松雪飘寒，岭云吹冻，红破数椒春浅。""婉约与豪放看似相悖，却在冬奥融合精妙，刘教授举例严谨充实，却处处透着意境之美。在冬奥会的开闭幕式上，上海戏剧学院也有校友参与，校友蔡国强作为视觉总设计师以'四两拨千斤'，带着'春来了''迎客松'和'漫天飘雪'，凸显了中国特色的简约和大气，再次刷新公众对于盛会焰火表演的印象。沙晓岚作为灯光设计总监，还担任了闭幕式的导演，他们是上戏军团，也是'双奥人'，作为来自母校的老师，我为他们感到自豪。""刘委员全篇引用约三十首诗词作品，从飞花之美、澄澈之美、折柳之美与记忆之美四个方面，灵动深刻地解析了北京冬奥会的婉约与豪放，让我们从中国古典美学神韵的角度再一次品读了北京冬奥会的隽永精神与中国诗词的意境之美。"郭媛媛委员感叹道："意识、情识、境识兼备、交融，刘委员的解读总是在空灵、丰富中充'识'！妙哉！""这是中华文化创新之美！""带着中华文化的绵长和深邃，写意我们今天的故事，怎么都有旷古中的久远！美，是因为厚重，因为深远，因为热爱，因为未来！"宋治平委员感叹道："诗词是我国民族文化的精髓。""中国式浪漫的出现，让世界看到了中国最优秀的传统文化，彰显了艺术之美、精神之美、科技之美，为世界呈现出一个生动具象、可知可感的大美中华。北京冬奥会向世界展现了阳光、富强、开放、充满希望的中国，也展示了我们中国的文化自信，文化自信让我们中国人有了最大的底气。"王艳霞委员说道："北京冬奥会竞赛场馆如'冰丝带''雪如意''雪游龙'等融入了很多中国元素。北京冬奥会使用的大型体育器材包括了中国品牌。我国体育代表团获得了参加冬奥会、冬残奥会以来的最好成绩，所有这些都是我国综合实力的展示，说明我国正在走向世界舞台中央。北京冬奥精神立意高远、内涵丰富，是宝贵的精神财富。我有幸参与北京冬奥会申办、筹办、举办全过程，作为团队一员，成为北京冬奥精神的创造者、践行者、传承者，它必将指引、激励我们为实现第二个百年奋斗目标，为实现中华民族伟大复兴的中国梦而不懈奋斗。"樊庆斌委员详细介绍了《立春》表演的内容和道具，并说道：《立春》节目，如同新草萌芽，舒展变换，起伏低昂。其精彩程度惊艳了世界。"这也让委员们更加体会到北京冬奥会、冬残奥会背后凝练的千万人的汗水与付出。陈霞委员连用八个"美"表达了对北京冬奥会和冬残奥会开闭幕式的赞叹："古典美、现代美；诗词美、体育美；词人美、健将美；讲解美，声音美。"张利荣委员认为此次讲座"不仅让人回放冬奥开闭幕式的精彩，又仿佛穿越时空，体悟唐宋深远的飞花之美、澄澈之美、折柳之美、记忆之美。"张其成委员从李白的"燕山雪花大如席，片片吹落轩辕台"和魏了翁的"玉娥不怕五更寒，剪就飞花片片"比较出发，探讨对北京冬奥会上雪花创意的诗词阐释。

在这一天的学习过程中，连玉明委员、郭媛媛委员、王苏委员和各位委员共读宋词，戚建国、高洁、张嘉极、王林旭、刘晓冰、怀利敏、张东俊等委员踊跃发言，对共读内容给予高度赞许。其中，戚建国委员继续分享《习近平用典》之276，《共同构建人类命运共同体——在联合国日内瓦总部的演讲》等文中引用的"落其实思其树，饮其流怀其源"，并结合原典、释义，对现实意义作了解读。张嘉极委员分享了当下热点话题，对我们资政建言具有重要价值与启迪意义。高洁委员分享了参加全国政协委员读书活动的心得。在联动湖南政协"潇湘新咏"读书群同步推送本期宋词导读内容后，群内互动频频。其中，在学习第50期"宋词纵横谈"《春有百花秋有月，夏有凉风冬有雪——在宋词里倾听四时流转与二十四节气》后，金鑫委员感叹于历法中的中国式浪漫，说道："中国人骨子里的浪漫是祖先留下来的，古代诗人就把浪漫演绎得淋漓尽致。古诗寥寥几语透露出的寓意却很值得回味。"同时，委员们继续围绕习近平总书记关于全国政协委员读书活动的重要指示精神和"传达贯彻习近平总书记重要指示 深入开展政协委员读书活动"座谈会上的重要讲话，开展交流讨论，在同读同学、互思互议、共研共享中不断深化对委员读书活动的认识。

至此，全国政协书院第八期委员读书活动"国学"读书群读书计划圆满完成。为便于各位委员对一百天推送的内容进行整体回顾，"五一"假期期间，我们将按照专题汇总整理，推送电子杂志链接，各位委员可下载保存相关内容，也可转发给家人朋友共赏，共同体味千年宋词意、悠悠中华情。

预祝各位委员假期愉快，书香永润心田！

后　记

　　读书不觉已春深，一寸光阴一寸金。被宋词浸润的美妙时光悄然流淌，不知不觉间，我们从寒冬沥沥走进春和景明，又从春和景明行至暮春初夏，共同度过了全国政协书院"国学"读书群宋词导读读书计划的一百天。一百天的宋词共读浸润了一百天的心灵，书香墨韵响答影随。至此，第八期"国学"读书群宋词导读即将告一段落，多情自古伤离别。

　　在这被宋韵温柔了岁月的一百天里，我们深入学习了一百期"习近平论文化自信"专题，共读了一百首经典宋词，共赏了一百期"宋词里的中国"，共学了五十一期"宋词纵横谈"，一同了解了三十个"词牌里的故事"。一百天来，我们跨越千年岁月，架起古今文化桥梁，围绕"诗词境界之分""冬奥诗会""毛泽东诗词与湘湘文化"展开了热烈讨论，还特别奉献了"春节七天乐"等专题，感受宋词的绰约风姿与无穷魅力，感叹中华文化的源远流长与博大精深。我们一同聆听学习了来自十六位专家委员的十二场"精学"与十场"深研"的精彩讲座，在互问互答中体会宋词的柔美意境与百况人生，在宋代的璀璨文化中观照古今。

一百天来，"国学"读书群里宋韵飘香，湖南政协"潇湘新咏"读书群中同样书香四溢。在这一百天中，我们不仅在"国学"读书群品读宋词与宋韵文化，还与湖南政协"潇湘新咏"读书群联动，同步推送宋词导读内容。两个读书群既有"屏对屏"的隔空交流，也有橘子洲头"面对面"的促膝论道，"琅琅书声"不绝于耳，缕缕书香溢满荧屏内外。相同时间，不同空间，两种芬芳，竞相绽放。

一百天的书卷常开，感谢全国政协书院搭建的读书学习平台，感谢领导的关心和鼓励，连玉明和郭媛媛委员作为群主，与马东平委员、李学梅委员、王苏委员共同组建了宋词导读群主群，感谢各位群主的精彩导读，感谢各位委员的积极互动。在一百天的宋词学习中，委员们积极参与，畅所欲言，各抒己见，思想火花跃然屏上，履职意识、履职能力和履职水平不断提高，读书正在日益成为委员们的一种生活态度、一种工作责任、一种精神追求、一种境界要求，成为委员基本的履职方式和生活方式。

词风雅韵传古意，言志抒怀开新思。至此，全国政协书院第八期委员读书活动"国学"读书群读书计划圆满完成。读书计划虽已接近尾声，但读书活动未有穷期，全国政协书院"国学"读书群委员读书学习的热情、书卷常开的行动与书香浓厚的文化将会一直延续下去。我们将继续按照习近平总书记对全国政协委员读书活动的重要指示精神，继续深度参与政协委员读书活动，将全国政协书院作为政协委员增强履职本领、积极建言资政的重要载体，作为把握趋势、汲取滋养、丰富理论、铸就品格的人生舞台，将读书贯穿调查研究、协商议政、凝聚共识、自身建设等委员履职全过程、各环节，并以委员读书活动努力带动和影响各界别群众开展读书活动，让"书香政协"成为引领"书香社会"建设的重要力量。

编者

2023 年 12 月

图书在版编目（CIP）数据

致远书香学宋词 / 连玉明主编. -- 北京： 团结出版
社， 2023.12
ISBN 978-7-5234-0585-7

Ⅰ.①致… Ⅱ.①连… Ⅲ.①宋词－诗词研究
Ⅳ.①I207.23

中国国家版本馆CIP数据核字（2023）第208372号

出　版：团结出版社
　　　　（北京市东城区东皇城根南街84号　邮编：100006）
电　话：（010）65228880　65244790
网　址：http://www.tjpress.com
Email：zb65244790@vip.163.com
经　销：全国新华书店
印　装：艺堂印刷（天津）有限公司

开　本：145mm×210mm　32开
印　张：16.75
字　数：293千字
版　次：2024年9月　第1版
印　次：2024年9月　第1次印刷

书　号：978-7-5234-0585-7
定　价：128.00元